李游 /著

多大个事儿

一个普通人的前半生（1978—2018）

知识产权出版社
全国百佳图书出版单位
——北京——

图书在版编目（CIP）数据

多大个事儿：一个普通人的前半生：1978—2018 / 李游著. -- 北京：知识产权出版社，2020.5

ISBN 978-7-5130-6823-9

Ⅰ. ①多… Ⅱ. ①李… Ⅲ. ①自传体小说－中国－当代 Ⅳ. ① I247.5

中国版本图书馆 CIP 数据核字（2020）第 043790 号

责任编辑：卢媛媛　　**责任印制**：孙婷婷

多大个事儿——一个普通人的前半生（1978—2018）

DUODA GE SHIER——YIGE PUTONGREN DE QIANBANSHEGN（1978-2018）

李　游　著

出版发行：知识产权出版社有限责任公司	网　　址：http://www.ipph.cn
电　　话：010-82004826	http://www.laichushu.com
社　　址：北京市海淀区气象路 50 号院	邮　　编：100081
责编电话：010-82000860 转 8597	责编邮箱：luyuanyuan@cnipr.com
发行电话：010-82000860 转 8101	发行传真：010-82000893
印　　刷：北京九州迅驰传媒文化有限公司	经　　销：各大网上书店、新华书店及相关专业书店
开　　本：880mm×1230mm　1/16	印　　张：21.5
版　　次：2020 年 5 月第 1 版	印　　次：2020 年 5 月第 1 次印刷
字　　数：250 千字	定　　价：68.00 元

ISBN 978-7-5130-6823-9

前言

一直想写本回忆录，都懒得动笔。

为啥非要写个回忆录呢?

一则，是想把过去经历的事情和心路历程，都记录下来。我觉得自己的记忆力越来越差，担心将来想写的时候，或者想回忆的时候，都想不起来。

二则，我们怎么证明自己活过?我们没有本事给这个世界留点什么，至少得给自己老的时候，留点可以回味的东西吧。

所以，近几年，一直是想写一下的。

而且，我认为，虽然我不是一个成功人士，也没有惊天动地的成就和事业，但是，我的人生，作为一个普通人来说，过的也是很丰富多彩的，或者说，至少也是挺有意思的。

不论怎样，想写就写吧。

又不是多大个事。

再说，本来也没有抱什么目的，没想着要以此成名之类的。也不是写给别人看的，也没想着要得到别人的认可。

主要还是想给我自己一个交代，给自己的前半生一个交代。

另外，2017 年 9 月，那次机缘巧合的写作经历，让我觉得写作的过程很美好。所以，也是那次的经历，鼓舞了我。

总之，不论怎样，我就是想写一个回忆录，那就写吧。

为什么有点纠结，迟迟没有动手写呢？

一则是，需要感觉。虽然是自己经历过的事情，也需要有感觉有状态的时候，才能写得出来。所谓的状态，就是在写的过程中，很兴奋，能“自嗨”。

二则呢，我有点纠结。因为，打算要出版，所以，就要考虑隐私的问题。我是一个很直率的人。做事情，要么不做，要么就痛痛快快的，不喜欢遮遮掩掩的。而隐私，不仅有自己的，还会涉及别人。所以，不得不考虑，如果都完全真实地写出来，出版后，万一给身边的人造成了烦恼和困扰，就不好了。我自己可以不害臊，还要顾忌大家的脸面。

这次能够正式启动，是因为这两天看到的一本书，周国平先生的《人与永恒》。这本书，应该是周国平年轻时候心得和感悟的随笔集。我很喜欢这本书，不仅很多内容说得非常好，更重要的是，它给了我启发，以人生感悟的方式，来完成回忆录。也就是说，把人生中一些重要的经历和感悟，以随笔的方式，表现出来。这样既可以避开回忆录中的部分隐私，也可以把关键的经历和心得记录下来。

我一直在等一个点，一个可以让我启动的点。

没想到，又是一本书。

上次写《大国不惑》的时候，我也是靠着一本书来完成的，那本书，就是马丁·雅克的《大国雄心》。

周国平，在他这本书里面，就提到了这一点：

“我衡量一本书价值的标准是：读了它之后，我自己是否也遏止不住地想写点什么，哪怕我想写的东西表面上与它似乎全然无关。”

在此，我要感谢上面二位作者和他们的著作。不论你们的著作别人怎样评价，你们都给我的人生带来了重大的影响。

目 录

童 年

我的童年，是在陕西关中农村度过的。我问过父亲，为什么给我起这个名字，他说，因为当年农村人有出息，都是靠当兵走的。所以，觉得我只有去了军队，才能改变农民的苦命运。因此，给我起了这么个名字，李建军。

好吧，1978 年的农民，可能还不懂得，考大学才是农民真正改变命运的机会。或者说，当年的农民，觉得考大学比当兵，难多了。

对于童年，我都没有多少能记起来的事情。至少，好像没有什么痛苦的事情留在脑海里。那就当都是美好的回忆，只是忘记了吧。

我现在还记得的事情，是小时候，总喜欢和村里同伴们玩的游戏，就是我喜欢扮演“领导”，让他们在我旁边“站岗”。当时，觉得门口有站岗的感觉，特别棒。

我不知道自己的这种经历，是来源于父亲是村干部的威权外延带来的，还是，我自己天生就有领导魅力或者叫领导力。我想，父亲作为村干部的“背景”，肯定是主要因素。

有心理学者说：有的人用童年治愈一生，有的人用一生治愈童年。

我应该属于前者。

少 年

我没有见过爷爷，奶奶和我们相处的也很少。我有两个姐姐，所以，我们是一家五口。我们家是严母慈父型的家庭，母亲非常严厉，父亲很慈祥。

母亲是一个特别能干的人，也是一个好胜心很强的人。家里日子应该是一天比一天好，她也因为性格、劳累和饮食安全等问题，在不到 40 岁的时候，就因为癌症去世了。当时，我在读初二，我请了一周假，我记得有同学问我为什么请假，我没有回答，在纸上写下四个字“家母病故”。

从确诊癌症到去世，应该是有一年左右的时间，所以，对我们全家人来说，母亲去世的消息，都不觉得突然。母亲去世的时候，我没有觉得很悲伤。可能是因为，一直有心理准备。

记得在母亲去世前大概一两个月的一天半夜，我被声音吵醒了。当时，应该是初春，我和父母一起睡在后面的炕上，两个姐姐睡在前面的房间。父母在谈心，母亲说，她也不想拖累我们，她被病痛折磨的也很难受。她想自杀，她想在后院上吊自杀，但是，她怕那样做会吓到我们。我和父亲听到母亲这样说，都哭得很伤心，但是，又都很压抑地不出声，父母以为我还在睡觉。

这是母亲去世前，我因为母亲要去世，最伤心的一次。

真正感受到母亲去世对我生活的影响，其实，是在母亲去世后。虽然也有大姐给全家人做饭，但是，我还是觉得母亲做的饭最好吃。而且，客观上，大姐肯定没有母亲那么疼爱我。另外，舅舅很快给我们找了一个后妈。后妈本身比我母亲各方面都差一些，加之，每个人都觉得自己亲妈才是妈，所以，我经常会无端地觉得很委屈。那种委屈，就是孩子没有妈的委屈，无法用语言描述。

我记得和后妈一起来的，还有一个女孩，我都不记得她比我大一点还是小一点。哦，好像是大一点吧。好像大家有点想让我们两个成亲的意思，我好像没有那样的想法，所以，也就没有下文了。

因为母亲的去世，我们家也就从此家道中落了。

当然，人要知足。我觉得庆幸的是，母亲已经陪我度过了童年。只是，母亲没有机会享受到我们的孝顺，劳累一生，吃苦受累却没有享福，让人惋惜。

高 中

我人生有两次重要的转折点，也可以说是幸运点。

一个就是初中毕业的时候，考上了大荔中学。我们全县最好的高中，也是渭南地区第一梯队的好高中。我记得，当年初三毕业，两个班级，应该有五六十个人吧，考上大荔中学的，好像就我们五个人：我、大鹏、老朱、建华、向花。后来，我们五个人也都考上了大学。好像除了我是考了个二本院校，他们都考的是一本。

之所以说幸运，是因为，我当年的学习成绩，并不算太好，只能算是中等偏上吧。当年，初中毕业，去考中专，是学习最好的同学的首选。之前，一直都是这样的。因为，在大家的思想里，认为考上大学和中专，都是国家干部，都是一样地分配工作，中专还能早点工作，早点赚钱，早点计算工龄，等等，所以，当年，在农村，大家都把初中毕业能考上中专当成最好的事情。至少在我们那里是这样的。

我们那一年，1994 年，也是这种情况的最后一年。从此之后，大家都开始明白，考重点高中，读大学，才是人生真正要追求的。所以，这就是我幸运的地方，成绩最好的几个同学，都考上中专了。我这个第二梯队的学生，才有机会上重点高中。

我还记得我们那一年，大荔中学高一年级总共录取了120个人，我的排名是114名。多悬呀，要是再差一点，就可能是另外一种命运了。

大荔中学，现在还能回忆起来的事情，已经不多了。

增高鞋垫，好像是鞋垫里的某些位置，缝制了小小的磁铁在里面，有按摩穴位的作用吧。当然，在那个年龄，除了学习，我最感兴趣的，肯定是增高方面的事情。因为，我太矮了呀！从小学到高中，我一直坐在第一排，一直站在班级队伍的第一排。上大学之后，不安排固定座位，可以随便坐座位，我真是开心，我每天都坐在最后面，我终于可以坐在教室的最后面了。

真是奇怪，当年天天在意的身高，长大后好像也没那么在意了。当年我一直是班级里最矮的男生，现在好像也不觉得了。我现在光脚身高，好像是164厘米吧。青少年时期，170厘米，一直是我人生的梦想，最终还是没能实现。我的梦想，好像从来都没有实现过。看来，梦想，不都是用来实现的，有的只是用来想的。

另外我还能够想起的事情，就是每天下午四点，自由活动的时间，同学们一般都是打球或者学习，我就喜欢在广场西侧的报栏前度过的。主要是阅读《人民日报》《陕西日报》和《中国青年报》，那应该也是我每天最快乐的时光。

当时，我就常想，是当个省长好呢，还是当个市长好？反正是接受不了县长，官太小了。我整天就为这个纠结，人生目标是省长还是市长……

这就像是后来，刚毕业的时候，整天为是买个S级的奔驰好还是7系的宝马好，把那些参数和文章，看来看去，纠结呀，不知道该选哪个好。而不去考虑和面对，我哪儿来的钱去买？

当然，还是要回到现实，考哪个大学好？当时，我觉得，我能接受的，也就是西安交通大学了，再差的大学，我就接受不了。

事实证明，我总是高估了自己。

1997 年 5 月的时候，距离高考还有一个多月，我突然不想参加高考了。其实，我当时已经厌学有几个月了，每天脑子里就不想学习，总是瞎想一些乱七八糟的事情，比如，养鸡不一样能赚钱吗，为什么要这么辛苦的学习考大学呢？考大学不就是为了赚钱吗？

庆幸的是，我回家告诉父亲这个想法后，他很生气和伤心，我只好扔下一句话就回学校了："好了，好了，你别难过了，为了你，我就参加一下高考，考不上，你可别怪我。"天不灭我，居然考上了。

现在还能想起高中的记忆，更多的是吃。我记得当年每天早上，在学校门口摆摊的那家人的豆腐脑很好吃，好像他老婆长得也不错。还有，教师食堂每晚八九点，一个窗口卖的馒头夹辣椒疙瘩，很是好吃。奇怪的是，我现在依然能清晰地回想起我们学生食堂西南角那个卖连锅面的矮胖女人的模样，她家的面条真难吃，人也很丑。不知道为啥，我现在怎么还记得那么清楚。

我还能回想起来的一个细节，就是我们去高考的路上，建华在唱一首歌，好像是成龙的，"不经历风雨，怎么见彩虹"。我当时，真是讨厌死上学了。高中，确实是很枯燥和艰苦的学习体验。我记得，高考后，对自己说，我再也不想听到高中那个上课的铃声了，我甚至再也不想来这个县城了。

高中三年，好像很多时候，我和大鹏、建华，都是一起合租房子的。虽然我们三个性格差异很大，但是，这种同居情谊，还是很深的。奇怪的是，我们三个从来没有在一个班里过。大鹏总是游离在我们之外，所以，当年高考他没有考上。没想到的是，他居然有勇气复读，而且，好像是复读了两次。

我特别佩服高考不中继续复读的人，我更佩服可以复读两次的人，他们的内心得是多么强大啊。说到这，我想起来了，大鹏和忠义，好像平常都比我学习好，居然都没有考上，都复读了。

现在来看，当时大家的差异，对现在的成就，几乎没有影响。

我都不记得我的高考成绩是多少了，好像是刚过一本线几分吧。我们那会儿陕西高考的满分是 900 分。清华北大一般的录取分数是 750 分左右吧。我记得我考的应该是 512 分。好像是这样吧。总之，应该也就是能读一个很普通的二本吧。

建华，高考分数很好，考入解放军信息工程学院，毕业后安排在海口某军事基地从事信息工作，应该要把一辈子奉献给国家的国防事业了。

老朱，分数也很好，考上了兰州大学。学的会计，毕业后回西安，后来去了广州，现在是一个上市公司的财务总监。

大鹏，复读两年后，考上了解放军军械工程学院，现在也是正团级军官，准备近两年转业回陕西省政府某个厅做个副处长。

忠义，复读一年后，考上了长安大学地质专业，后来还读了硕士。现在是长庆油田勘察设计院的中层干部了。

老柯，高考没有考好，也没有复读。回老家当农民了。在老家养猪很多年，有赔有赚，现在去浙江打工了。

上面是几个高中同学的情况。

我现在熟悉的昆山几个朋友，他们都是安徽人。他们的情况是：

小凯，1987年的，高中学习一般，考了一个破大专，现在自己开了一个小公司，年收入六七十万元，在昆山有两套房子，一部奥迪A4。

千秋，1984年的，高中学习一般，考了一个破大专，现在一个外企做销售，年收入五六十万元，在昆山市中心有一套160平方米的房子，一部凯迪拉克。

大鸟，1984年的，高中学习一般，考了一个破大专，现在是一个外企的技术主管，年收入二十几万元，在昆山市中心有套房子，一部别克君威。

我想说什么呢？

我想说的是，不论你考的大学多么烂，都比你不读大学要好得多！

高考，就是一次社会阶层的分流。注意，是社会阶层！

考上大学的同学，和没有考上大学的同学，当年都是当地初中相对优秀的学生，大家的智商和情商也都差不多。甚至，有些考上大学的同学的智商和情商，还没有落榜的同学高。但是，20年后，再来看，考上大学的同学，普遍都是各个城市的中产阶级。没有读大学的同学，大部分都处于社会底层，沦落为农民或者农民工。

对于每一位个体的人，我不会因为他的社会阶层而仰视或者鄙视他，甚至，我经常是鄙视权贵而尊敬弱者。或者，我更多的时候，是就这个人本身的品德和性格，来选择是高看他还是看不起他。

我只是在说这个社会现实，那就是，高考，是社会阶层的一次分流。而且，是人类通过几千年的社会实践总结出来最公平的社会阶层分流的方式。我们不通过考试来进行社会阶层的分流，难道通过打架吗？

一个人，想进入社会中上层，就必须通过高考，进入大学，才有这个可能性。否则，你大概率会沦落为社会下层。这是一个很残酷又很真实的社会现实和真相。

千万不要拿那些个例来安慰自己：某某，没有读大学，不也成功了吗?

记着，凡是大家都拿来说的“励志故事”，都与我们普通人无关！既然能被大家拿来说，就说明这种事很少见，很稀少，很不正常，很不常规。所以，千万不要拿“故事”来当道理，拿“故事”来做榜样，那样的话，你得到的只有失望和绝望。

对于普通百姓，高考，就是你唯一可以改变命运的方式。请深刻理解这句话：高考，是一次社会阶层的分流。

大 学

我记得高考二本志愿里面，我报的五所大学里，东北大学秦皇岛分校是排在最后一个的。我记得当时选择学校的标准是，必须在沿海城市。当年，沿海城市，就是发达地区的代名词。南方比北方更发达。所以，我报考的应该都是沿海地区的五所二本大学，从南到北排序，秦皇岛最后一个。

人生如戏，不可预计。

结果，就偏偏被这个秦皇岛分校录取了。我说过，我人生有两次重要的幸运点，一个是初中毕业考上了重点高中，另外一个，就是考上了大学。对于高三第二学期基本上整天在考虑养鸡的我，能考上一个正经大学，已是非常幸运的事。

按照我当时对高中的厌恶，如果第一次考不上，是绝对不会去复读的，那我的人生，可能就和大姐夫一样，在老家养鸡，一万只，够一家人生活，一个普通而标准的陕西关中农民生活。当时可能觉得这样的生活也挺好的，现在想起来，简直是“可怕”。所以，上天待我不薄，只是，我不懂得珍惜。

每个人，都应该上一次大学，大学时光，简直美好到无以复加。尤其是与高中时期对比起来，简直就是天堂。没有人管你，没有升学考试的压力。

大学的期末考试，按我的理解，就是一个形式而已。反正，我记得40多门课，我认真去教室上过的没有几个。大部分时候，都是每天睡到自然醒，十点左右，起来玩一会儿，随便转转，就该吃午饭了。下午，我都忘记是怎么打发时间的了。实在无聊，就去教室里打发时间，老师讲的什么，实在没有印象了。我反正到现在能回想起来的，也就是一个女老师在课堂上问大家，你们谁知道现在国际原油多少美元一桶？大学四年，除了这个，我实在想不起来课堂上老师们都讲过什么。我不知道，这是老师们的悲哀还是我的悲哀。每天下午四点，又该体育运动了，然后，就是晚饭。

晚上，我很少去自习室。一般都是去阅览室，看各种报纸和杂志。现在能回想起来的，学术杂志主要是《经济研究》，其他就是《凤凰周刊》《南风窗》之类的。九十点钟，阅览室关门，就回宿舍，他们一般都是打扑克牌。我没事干，我都不知道怎么过的，反正就是不喜欢打牌。

至于期末考试，大部分课，基本上就是考试前一周，随便翻翻书应付一下就可以过了，或者，老师都会很体贴地给我们说一下重点。我也不知道是考试太简单还是我们太聪明，好像大部分同学，都是这么过来的。

所以，上大学，尤其是对于我们这种专业性不强的，基本上就是一个主题——玩。我记得大学四年，唯一不变的主题，就是我该怎么“浪费”我的时间呀？

阅览室里面的杂志，各种内容的都有。包括《家庭健康》这类杂志，讲夫妻关系应该怎么相处之类，成年人的健康之类的。我好像就是在这本杂志上了解到，我需要割除包皮，而且，杂志上告诉我，这是一个很小的手术，随便一个外科医生都能做。我那时候，农村人刚进城，对政府背景的东西，特别的信任。所以，虽然看着学校的医院就两层小楼五六个房间，两三个医生，依然敢把自己交给他们。我记得那个医生，还给我吹，他是军医出身。

以我现在的社会经验来看，当时的自己，简直就是愚蠢到该死的程度。

就这样，因为一本狗屁杂志上的文章，因为对学校破医院的莫名信任，我就脱了裤子，把自己的身家性命，交给那个赤脚医生了。

这个事情，我每次想起来，都是后怕的不行。

我记得医生说，这种手术，很简单，一会儿就好。我听他这意思，应该也就十几分钟最多半个小时吧。谁知道，他搞了三四个小时才结束。

更要命的是，他没有给我把伤口缝合好，当天晚上，一直在流血，纱布很快就渗出血了，大晚上，我们又不好意思去医院，我们宿舍的大神们，只会给我卫生纸。我把卫生纸缠在纱布外面，一层又一层，到第二天早上的时候，我下身就成了一个西瓜大小的红色的血球，那景象，太吓人，太悲惨。我都怀疑要失血过多了，赶紧去学校破医院，找那医生，让他继续给我缝合一下伤口。

当时，我真的是很担心呀，你说，我这老二要是从此不能用了，我可咋办？

我还是处男啊！

这是要我李家无后啊？

万幸的是，后来居然好了。只是，伤口很不漂亮啊。

哎……

能用就不错了。

记得当时，班里同学喜欢搞一些表面形式上的团结和关心，谁要是病了，大家都会去看望。而我这个手术，又不能对外说实话，只有我们宿舍的人知道是啥手术。我们对外说的都是阑尾炎，割了阑尾。结果，第二天下午四点多，大家都来看我。女同学们也组团来了。我还记得有个女同学，非要看我的伤口……

另外有个女同学，非要我下来走走，不要总躺在床上……

我也不知道她们是真的不知道，还是已经知道了故意逗我呢，真是哭笑不得。这应该是大一第二学期春天的事情。

大一暑假的时候，我买了一张火车票，带了70多元钱，一个人去广州。我就想尝试一下，看看自己一个人，在一个遥远而陌生的地方，能不能生存下来。我的目标，是能够在广州待一个暑假，并买张火车票回来。

现在来看这件事，觉得根本不算个事，多简单，随便找个工作，不就可以了。但是，对于一个刚进入城市的农村孩子，对于羞涩的我来说，还是很有挑战性的。

结局没有悬念，就如同我人生无数次的事情一样，都是虎头蛇尾，目标高远，结局悲惨。

好像就沿街问了两个小餐馆，问人家招不招人，人家说不要，就放弃了。

写到这里，我觉得这次回忆录没有白写，仅就这一件事的回忆，就非常有价值。我的人生，就通过这一件事，就可以盖棺定论了。

去广州尝试独立生存的这个想法，在当时那个年龄和身份，是很有意义和价值的。如果，我当时多找几个餐馆，或者连续几天，找几个不同规模的餐馆，或者，不要告诉人家实话，我是大学生，来社会实践，而是说，我高中毕业，是来打工的。如果，我最后在一个餐馆找到了工作，管吃管住，坚持一个多月下来，既能了解社会，也能锻炼自己，还能赚到回来的路费，那该是一件多么美好的学生时代的经历，对自己的意志力也是一次很好的磨炼。

可惜的是，我在遇到一点困难之后，就放弃了。

然后，就想着怎么逃避。

我跑到中山大学的学生宿舍，逐个询问有没有陕西的老乡，后来，找到一个陕西老乡的宿舍，他不在，他们宿舍的同学很好，问了我的情况，就直接让我住下了。说那个陕西老乡下乡社会实践了，暂时不回来住。就这样，我在他们宿舍住了几天。

只能找二姐要钱，怕我爸知道了担心。那个年代，我没有银行卡，通过银行姓名电汇的方式，折腾了几天，终于收到钱，买了火车票，灰溜溜地回学校了。

我记得，大概在广州中山大学待了将近一周的时间，住是免费的，总共是花了几十元钱用于吃饭、打电话和喝水。

我好像还记得，那个愿意收留我的同学，老家是肇庆的还是清远的。总之，他人很好。

一叶知秋，我人生的很多事情，基本上都是这样的规律和结局。概括起来，就是：志大才疏、虎头蛇尾，目标高远、结局悲惨。

当然，客观地说，虽然我是虎头蛇尾、志大才疏，但是，从另外一个角度看，还是比其他连“虎头”都没有的同学，好一些。因为我的“虎头”，我多了一些经历，而且，是一些失败的经历。而凡是有失败的经历之后，我好像都会有所长进或者叫收获。人生的其他经历，也是这样的。

这次去广州的经历，没有让我认真反省自己思想上存在的问题，或者说，即使反省也改正不了那个没有坚强的意志力的毛病。只有一个收获，我发现自己的身体太差了。

广州的夏天，特别的闷热，让人喘不过气来。北方人，第一次在南方过夏天，才会体会到那种感受。你要是看天气预报，广州夏天的高温一般也就35度左右，极端最高温度，也就到37度。作为一个北方人，我们在夏天经常遇到38度甚至40度的高温，觉得奇怪，南方不是更热吗？广州的气温怎么不高？等你亲身到了这样的环境下，你才知道，人体的感受，不仅与温度有关，还与湿度有关。

北方夏天气温很高，但是，湿度不大。南方夏天气温不是很高，但是，湿度很大。所以，南方的夏天，不是热，是闷热，那种热是身体不流汗，喘不过气来的闷热，特别难受。尤其是你在这样的天气中跑一段路，简直要岔气死掉。

北方的冬天，也是温度低，但是，湿度不大，干冷。南方的冬天，温度不低，但是，湿度大，湿冷。比如，北方冬天零上8度，你不觉得很冷。但是，南方冬天零上8度，下点小雨，刮点风，感觉比北方零下8度还冷。更何况，北方室内都有暖气，南方室内室外几乎一样冷。

所以，大部分南方人，冬天到北方的第一感觉就是：怎么不冷呀？我们那会儿看到来自广东珠海的同学，总觉得他穿得少，真抗冷。还有，来自上海的同学，也觉得，他咋不冷呢。

现在，我在深圳待过6年，在苏州待了10年，我已经体会北方的冬天真的不冷啊！南方的冬天，包括江南的冬天，都是冷到骨头里的寒冷。都是因为，湿度大。

所以，记得，要想了解一个地方的气候舒适度，一定要关注两个指数：

温度和湿度。不能只看温度。

当时，因为二姐和我都没有银行卡，二姐还得找到我们老家在渭南城里做生意的刘叔叔，让人家通过银行姓名电汇的方式，来给我汇款。但是，不知道什么情况，搞了几次，都是有问题，当时，电话联系也是很不方便，通一次电话都很不容易。我为了查询是否到账，大中午的，在广州市区的两个工商银行营业厅之间跑来跑去，跑得我快要窒息了。

所以，回到学校，决定做两件事：锻炼身体，学好英语。

要锻炼身体，当然是在广州受的刺激，觉得自己作为一个年轻人，跑两步就要窒息了，体力太差，所以，要锻炼身体。

学英语，我不知道当时是怎么想的。我估计，是在反省广州之行的时候，没有去反省自己意志力的问题，或者说，即便意识到自己意志力不行，又意识到自己改不了，所以，就挑软柿子捏，改一些能改的。认为找不到工作，是因为我是个农民工，如果我英语学好了，是个优秀的大学生，不就可以找到好工作了吗？当时应该是这样想的。

所以，我决定，以后遇到重要的事情，事前和事后，都做一个详细的心路历程的记录，为将来 60 岁再写回忆录的时候，做好原始资料的准备。

到时候，只需要把 40 岁到 60 岁之间重要事情的记录，稍加整理，即可形成后半生的回忆录。否则，就会出现这样的情况，即便能回想起来当时发生的事情，但是，很多细节，尤其是，当时的心路历程，是不记得了。或者，记得已经不清楚了。而当时的心路历程，才是最重要的。

因为，我们大家做每一件事，都是需要“借口”的。

我们每一个人，做每一件重要的事情，一定是会找一堆理由和借口，来说服自己去做这件“很有必要”的事情。

这些理由，可能包括了，做这件事想要实现的目标，想要达成的目的，为什么做这件事的原因和动机，及背景。总之，是有一堆各种各样的理由，觉得就是很想做这件事。而且，经常是会找一堆冠冕堂皇的理由。哪怕，没有人来过问，我们也不需要给谁汇报或者请示，但是，我们做一些重要的事情，总还是会有这么一个过程，一个自己说服自己，自己给自己做“可行性分析”的报告，自己“鼓动”自己的过程。

这种心路历程，对我们每一个人，才是最重要的。

这涉及两个方面的问题：

一、事后我们评判自己此事做的成功与否的标准，就应该是事前的那堆“借口”。以这些“借口”作为评判的依据和参照物，而不是别人眼中，这件事我们做的是成功还是失败。因为，别人是以他的标准来评判你的。

所以，别人怎样评判我们，并不重要。

重要的是，我们自己怎么评判自己。

我们要对自己做评判，很难。因为，我们太了解自己了。自己做的所有事情，自己所有没有做的事情（仅仅是一些想法），我们都清楚。而且，我们可能经常会不经意地把这些事情混在一起，把做了的事情和没有做仅仅是想过的事情，混在一起来考虑，所以，我们就看不清自己是一个怎样的人了。

实际上，我们每一个人，最在意的，一定是自己怎么看待自己，自己怎么评价自己，自己是否认可自己。如果一个人，自己都不认可自己，那就可能心态扭曲。

大部分时候，我们对自己都是认可的。或者说，我们经常会不自觉地进行自我欣赏，自我鼓励。

我觉得，我们每一个人，潜意识里面，是想对自己有一个“客观”的评判的。但是，怎样才能有这个客观的评判，不是每一个人都能做到的。

我突然发现，这个事前的“借口”与事后的结果，进行一个对比，就是一个很好的评判方法。我们对重要的事情，如果都能做到这样的评判，长此以往，一定会活得特别“明白”。

因为，我们不仅知道自己每一次为什么做这件事，经过对比评判后，我们还会了解到，自己哪些方面做得很好，就是预期的那样，哪些方面做得不好，事先没有预计到，哪些方面自己天赋不足，哪些方面自己努力不够，哪些方面自己能力不足，哪些方面自己目前具备的资源和条件不足等等。

我觉得，这样做事，才是有价值的。

所以，每一件重要事情前后的心路历程最重要。而且，一定要以书面的形式记录下来，这样才方便进行对比和评判。

认知自我，对我们每一个人来说，都是头等重要的事情。

二、这个问题，也涉及另外一个重要的问题。就是我们的思维定式，或者叫，我们的逻辑固化。

看起来，我们一生会经历很多事情，很多不同的事情，可是，实际上，我们如果对我们经历过的重要事情进行一次梳理，我们就会发现，所有事情不同的只是表象，里面的实质是一样的。我的意思是，虽然我们每次经历的事情不同，可是，我们对待这些事情的心路历程却是一样的。这就叫思维定式，逻辑固化。比如，我就是这样的。凡事都是不想则已，一想就要最好的，目标定得比天高，结果，执行力总是太差，没有强大的意志力，遇到困难就退缩。最终导致事情虎头蛇尾，自己成了一个志大才疏的人。这可能也就是我们通常所说的，性格决定命运吧。这是因为，我们的思维定式和逻辑固化，导致不论遇到什么样的事情，最终都会演变为同样的发展轨迹和规律。

所以，如果我们每次都对事前的“借口”和事后的结果，进行了书面的记录，然后，自己进行对比和评判，就会发现和总结出一些规律和共性来，这些规律和共性，应该就是我们的性格，也是我们的思维定式和逻辑固化的具体表现。

我们如果想改变自己的人生和命运，只有在这方面进行突破和改进，才有可能取得真正的改变。当然，这种改变，可能会很难。但是，真正的强者，一定是突破自己思维局限的人，一定是那些可以改变自己的人。

大一暑假，1998 年的夏天，中国发生了一件大事——百年一遇的大洪水。尤其是，长江流域，洪水极为严重。我就是在这样的背景下，从广州坐火车，回到学校的。

回学校后，我开始锻炼身体。基本上，就是每天下午四点左右，锻炼一个小时。暑假期间，人很少，我自己打篮球玩。开学后，我跟着他们踢足球。

另外，暑假天热，每天下午运动后，我都会在卫生间冲个凉水澡。很快，养成了习惯，主要也是因为杂志上说，冲凉水澡有利健康。我们那会儿，网络还刚起步，获得信息，主要是看书和报纸杂志。这个习惯，一直保持到大二冬天放寒假。春节回来后，因为中间有中断，就再也不敢冲凉水澡了。我记得，因为我的带动，我们有好几个同学，也经常冲凉水澡。尤其是到了冬天，零下七八度，自来水冰凉刺骨，每次给身上浇一盆凉水的时候，大家都是鬼哭狼嚎的，搞得整栋楼都是惨叫声。

后来，冲凉水澡的习惯没有了，每天下午运动一下的习惯，基本还有。我那病恹恹的身体，能够健康地活到现在，与那一两年打下的坚实基础是分不开的。

我的英语，一直不怎么好。

不知道为什么，我还稀里糊涂地选择了国际贸易专业。而我们专业必须拿到英语六级才能获得学位。所以，每个人，必须先得过四级。

我们大二就可以参加四级考试。我大一暑假从广州受刺激回来后，每天开始学英语。我一直不喜欢英语，也不会学，只会死记硬背单词。我就是靠这样的笨办法，在大二第一学期的四级考试中，以 65 分（满分 100 分）的成绩通过了四级考试。

因为我们这次四级考试，全班好像只有一半的人通过，搞得几个觉得自己学习挺认真的人，对于我考过了四级这个事，一直耿耿于怀。看来，在他们心目中，我就是一个不好好学习的“坏学生”。实际情况，也差不多，我就是一个不好好学习的人。

当然，要学好英语，只靠背单词，是肯定不行的。所以，我的英语，也就到此为止了。六级考试，考了两次，第一次 32 分（满分也是 100 分），第二次 27 分。

去他大爷的，没法弄了。直接放弃吧。

因此，我也就没有获得学士学位，只有一个本科的毕业证。

因为我的英语太差了，还有，我的高等数学太差了，我放弃了考研。

说起考研，又是一个虎头蛇尾的事情。

我很早就开始计划考研的事。应该是大二第一学期，就开始计划和准备这个事情。当时，目标又是定得高高的——北京大学经济学院、北京大学光华管理学院、北京大学中国经济研究中心、清华大学经管学院、“五道口”（中国人民银行研究生中心）。我整天研究这五个地方，到底考哪个好。

这又是典型的“空幻想纠结症”，在交不起房租的时候，却总是纠结是买 7 系宝马好还是 S 级的奔驰好，当省长好还是市长好。

实际上，这五个地方，都是中国经济和管理方面最好的研究生机构。当时，不论是考上哪一个，现在，都没空坐在这里写这样的人生回忆录。

哎……

准备那么早，最后却不战而降，都没有启动考研。其实，就是因为，英语和数学太差了。正常人的思维是，这两门太差了，我就上考研辅导班，强化学习，把数学和英语补上来，然后，这五个最牛的我考不上，我就放低目标，考个二流学校的研究生，也比没有考要强呀。

后来的事实证明，我们班考上的，哪怕是考的比较一般的学校的研究生，也都混得比我好呀。因为，我们那会儿的研究生，还是比较吃香的，很稀缺呀。

这就是我，凡事都是虎头蛇尾，目标定得比天还高，却不去努力奋斗争取，低一点的还不愿意接受，最后，就什么也得不到。逃避问题，往低处走。

这是我最大的问题。

大学时代的闪光点，也不是没有。

好像是大二暑假前，我、建强、剑锋，一起搞了一个针对中小学生的辅导班，搞得还可以。我记得情况大概是这样的：

建强当时在外面给一个初中学生做家教，他和我不知道为啥，走得比较近，算是比较要好的朋友，所以，他就给我说，咱们一起搞个针对中小学生的辅导班，可以赚钱。

我这人吧，一直对钱没有特别大的欲望，虽然，我一直都是靠借钱过日子的。也许还是那句话，有些人，童年治愈一生。我这都是小时候烙下的毛病，官二代。一个村干部的儿子，还真把自己当官二代了，当贵族了。整天不把钱当回事，那钱当然也就不把我当回事了。很多人，想赚钱还赚不到呢，更何况，我这种不想赚钱的人。

我觉得挺好玩的，很乐意地就同意了。当然，我觉得人多，更热闹。所以，我说，叫上剑锋一起吧，建强也同意了。

剑锋和建强一个宿舍的。我和他们两个都不是一个宿舍的，不知道为啥，那段时间，剑锋总往我身边凑。后来，我才发现，原来，他是看上我老乡小琴了。都是一个班的同学，你直接上不就得了，还非要搞“曲线救国”，绕我这个弯干啥？

不知道。

他这人做事，一辈子都是这样。屁大个事，到他这里，都能琢磨半天。

反正，那段时间，他和我很热乎。我这人吧，好像除了偶尔因为泡妞的原因，很少主动去接触另外一个人。哦，当然，后来因为工作需要，主动去拜访客户，是另外一回事。我是说生活上的。

所以，我从来没有主动想和谁成为朋友，可能又是因为小时候落下的毛病，“官二代”“贵族”，谁都看不上。呵呵。

就这样，我们这个团队，算是搭建完成了。李建军、建强、剑锋，取名“东大三贱客”。

那会儿，同学们都当玩呢，所以，有需要其他同学帮忙的，大家都很乐意。

我们一起商议，建强主笔，起草了一个广告文稿，找了一个印刷厂，印刷了几千份宣传单页。找了班里其他同学帮忙，去各中小学校门口发放。

我们前期，也是没脑子，把宣传单都在中小学校门口发给学生们，结果，学生们都扔了。我们开会一讨论，发现不对，孩子们上学早都上够了，谁还愿意放暑假了去上个辅导班呀，当然给你扔了。你免费，都不去。所以，我们发现，我们的用户是中小学生，但是，我们的客户，不是学生，而是，学生的家长，孩子的父母们。他们愿意出钱，他们想让孩子们上辅导班。

所以，我们后来再次印刷了广告，也修改了文稿。我记得，我们的卖点是，小班教学。一个班只招收 8 到 10 名学生。而且，我们还杜撰了一个资料，说是据美国哈佛大学某某教授研究发现，“一对一”的教学效果并不好，大班（超过 20 人的）教学效果更差，只有 8 到 10 人的小班教学，效果最好。

另外，找我们班在广播站工作的女播音，漂亮的楠楠，为我们录制了广告录音带，找我们班长，借了他们宿舍的音响，找食堂师傅，借了三轮车，我们骑着三轮车，拉着音响，放着楠楠的广播，在秦皇岛最繁华的“金三角”联华商厦门口，发红色纸张印刷的广告单。

那是我们三个最快乐的时候。

现在回头来看，我们当时简直是天才！美国的中小学校，确实都是小班教学的。一般一个班级大概 10 到 15 人。我们 20 年前倡导的教学理念，也就是现在各个培训机构执行的小班教学。我们几乎是国内最早做中小学培训的。我们三个如果从当时开始一直做这个事情，估计 10 年前已经上市了。当然，也可能成功太早，把持不住，赚了不少，赔的更多，友情也没了。

人生啊，不好说。

所谓，德不配位，必有灾殃。

如果，我们的能力和素质，匹配不了成功，就算是走狗屎运，偶然成功了，也会把持不住，最终还是会葬送掉。

当然，我宁愿经历那样的大起大落，我也不要这样的平淡无奇。

人生在于经历。

当然，我们的宣传效果不错。到了我们广告单上约定的报名时间，我们把两张桌子摆在学校大门口的时候，就真有家长们来交钱了。我们花几元钱，买了一本收据和印纸，在每张收据上面，盖了学校团委的公章。

现在回头想想，我们三个是奇葩，我们这学校也是够奇葩的。

我们的宣传单落款处，印刷的是：东北大学秦皇岛分校团委。我们的收据上盖的公章，也是：东北大学秦皇岛分校团委。我们免费用的教室，是学校当时自动化系一楼的九个教室。我们既没有给学校打过申请报告，也没有给学校和团委交过一分钱。

那时候的我们，真是纯真；那时候的学校，也是多么纯真啊！

就这样，我们在学校大门口，两张收钱的桌子，摆了大概三到五天，大概有 90 个学生的父母，来现场简单咨询后，就给我们交了学费。学费是多少，我都完全不记得了。

我记得，我们遵守小班教学的理念，把 90 个孩子，分成了 9 个班。我们在学校食堂门口贴大字报，招聘老师，有很多同学来面试，我和剑锋装大尾巴狼，把这个面试人的机会，大方地礼让给建强了。我们想，他应该会喜欢做这样的事情。他确实是喜欢。

经过建强面试，我们一起商议，应该是确定了包括我们班两个女生在内的 9 个同学，来给我们招收来的学生做老师。

我们有点当老板和校长的感觉，真好。

我们班的两个女生是：

小欣，后来读了对外经贸大学的研究生，现在好像是一个全国性大银行的审计主管。

黎黎，后来读了西安交大的博士，现在好像是中国海洋大学的教授、博士生导师、泰山学者。她目前应该是我们班 34 个同学里，取得成就最高的人。她老公是我们宿舍的，旺霖，青岛人，后来也读了研究生，现在在山东科技大学当老师。

我不记得总收入是多少钱，成本是多少钱。我只记得大概是赚了 9000 元左右吧，我们每人三分之一，我分得三千元。在 1999 年夏天的秦皇岛，这三千元，应该是一笔挺高的收入。

最重要的是，它给了我们大学四年，最美好的时光，最美好的回忆，而且，给了我们最好的友谊，一直保持到二十年后的今天。

我想，我们三个的友谊，会持续一生。

我想，这才是最珍贵的。

美好的回忆，一生的友谊。

当然，这一切，都缘起建强。所以，我感恩他一生。

当然，我们三个人，后面还有很多交集。

好像是大二春节，在老家看电视上的广告，有一款增高的药，我记得要 3000 多元。我被广告诱惑得动了心，想买，我爸不同意。我回到学校后，找大靖借钱买了。我现在好像还记得那个药的牌子是叫“桐源阁”，好像是重庆的。

当然，肯定是被骗了，没被毒死就不错了，估计是用淀粉之类食品来冒充药物来骗人的。

我人生被骗的次数不多，这是第一次，后面两次好像都是因为女人。

只是，这个事情，开启了我人生的借钱之旅。

这是 1999 年的春天，到现在，2019 年的夏天，我这 20 年，基本上都是在借钱中度过的。只不过，刚开始，是借身边朋友的，后来，用信用卡的，现在，用银行授信的。

我为什么一直在借钱中度过呢？主要是因为：

一、我从不把钱当回事。所以，为了办某些事，没钱的时候，就想着先找钱来把事办了再说。

二、我挣钱太少，所以，总是入不敷出。

三、我身边总有人愿意借钱给我，惯我毛病。

四、我有借有还，从不赖账。

五、我总是寅吃卯粮，提前花了预期收入。

六、我一直没有储蓄的习惯。

到现在，我都 41 岁了，还是这德行。

所以，我估计，未来 20 年，我的经济状况也不会变好，还是这样。历史照耀未来，过去 20 年都是这样过的，未来不会有什么本质差别。

说起大靖，他也是一个穷人，生活特别节俭，建强也是。只是，他们两个都多次借过钱给我。我是不是应该感激他们？当然，至于剑锋，更是不计其数，我一直以来，几乎把他当成我的第二钱包在用，只要没钱了，就想起找他要。好像是他上辈子欠我似的。

我们三个通过搞培训班，已经有点小嘚瑟的感觉了。大三国庆节前，就想着再干点啥，瞎嘚瑟，承包了开发区电影院，播放《荆轲刺秦王》，没想到，票卖得很不好，赔了两千块。从此老实了。

大学期间，好像也没有什么能想起来的事情了。

那几年，国家倒是发生了很多大事，1997 年，我们高考，小平同志逝世，香港回归。1998 年 5 月 8 日，美国轰炸我们的大使馆，学校还组织我们全校学生上街游行了。1999 年，澳门回归。2000 年，千禧年。

对于大学生活，每个人有自己的想法。

我的观点是，必须得确保你将来有个回忆。比如，像我现在这样，回想 20 年前的大学生活，都想不起来自己经历了什么，发生了什么，那可是人生最美好的 4 年青春啊，怎么会什么都没有呢?

所以，作为一个大学生，唯一的标准，就是必须做很多事情，很多很牛逼的事情，确保，20 年后的你，还能回想起来自己曾经有过怎样的大学生活。

否则，就是失败！

人生，在于经历。

回忆不起来的经历，都不算是经历。

由于我其貌不扬，又没有自信，所以，没有什么感情经历。好像当时也喜欢过某几个女孩，但是，可能也都不敢行动。可能也有瞎了眼的女同学喜欢我，我可能也看不上。

所以，我的大学，是单身的回忆。

虽然，好像也有过一个叫 TH 的女朋友，小两届外语系的。应该是我大三卖复读机的时候，她买了我的一个复读机，说是有问题，就和我“纠缠”

上了。

我把我的“第一次”给了她，我却不是她的第一个男人。好像也与爱情无关，所以，能想起来的，也就这些了。

有人说，一个男人的性能力，与他获得性的能力，成反比关系。

我觉得很有道理。我们年轻的时候，多么渴望爱情渴望性生活，就是没有勇气去主动和女同学说话。当我们老了，懂得怎么去“泡妞”的时候，好像对性生活，已经没有那么强烈的欲望了。

人生，最宝贵的，就是年轻。

而年轻的时候，我们却总觉得自己比大人们，没有钱和经验，显得稚嫩。其实，年轻，是金钱和权力都无法衡量的，是最宝贵的。年轻，就意味着，你有成功的欲望，你有雄心壮志，你有各种可能，你还有对性永不满足的追求。多好啊！

尤其是，你有各种可能，你有大不了一切从头再来的时间。因为，你什么都没有，所以，你可以拥有一切！

年轻，真好！

想当年，我们作为大学生，尤其是到了大四，那种指点江山激扬文字的青春力量，那种天下舍我其谁的雄心抱负，那种“你们都让开，让我们来吧”的勇气和自信，是多么有力量！

无知者无畏！

我认为，这是褒义词！真正开创一番伟大新事业的，一定是新人，一定是“无知者”。那些什么道理都懂，行业经验丰富，凡事考虑周全的人，必然思想受限，畏手畏脚，不可能开创出一番新事业，伟大的事业！所以，历史上，腐朽的旧政权，很少有自我革新成功的，最终，都只能通过新生力量，建立新政权来取代它。同样的道理，每个行业的革新者，都一定是新公司，新入行者，甚至，就是年轻的新人们。开创计算机软件行业的微软，开创互联网行业的雅虎、谷歌、脸书，哪一个不是年轻人?

所以，大学生们，年轻人们，你们不要觉得你们没房没车，你们没有工作经验，正因为你们什么都没有，你们才能轻装上阵，机会成本最低，正因为你们没有经验，你们才会实现真正的创新，正因为你们什么都没有，你们才有强烈的获得一切成功的欲望。

你们什么都没有，所以，你们什么都会有的！

只要你们有一颗，想要拥有一切的决心，就够了。

奋斗吧！年轻人，做你们想做的一切，未来，属于你们！

只是，你们的年轻，不会一直拥有，所以，必须要有紧迫感，必须在你们成熟之前，完成你们的野心和梦想。如果，你没能抓住 20 岁到 30 岁这个时间段，不能在这 10 年内建立自己认可的成就，你此生，基本上就不会再有什么值得一说的成就了。

我说的是成就，不是成功。30 岁之前，不一定非要成功，但是，必须要有自己认可的成就，所谓成就，就是哪怕你失败了，甚至失败了很多次，没有成功一次，这都是你的成就。也就是说，你必须去做事，去大量地做事，做正经事。比如，创业、学习、科研、升职……总之，绝对不能浪费这最宝贵的时间在娱乐上面，一定要大量地做正经事，而且，事情越大越好。不要怕失败，这个年龄，再大的失败，都是成就。

唯一的失败，就是你什么都没有干。

过了20年，回想起自己30岁之前，没有什么值得一说的事，那就是失败，那就是完蛋！千万不要拿“别人的故事”来安慰自己，什么山姆·沃尔顿45岁才开始创建沃尔玛的，什么任正非40多岁才开始创建华为的，什么马云35岁才开始创建阿里的。

如果你这样看问题，或者以此来“忽悠”自己，我只能说，你完蛋了。

你仔细了解一下这三个人的故事，你就会明白，我们绝对不能相信“故事”，我们要相信常识。

山姆·沃尔顿，大学期间就是学生会主席，军队转业后，在创建沃尔玛之前，已经用了10年时间，积累了15家连锁店的经历。

任正非，大学毕业后就职于建筑工程单位，从基础一直做到副所长（技术副团级）。因突出贡献出席了1978年的全国科学大会和1982年的中共第十二次全国代表大会。

马云，第一次高考失败谋生，一次偶然的机会接触到路遥的代表作《人生》，这本书迅速改变了马云的思想，马云从书中体悟到“人生的道路虽然漫长，但关键处却往往只有几步”，遂下定决心，参加第二次高考。第二次高考失利后，继续参加第三次高考，跌跌撞撞进入杭州师范学院。在大学任教期间，用业余时间在杭州一家夜校兼职教英语，同时帮助别人从事英语翻译。30岁的马云开始创业，创立杭州第一家专业翻译社。马云之后的故事，大家在网上都看得到。

从上面的公开信息，我们就可以看到，这三个人，绝非“凡人”。

他们年轻的时候，都是做了大量的事，而且，很多都是一般人不会做或者做不到的事情。所以，请记得，没有人会随随便便就成功了。

更没有人，“突然”就成功了。

你觉得他“突然”，是因为，你不了解他的过去。

所以，我们古人讲三岁看大，七岁看老，是有道理的。

我们的发展，是连续的。一个人不可能前半生浑浑噩噩无所事事，后半生突然就奋发图强，一定不会的。

一个人在他年轻的时候，人生最重要的十年里，都没有奋发图强，我绝对不相信，他三四十岁了还会奋发图强。

绝对不会！

没有人会“变”。

记得，历史照耀未来！

所以，一定要用好你这十年，20 岁到 30 岁的十年。一定要有所成就！不怕失败，挫折再多都不怕，怕的是你不动了，不做了，放弃了。只有你不停地努力、奋斗、折腾，一直折腾，一定会成功的！

深 圳

大四的时候，大家的主要事情，就是找工作。因为经常在阅览室看各种报纸和杂志，看到很多深圳的报道，我对深圳一往情深，所以，当时毕业找工作，我唯一的目标城市，就是深圳。我当时给自己的要求是，扫马路也要扫深圳的马路。

回头来看，没那么惨，因为，深圳是最容易找工作的。当然，特别好的工作，哪里都不好找。

我们到深圳的第一站，是八卦岭。

八卦岭，真是个好地方，有那种小宾馆，一个房间，8 个床，上下铺，每个床每晚才 10 元钱。真便宜，附近有快餐，也不贵，好像是三块四块五块这样的价格，味道也很好。刚到深圳，觉得一切都是新鲜的，美好的。而且，这里离宝安北路的人才市场，也不远。我们好几个同学都住在这里，也不觉得陌生，好像是在学校宿舍似的。

我记得，好像小敏是我们同学里面第一个找到工作的，一个外贸公司，在地王大厦附近的深圳发展银行大厦上班。当年，那里是深圳最发达的地方，最高档的写字楼，我们都羡慕死了。

很快，建强也找到工作了，去海王公司。当时，总部在南山区的海王大厦，也是很厉害的。海王药业，当时已经是上市公司了。

因为我们几个是在学校参加完六级考试才出来的，所以，到深圳后，没有赶上当年在高交会馆（后来已拆除，现在大概市民中心那个位置）专门针对应届毕业大学生的招聘会，每天只能去宝安北路的人才市场。

但是，人才市场里面的企业，大部分都是针对社会招聘的，所以，既要求有社会经验，又不能解决我们应届毕业生关心的关系和户口问题。

我记得好像还是建强临走之前，给利国（我们大学一个宿舍的）说了一下，有个单位也通知他明天去面试，但是，他决定去海王了，所以，让我们几个都可以过去试试。就这样，我和利国，第二天，就去参加这个建强给的面试了。

面试的结果，我被录用了，利国没有通过。这就是我人生的第一个工作单位——深圳江河工贸有限公司。

这个公司，对我的职业影响不大，却对我之后人生的很多生活方面，影响很大。

剑锋，也来深圳了，找不到工作。最后，是小敏介绍了一个我去上了几天班又不愿意去了的单位，他和楠楠去了。在宝安，一个做外贸的小公司。临近春节，不能回家，他们两个孤男寡女在深圳过的。结果，两个人都忍受不了，离开深圳。

楠楠找到工作，在北京。

剑锋找到工作，在秦皇岛。

利国后来找到工作，在洛阳，现在中石油北京总部上班。

小敏，一直在深圳，买房定居在南山，现在好像转型做 HR 了。

现在回头来看，我们当时非常在意的大学毕业找的第一份工作，好像对现在大家的工作和发展，几乎都没有什么影响。

所以，不要太在意大学毕业后的第一份工作。

就像，不要太在意考上的大学和专业是否理想一样。

人生就是这样，当时我们非常在意的事情，事后来看，可能对我们人生，几乎都没有什么影响。

但是，上不上大学，绝对是两种完全不同的人生命运。

所以，不论怎样，一定要上大学！

江河工贸，曾经靠代理一些国内外知名品牌的食品起家，后来，自己研发生产月饼。后来，公司更名为深圳江河食品有限公司。好像后来，还在新加坡上市了。现在好像已经倒闭了吧，不知道，这几年，没有怎么再关注它。

我们面试和实习的时候，公司办公室在罗湖区政府后面的凤凰路凤山大厦东座5楼。这是深圳的老城区，很繁华，附近有写字楼和小区，有各种饭店和商业场所。当时，我对这份工作，挺满意的，而且，可以给我们接收函，我们的档案和户口，都转来了深圳。

和我一起招聘进来的应届毕业生，一共是五个人。

小哲，女的，哪个大学毕业的，忘记了，河北人，本科，营销专业。现在定居北京，在一个国企上班。

祥明，男，广东梅州人，客家人，大专，应该也是营销专业。还在深圳，继续在食品行业奋斗，已经是中国进口食品圈子里的重要人物了。

纯纯，男，武汉人，中国地质大学毕业，本科，好像是会计专业，应该是我们五个人里面唯一的一本院校毕业生。现在定居深圳，刚从阿里旗下的飞猪运营总监岗位上离职，赋闲在家带孩子。

老杨，男，云南弥渡县人，烟台煤炭经济学院，本科，营销专业。现在定居深圳，前两年，房价合适的时候，在莲花山公园北侧买了一个二手房，现在也价值五六百万了。现在，是一个在淘宝上卖核桃的哲学和佛教爱好者。

我呢，读了秦皇岛这个“破”分校，有个好处。东北大学，不知道出于什么原因，在秦皇岛设了这么一个分校。分校和总校是什么关系，我也一直没弄明白。反正，一直是单独分开招生的。我们这一届，是分校第一次在陕西招人，好像总共就招收了十几个人。哦，说起来，很巧的是，陕西省那么大，居然我们大荔中学，就来了两个人，而且，我们两个还被分在一个班，那就是我和小琴。我之前并不认识小琴，后来听她说，她是复读的，家是县城北郊的。按理说，我们两个这缘分，不成一家人都可惜了。

小琴，人不错，挺适合做老婆的。她现在南昌一个大学做行政。

剑锋好像就是这种受虐性格，喜欢被人欺负。他现在都一直被老婆欺负着，还享受得不行。所以，要是哪个女人不欺负他，他还就不喜欢了。我估计这与他的成长家庭环境有关，他在家里最小，上面有三个姐姐，一家人最疼他，他在高中的时候，也是年龄最小的，其他同学都让着他，所以，我估计他被人宠爱惯了，就受不了，就想被人欺负。

真的，人就是这么贱。

我们每一个人，都是缺啥想要啥。

我们要的，都是自己没有的。所以，没钱的人，最羡慕的就是有钱人，有钱人，最羡慕的就是当官的。没上过大学的人，就羡慕那些博士毕业的，有文化的人，就羡慕那些能混江湖的。个儿矮的人，总想找个儿高的人，皮肤黑的人，特别喜欢皮肤白的。有残疾的人，最羡慕的就是四肢健全的人。没车的时候，就要有个车，有车了，就觉得，走走挺舒服的。

我特别看不惯他的，就是他自己的这种受虐爱好，还总是打着个是因为爱媳妇的旗号，还整天总批评说我自私。

我自私？

你告诉我，谁不自私？

你不自私？

你所谓的爱媳妇，还不是通过爱媳妇来实现自己想爱一个人的欲望？你所谓的爱孩子，还不是通过爱孩子来实现自己想要爱小孩的欲望？你所谓的负责任，还不是通过对你想负责任的人负责任来实现自己觉得自己可以成为一个负责任的人的欲望？

每一个人，做每一件事，最终，不都还是为了满足自己的欲望吗？

只不过，你们是通过对别人“好”来实现自己的欲望，我是通过对自己好，直接来满足自己的欲望，有区别吗？谁比谁更高尚吗？所以，我想说的是，我们应该大大方方地承认，我们都是自私的。

自私，应该是一个中性词，而不能总是带有贬义。

当然，自私，不是冷漠，不是不履行自己的责任和义务。

正因为我们自私，正因为我们觉得只有履行了自己的责任和义务，自己才能获得社会的认可和自己对自己的认可，所以，我们还是会去履行自己的责任和义务的。

哦，扯远了。继续说分校的事。

我们分校，当年在陕西第一次招生，是按照二本招生的，当然，总校，是按照一本招生的。东北大学总校还是很牛的，一直都是“211”和“985”高校。

分校呢，这些年，也发展得很好，跟着总校一起，虽然还是独立招生，我看分数线已经和总校差不多了。当然，都是一本招生了。

所以，我当年看不上的这个“破”分校，现在，我要是一个高三学生，还就考不上了呢。当年，我们毕业的时候，用的毕业证和总校是一样的，包括盖章和落款处校长的名字，都是总校的。只是，总校毕业证，学院一栏里，我们都是写秦皇岛分校。

可能我们当年生源比较好，加上大学扩招之前，大学生还不算太多，我们又借着总校的光芒，所以，我们分校毕业的就业形势，比同在一城隔壁那个叫燕山大学的同学们，可是好多了。虽然，当年，他们都是一本招生入校的。

我们毕业后，大部分同学，也就去五个地方：北京、上海、深圳、老家、秦皇岛。我们班，好像也都是各五分之一的比例。目前，差不多也还是这样。像我这种，目前定居苏州的情况，不多。

目前，我们在北京、上海和老家的同学，比例应该是最高的。我们计算机和自动化专业，毕业去华为的同学也很多。当年，我们已经知道，华为是一家很牛的单位，尤其是，我们在深圳的人，更是对华为很尊敬和向往。

我记得当年在深圳，大家见面一般都以两个问题开始：

第一个问题，就是，你老家是哪里的?

因为，深圳都是外地人。深圳真正的本地人，当年好像就二三十万，对于一个一千多万人口的城市，几十万人，可以忽略。我记得 2001 年，我们刚毕业到深圳，深圳的常住人口是 1200 万人，户籍人口是 120 万人。我们当时能有深圳户口，是一件特别牛逼的事。很多开公司的小老板，都没有深圳户口。

所以，大家肯定都是外地人，一见面，先问一下老家是哪里的，如果是一个省的，那就是老乡了。

第二个问题，就是，你在哪个单位？干什么工作的？咱们有没有什么机会合作一下？

我记得当年，我们在深圳的人，最认可的就是创业，所以，如果一见面，你说你在创业，不论大小，我们都会肃然起敬。对于上班族，我们只认可两个单位的，一个是在政府上班的公务员，另外一个，就是在华为上班的。

由此可见，当年的深圳人都是一群心怀梦想的人，都是渴望成功的人。也由此可见，华为是一家多么特别的公司。当年，我们对华为的认识，有两个：在华为上班，收入很高；华为是搞高科技的，对学历要求很高，硕士博士都一大堆。本科都不算个啥。

我们这五个人，各不相同。

祥明，应该是最能干的，他特别勤奋，特别肯吃苦，就是传统广东客家人的那个样子。是一个特别优秀的男人，只是，可能缺乏战略高度。

小哲，我们经常拿她开玩笑。谁叫她是我们五个人中唯一的女性呢，挺好的一个娃，后来去了北京，找她男朋友去了，现在应该是她丈夫。原来我以为小哲是一个女强人的性格，现在来看，她还是一个传统中国女性，只是一个有现代职业的传统中国女性。

纯纯，典型的职场精英那种，放在什么岗位上，都能将西方那一套经济学和管理学理论结合到实际工作中，学以致用，精益求精。就适合在大企业里面混，做个中高层，还是很合适的。不愧是一本毕业的，就是觉得人家聪明，好像学什么都比我们快似的。后来又读了上海交大的 MBA。老婆好像是他同学，叫燕妮吧，毕业后一直在平安保险总部上班，干到现在，也年薪五六十万元了。

我一直觉得，能娶自己大学女同学的男人，都是特别优秀的。

你想，大学同学，尤其是同班或者同专业的，你在她面前根本就没有任何优越感和优势，你的一切，她都了解。而且，能和你一起读大学的女生，一般智商和情商，都挺高的。反正，我觉得，这样的女生，我有点无法掌控的感觉，用现在的网络用语，叫“HOLD”不住。

在我的概念里，我必须比我老婆在某方面有优势和优越感才行，我才觉得踏实或者叫有安全感。这可能就是我心胸狭窄和不自信的表现吧，或者叫大男子主义。

当然，燕妮确实比较强势，或者说，我们觉得她挺强势的，也许，她在纯纯面前，乖的像小猫一样，谁知道呢。或者，纯纯和剑锋一样，也是喜欢受虐。

老杨是 1976 年的。怎么说呢，我没法评价他。因为，对他太熟悉了。我们对一个人太熟悉，就没法评价他，因为，他已经是你生活的一部分，或者，你已经是他生活的一部分了。就像我们没法评价自己一样，即便别人认为已经评价得比较客观了，我们还是觉得自己评价的太主观。所以，就不评价他了。

因为大家都是同一批招聘进来的，又都是应届毕业生，所以，我们五个人，自然就走得很近，关系亲密。加之，公司把我们五个人定位为“管理培训生”，就是现在很多企业骗人的岗位名称“储干”。当然，我们公司是认真的，不是骗人的。至于结果很悲惨，那是另外一回事。

在我们加入公司之前，江河工贸在行业有利的大好形势下，发展得也很好。我们入职的时候，应该总规模也有近亿元了，员工淡季有一两百人，旺季有三五百人。在罗湖布心购置了一栋 8000 平方米的 7 层独立物业。应该说，在深圳，也算是有一定规模和影响力的食品企业。

公司想上一个台阶，老板也知道自己弟兄三个都是初中毕业，有点感觉力不从心，所以，就从香港高薪挖来了一个优秀的职业经理人——英文名 Deniel。我们开玩笑戏称他“呆牛”。

呆牛来的时候，好像是 40 多岁，他在香港李嘉诚旗下的上市公司和记黄埔做过总经理，按理说，他这样的职场大咖，不应该来我们这样的小企业做高管。不知道是什么原因，反正，他来了。而且，他曾经是李嘉诚的下属的事，我也是 17 年后，在深圳和他再次单独相聚聊天无意间聊起来，我才知道的。

老板也给足了呆牛名分——公司总裁，配专职秘书（很漂亮，和李嘉欣比较类似，但是，感觉比李嘉欣还好看一些），配专职司机，配专车（奔驰 S320）。老板任董事长，平时不管什么具体事，基本上都是呆牛管。至于有没有给股份或者其他承诺，我就不知道了。工资有多高，我们也不知道。反正，看那样子，应该不低。我们那时候的工资是，2300 元。

从这个角度看，江河工贸，当时实力是可以的，或者说，老板前几年挣钱太容易了，自己都觉得有点不好意思了。因为呆牛之前在香港大公司，就是通过这种叫“管理培训生”的方式，从一个普通白领，快速成长为职场高管的。所以，他也想在江河工贸推行这种方式，当然，我心想，除了是为公司培养人才以外，他肯定也是想培养自己的人来做部门负责人，他这个总裁才能干得舒心。

可惜的是，从事后来看，好像是自从我们进入这个公司开始，这个公司就走下坡路了。对此，我不想再去分析公司存在的各种问题和应该采取的对策，关于这方面，我们五个人当年在一起聊得最多的话题就是这个了。

我只能说，没有人能救一个民营企业，能拯救你的，只有你自己，这个公司的老板。不是外面的职业经理人不强，是你的公司体制和文化，决定了，民营企业发展的情况，只能由老板决定。所有中国民营企业都一样，至少目前，没有例外。

我也不知道为啥，我加入很多企业后，很多企业都不行了，甚至最后都倒闭了。他们笑称我是“扫帚星”。

我仔细想了想，不对呀，我一个基础员工，怎么会对一个企业有影响呢。

现在我算是明白了，好企业都不招人，招人的都不是好企业。很多企业，都是开始走下坡路后，很多员工就不满意企业的变化，所以离职了，或者，企业效益不好，想换一批人试试，所以，才对外经常招聘。所以，不是我们新去的人把企业搞不行了，而是，企业不行了，才招聘我们去的。

而一个企业开始走下坡路了，一般很少有再起来的。大部分都是积重难返，从此一蹶不振或者倒闭了。

所以，凡是看到经常在招聘的企业，就别去应聘，这样的企业，大部分都是有问题的。只是，一个企业倒闭，就像一个企业要成长起来一样，也是需要过程的。在逐日下坡的过程，对于曾经很光鲜的大企业，外界一般并不了解，还以为是挺好的企业，其实，进去之后就知道了，一团糟。

公司不大，部门挺多，我记得总共有 17 个部门。公司计划用一年的时间，让我们分别去每个部门实习一两个月，进行轮岗实训。到每个部门，挂的岗位是经理助理，其实，具体的屁事都没有。公司每周的管理例会，我们和部门经理一起，列席参加。

所以，我们就成了公司的一群异类，像狗少一样的“太子党”，到处闲逛。没有具体的责任，也没有具体的事情，也没有人管我们，也没有人搭理我们。我们在公司的组织架构里，属于总经办。

我在这个企业的经历，好像也成了我人生的缩影。

这是我没有想到的。

所以说，人生如戏，无法预计。

我们想象的深圳，一定是工作节奏快，工作压力大。尤其是当年，深圳和内地还是很不一样的。没想到的是，我们却在深圳一个民营企业里面，过着比内地国企还舒服的日子。当然，像祥明这样勤奋的人，到哪里都是忙碌的。像我这种好吃懒做的人，到哪里都是悠闲的。而我自己，也是抱着要来深圳奋斗一把，把在大学闲置了空虚了压抑了 4 年的精力，好在工作中爆发出来，释放出来。

没想到，遇上这么一个工作，有劲没出用，有力无处使。

当然，事后看，还是在自己。

总之，我在这里“玩”了快一年后，实在受不了。

我想忙起来，我想奋斗，不想虚度青春，浪费光阴。虽然，客观上，我的大学时光，我这深圳第一份工作，都是一直在浪费青春，在虚度光阴。

我提出辞职。

那应该是 2002 年 5 月。

祥明一家人住在一起，纯纯两口子一起住，小哲是个女的，所以，就剩我和老杨了，只能我们两个一起合租房子，成了“同居男友”。说实话，刚开始接触这个人，我不大喜欢。因为，感觉不是一路人。

老杨是那种看起来就像是混过社会的“坏人”，我自认为还是一个正经人。

我记得应该是刚上班不久，一个晚上，老杨突然找我借钱。那会儿大家都很穷，我记得我能借给他的，好像也就几百元吧。他很动情地告诉我，他要去青岛找他很爱的一个女人，而且，有可能就留在青岛，不回深圳了。也就是说，以后可能大家就不再见面了，老子这几百元，他可能就不还了。

好吧，我能说什么呢，只能装大方地说，你去吧。去找你的真爱吧。

我当时还觉得挺奇怪的，一个小混混一样的“坏人”，居然还会有真爱?

后来的结局，就是他丢失了他的真爱，又灰溜溜地回来了。当然，我是很高兴的。因为，有人可以继续陪我合租房子，而且，借我的几百元，应该是可以还给我了。

我不记得是什么时候开始，我和公司的前台“勾搭”上了。她叫 JYD，年龄和我差不多吧。人长得一般，但很可爱。公司前台嘛，总归形象一般都不会太差。现在能回想起来的，就是我每天早上到公司七楼，一出电梯，就能看到她在前台，我们两个相视一笑，不是有表情的那种笑脸，而是两个人四目相视，笑在眼里的那种柔情，我觉得很好。

她应该算是我人生中，第一个真正的女朋友。

我不知道我喜欢她什么，可能就是感觉到一种亲切和温暖吧。看到她，就让我觉得温馨，嗯，是这个感觉。我现在想起来，还能有这样的感受。虽然已经是一种淡淡的感觉了，但还有。我们很快就同居了，我和她睡主卧，老杨一个人睡次卧，我们还是一起合租。

当年在深圳，好像未婚男女一起同居，是一件很正常的事情，从来没有任何人觉得有问题的。好像只要大家双方觉得是正经搞对象的，就一起生活了。我们是因为什么分手的，我都不记得了。好像在一起住了有几个月或者半年的样子，她搬走了。

我们那会儿，住在罗湖布心的麟藤苑小区，我去年春天，还走着进去看了看，再次回忆了一下我们的青春。

辞职后干啥呢？

当我不想在这里上班的时候，我就肯定要想，我下一步，怎么弄？我记得，当时，我经常会上到公司楼顶的天台上，散步，仰望星空，鸟瞰大地，尝试梳理出人生的目标和下一步的计划。我人生的目标，当然不是在一个公司想办法混到高管的职务，我当然是想成为一个伟大的企业家。

虽然我是一个在深圳上班的大学生，但是，因为涉世未深，我这会儿还只是一个生活在深圳的陕西农民。由于我还是处于一个陕西农民对社会的认知，所以，当我想创业方向的时候，自觉不自觉的，就以央视七套农业节目为参照物了。

有一天，我看到央视七套播放的北京一个科技机构，研发的一款新的农业大棚上需要的骨架材料，类似于用石膏之类的材料，来替代当时主要是竹子或者钢管的大棚骨架材料。当时觉得，如果这个产品技术真的好，现在北方农业大棚是一个热火朝天的情况，一定有推广价值，自然有钱赚。

就这样，我跑到呆牛办公室，提出辞职，并告知了自己的想法。呆牛如往常一样慈祥和爱惜地看着我，表示，只要我考虑好了，他就支持，并问我有什么困难，需要他帮助的。这应该是一个有修养的人的礼貌用语，我估计他自己都没想到，我居然真的接着说，我需要钱，能不能借我两千元钱。呆牛当然骑虎难下，只能表示可以借给我。

呆牛，真的是一个很好的人。他在公司，既是我们的上司，也是我们的导师。他本身就是香港优秀职业经理人那样的绅士和优雅，所以，我很爱戴他。

就这样，我从呆牛那里借到钱，辞职，去北京考察产品了。去北京实际看了之后，就像大部分媒体宣传的产品和技术一样，不靠谱。我就顺道，去了秦皇岛。

我不知道为什么，每次我难受的时候，迷茫的时候，彷徨的时候，人生低潮的时候，就想去秦皇岛，我不知道秦皇岛能给我什么，是因为母校，还是因为剑锋。

可能，后者的因素更多一些。

刚开始，我觉得是剑锋主动靠近我，我们很自然的，在大一大二就熟悉了。尤其是，经过我们三个一起搞那个培训班，更是关系很亲密。到毕业的时候，我和他已成了关系最好的朋友。

当时，剑锋在中海船代公司上班，一个六七个人的小单位，又是国企背景，所以，应该是很舒服的。他那满口张家口味道的英语，居然在单位里挑大梁，因为，其他人英语更差。

他的收入比我们都好一些，因为，他有“外快”。他服务的是外国船只到秦皇岛港口的相关业务和生活需求，尤其是，生活需求，所以，就有机会赚点小外快。秦皇岛是个小地方，消费低，所以，他显得比我们都富裕。

我没见他的时候，都特别想他，见了他，又特别烦他。

没见他，特别想他。一则是因为，有感情的因素，就像亲人一样，想见面，不需要理由，就是想了。毕竟在大学的时候，我们两个几乎天天在一起。你和一只小狗天天在一起都会有感情，更何况是个人呢。所以，这种日久生情的感情，很神奇。从这个角度讲，其实，我也算是一个重情的人。

二则呢，是因为，我想和他谈谈人生，谈谈理想，谈谈未来。我想和他好好聊一下，我们这一生应该怎样过，我们宏伟的人生目标应该怎样来实现，我们现在应该做些什么，总之，不应该就整天上班这些破事吧，这样，我们永远也实现不了人生的理想。

可是，每次见了他，都聊不了几句正经话，就扯上别的了。

现在想想，可能是因为，他的工作，在当时的秦皇岛，是收入不错的工作，他干得很开心，很知足。所以，他舍不得离开和放弃他的工作。我和他谈再美好的理想，都是需要辞职去创业的，而且，我们对社会还几乎没有认知，都不知道从哪里开始，做什么来创业。

所以，他就不和我扯创业和人生理想的事。最后，总是说，你没事就在我这儿待着，我养着你。或者，你先去创业，干不下去了，过来我养你。

奶奶的，整得老子像个“小三”一样，动不动就要养我。

他老婆好像当时也从张家口来秦皇岛了，天天待在家里，也不上班，两个人整天腻歪在一起，就干那点“破事”。

所以，我真看不上他。

每次都是心怀憧憬地去了，每次都是更加空虚和失落地离开了。

我的问题，就是眼高手低，什么工作都看不上，都不能扑下身子踏踏实实地做好，总是好高骛远。所以，总是在探索，在寻找，在寻求，在思考，在追寻，却总是，没有行动，没有艰苦奋斗，踏踏实实去干。

他的问题，又恰恰相反。

他太务实了，太把芝麻当西瓜了。什么破工作，在他这里都是好工作，都能干出成绩，赚到钱。从不想人生的大事，整天就是工作和同事之间那点破事，六七个人的小屁单位，都能让他研究得感觉政治斗争比国共两党还激烈，几个人的团队，都能分好几派。他就这样的人，好琢磨这些屁事。总能把简单的事，想的特别复杂，却总能忽视更重要更大的事情。还总是警示我，事情没有我想的那么简单。每每到此，我就很无语，很无助，很无奈。

当然，根本上的问题，还是我的问题。

如果我是一个强者，我是领袖，我应该就是主心骨，我不需要别人给我温暖和鼓励，给我陪伴和助力，我应该就是那个走在队伍最前面手举火把的人。后面，自然有人会愿意跟随而来。因为我是弱者，我当不了领袖，所以，我总是想要找一个人陪着我，和我一起前行。

从这个角度说，我是做不了老大的。所以，伟大企业家的理想，注定是一个不可能实现的梦想。这个梦想，不适合我。我没有这方面的天赋。

强者自带光环，自带热量，从而照耀前进的路，温暖队友，而不需要别人来鼓励和温暖。

嗯，很好。

这就是写回忆录的收获和必要性，我对自己又有了一个新的认知。

之前，我只认识到，凡是成功者，不论哪个领域，经济还是政治，都是需要强大的意志力的。今天，我发现到一个细节，这个强大的意志力，不仅包括克服困难的决心、毅力和能力，更包括，强大的领袖气质，自我驱动，独立前行，不需要援军或者在没有援军的初始阶段，依然可以独立前行，勇往直前。

而这两个方面，我都没有。

没有，就是没有，即便你意识到了你缺少什么，你还是没有。

这种精神上的欠缺，或者叫逻辑上的弱项，或者说，思维的定式，总之，这种强大的意志力，是天生的，是无法通过后天的学习或者训练改造的。

反正，我对此问题的认知是这样的。

当我认知到这一点，我觉得可以欣慰的不再抱怨自己，可以放过自己，可以与自己和解。同时，当我意识到这一点后，也是一种绝望和理想的幻灭。

既然我注定不能有所成就，你叫我怎么活?

这次到秦皇岛，碰到阿坤也在。我不知道，他们两个什么时候勾搭到一起了。好像剑锋人缘很好，和同学们的关系都不错。

阿坤，我们专业另外一个班的班长。毕业工作找得不错，去海尔了，好像很快就混到经理了，听说在北京，年薪 10 万元呢。2002 年的海尔和年薪 10 万元，都是光鲜靓丽的标签。他好像和领导闹了点小矛盾，年轻气盛，一生气，离职了。看来，我们是一路货呀。都是来秦皇岛“疗伤”的。

正好，剑锋白天上班，我和阿坤在秦皇岛瞎转悠，聊天加考察市场，看看有没有什么可以创业的项目。晚上，剑锋下班了，我们再一起吃饭，吹牛。

当然，所有费用，都是剑锋负责。

我记得剑锋的想法，是在北京卖盒饭，我的想法，是到深圳搞生鲜超市，阿坤，没有想法，或者，他有什么想法，被我们两个否定了。

大概就是这样吧。

然后，我和阿坤去北京考察卖盒饭的可行性，转了一圈，我们两个就到深圳了。到深圳后，我和阿坤准备考察搞生鲜超市的可行性。由于这个想法不是他的，加之，我不具有领袖能力，客观地说，我们也不具备创业的任何条件，因为，连每个月的生活费，都是问题。大家都太穷了，都没有一分钱的积蓄。

所以，大概待了不到一个月，阿坤就离开了。

后来，听剑锋说，他也一直没有工作和创业，也不和其他人联系，跑到北京搞哲学去了。听说，他跑到北大，找到校长，让校长找他们学校最牛的哲学负责人，说他发现了一个天大的哲学理论，需要和中国最牛的哲学家进行辩论。好像他还把他写的文章或者书稿，发给我了。我看了一页，就看不进去了。具体内容，我也不记得了。

我那会儿很浮躁和世俗，哪能看进去这些东西呀。

现在，我快变成他当年的样子了。

后来，听说他在北京实在没法生存，回老家种地去了。现在，他在廊坊搞了一个针对中小学生的培训机构，前几年也结婚了。最近几年，我每想到他，就特别想去廊坊，和他再好好聊一下。

今年，如果我再出去的话，一定要单独和他深入地聊一下，他当年的心路历程，和他当年的哲学思想，我很有兴趣了解。

我不知道该怎么评价他这前半生的经历，是传奇，是惋惜，还是可悲，抑或可怜，或者是精彩。总之，他的经历，与众不同。

当然，那几年，作为世俗的我们，都理解不了他。我不知道他那几年，在北京搞哲学的时候，或者在老家种地的时候，是快乐还是痛苦。

我想，他一定是快乐的，也会有痛苦。他一定是经历了我们一般人，很难能经历到的精神上的愉悦和感悟。不论他的思想心得，是否被北大认可或者我们认可，我想，他能有这样的属于自己的思想经历，就是非常难得的。这样的思想历程，就和世俗的成功者一样，都是天分，都是上天赐给他们这些非同寻常之人的福分。

我们凡人，永远也无法体会和经历。

阿坤，希望我去找你的时候，你能好好地、完整地把你的思想经历，分享给我。虽然，我可能听不懂，但是，我想听。我以有你这样的同学为荣。

其实，我们每一个人，都是活在精神中的。

我不知道大家留意过这个问题没有，我们做的大部分事情，其实，最终，都是为了满足自己精神上的需求。

我们的需求，来自两个方面——生理的和精神的。

生理需求，主要是维持我们身体感觉舒适的需求，包括：冷了要加衣服，热了要开空调，饿了要吃，渴了要喝，困了要睡，想上厕所就要大小便，还有生殖需要的性交。还有吗？好像没有了。

除了满足这些生理需求以外，我们做的其他所有事情，都是为了满足精神需求。如果我们活着，只是为了满足自己的生理需求，其实，大部分人都不需要那么忙，那么累，那么积极上进。

大家想要成功，想要赚更多的钱，想要更大的房子，想要更多的孩子，想要出名，想要更大的权力，想要更高的职位，想要变得更漂亮，想要更多的人认识你、认可你，想要的一切，归根到底，都是想要满足你的精神需求。

什么生理需求，需要你花两万元买一个包？

这两万元，满足的，其实是你的虚荣心、自信、骄傲、优越感、面子和被人高看的渴望。

五星级酒店住着比全季更舒服？200 平方米的大平层比 100 平方米的两居室更舒服？2 个亿的别墅豪宅比高层公寓更舒服？每平方米十万元的名校的学区房比普通学校的更舒服？200 万元的奔驰比 20 万元的帕萨特更舒服？十万一套的名牌西装比 20 元的无品牌纯棉 T 恤穿着更舒服？

哪里舒服？身体觉得舒服？生理的哪个部位觉得舒服？还不都是一种精神上的感受，一种精神上的满足。

人是受欲望驱使的动物。

这种欲望，就是一种精神上无穷尽的对更好的东西的占有的追求。

恨不得，你成为天下最有权力的人，最有钱的人，最有名的人，所有最漂亮的女人都被你占有的人。

每一个中国男人，都有一个皇帝梦。这个皇帝梦，不就是对以上欲望的渴望吗？而这些东西，与你的生理需求有关吗？

无关，甚至会给你的生理健康带来危害。

可是，为什么，我们都拼了命地想要这些东西？

而且，都愿意为此付出一切。

我不知道，大家有没有反思过自己的欲望，我们到底为什么而活着？

我们努力工作，就是为了得到更高的职位，因为，更高的职位，意味着更高的收入和更大的权力，和更多的被人尊重，有更好的社会地位，老婆孩子因此会更高兴，全家人也因此会过上更好的生活。

真实情况，是这样的吗？

我不知道。

我的体会是，我们得到的越多，我们的快乐越少。

换过车的朋友，应该都能体会到，我们买第一辆车，给我们带来的快乐，肯定是大于我们买第二辆车的，虽然，我们的第二辆车，肯定比第一辆要好。

我们都觉得要买房子，因为，全社会的共识都是，结婚过日子，怎么能没有自己的房子呢？但是，我们有没有认真思考过这个问题，我们住在租来的房子，和我们住在自己买的房子里面，对满足你的生理需求，有变化吗？

如果内部装修配置都一样，我相信，对于生理需求的满足，一定没有变化。

这种自己房子满足的美好感受，纯粹来自于你的精神上的满足。与生理需求完全没有关系。

我到底想说什么？

我想说的是，我们作为一个动物，要活着，肯定必须满足自己的生理需求，这是毫无疑问的。但是，除此之外，我们还有自己不可控制的精神需求的满足，对此问题，我们应该怎样来看待？

我们精神需求的满足，还有没有其他方式，可以实现呢？

其实，我们仔细分析一下我们的精神需求，有一半都来源于我们想得到这个社会的认可，我们很在意别人对我们的评价。比如，虚荣心、攀比、成功、荣誉、名声、优越感等。

如果，我们根本不在意别人是否认可我，别人怎么评价我，我就是按照我想要的生活方式来生活的话，很多事情，就显得根本不重要了。

也就是说，我们的人生目标，不应该是活成别人眼中的“成功者”。

我们的人生目标，应该是活成自己想要的“自己”。

我的人生，与你无关。

这就扯到了一个更大的话题，我们的人生目标是什么？我们活着的意义是什么？我们为了什么而活？

每个人的人生目标，都不一样。

大部分人，可能年轻的时候，还认真想过这个问题，并有明确的答案，但是，后来随着年龄的变大，到三十岁之后，慢慢地就忘记了这个问题，所以大部分人其实没有人生的目标。

这也是一个挺可笑的事情。

我们活着，却没有目标。

对于我们每一个人，还有比自己的人生更大的事吗？

但是，我们活着活着，就忘记了我们活着还需要一个目标。

我们不需要吗？

需要吗？

当然需要！

我们做每一件事，都有目标和计划，我们的人生，这么大个事情，却没有目标和计划。

不可笑吗？不可怕吗？

我们人生的结局，肯定是可以预见的，每个人都一样，我们都得死。

我们的人生目标，肯定不是为了死。这个问题就变成了，我们应该怎样过这一生？或者说，我们应该怎样来过好这一生？

我觉得，这个问题，应该是我们整个人生永恒的一个话题，而且，是一个最重要的话题。我们应该每天、每月、每年做一次自问：

我应该怎样过好这一生？

当然，我们可以把这个问题分解为，我应该怎样过好这一天，我应该怎样过好这个月，我应该怎样过好这一年。但是，又不同的是，我们考虑每一天每一月每一年的时候，很自然地都考虑一些很具体的问题，很具体的事情，很容易就落入俗世，纠缠于日常事务不得要领。

我们还是应该，经常来思考一下这个最重大的问题：我应该怎样过好我这一生？

因为，这里面有一个潜台词，就是，再有几十年，我就要死了，我一定会死的。我只能活一次，而且，也就只有这几十年。

我应该怎样使用我的时间，我怎样过这几十年，才是我真正想要的，才是无愧于人生，不留遗憾和后悔的，才对得起我自己，才会在我人生最后的几年，我有值得回忆的东西。或者说，我回忆起来，觉得我还过得不错。或者，这个问题，也可以演变为：我怎样过这一生，才是有意义的。

又要回到人生的意义这个话题。这个话题，我们后面有机会再聊。

当然，我们都有过人生的目标和计划，但是，由于大部分人，目标定得过高，现实又过于惨淡，就像我，所以，最后，就觉得不需要目标了。先过好眼前再说。这就是我们大部分人的实际情况。

结果，过着过着，也就麻木了，也就忘记了，忘记了自己还应该有一个人生目标。

我三十岁之后的人生，就是这样过的。一直到四十岁，创业失败之后，再次反省的时候，才重新捡回了这个问题。

那十年，是我在世俗世界里过得最好的，也是我在精神世界里过得最差的。

我过得好，是因为，我只想着怎样赚钱过日子，买房买车，结婚生子。我过得不好，是因为我已经忘了，我为什么而活。

这是我人生的幸运，也是我人生的不幸。

幸运的是，我那十年很务实，很世俗，很踏实，基本上完成了人生需要的基本物质和家庭基础，不幸的是，我那十年，在我人生中，相当于没有活过。

正如那句话：

有些人活着，他已经死了；有些人死了，他还活着。

我的人生目标是什么呢？

在我三十岁之前，我的人生目标，就是成为一个伟大的企业家。注意，是伟大的企业家，不是生意人，不是老板。在那个年代里，在中国能让我值得一提的，也就万科的王石、联想的柳传志、海尔的张瑞敏、华为的任正非等少数几个企业家。当然，他们不认识我。

我一直渴望的是，在实业领域，做一个伟大的中国企业，当然，我是这个企业的创始人。我当时的目标是，员工一万人，销售额 100 亿元以上。这是 2002 年的时候。如果换算成现在的规模，应该就是员工 10 万人，年营业额 2000 亿元以上。

是的，我总是这样，目标高远，不切实际。

阿坤走后，我怎么办？

创业？别扯了！先解决生存问题吧，吃饭和房租怎么办？所以，只能先找工作。

2002 年 9 月，到深圳千安药业上班。

当时的岗位，好像是销售代表吧，一个老销售带着我。千安洋参，当年还是很知名的。只是，我去的时候，公司已经过了最辉煌的时候，刚开始走下坡路。公司在罗湖水贝片区，万科总部当时也在附近。公司主要是做千安洋参之类的保健品，通过超市和药店销售，我们销售的工作，就是跟进好各大超市和药店的需求，供货，终端陈列，收款之类。这种渠道模式的销售，很常规，和我们在江河的时候，差不多。而且，食品和保健品，也都属于一个大行业。

只是，这种销售，我的理解，不算是真正意义上的销售。因为，销售人员，在其中能发挥的空间很少。其实，就是一个跟单员的角色，或者说，就是一个传话筒加跑腿的角色。并不存在太多所谓真正意义上的销售。所以，没什么意思。加之，我的人生目标那么宏大，心思也不在工作上。

所以，干了三个月，就辞职了。

当然，这次又想创业，还是农业项目。又是央视七套，里面一个栏目，好像是叫《致富经》吧，说河北省平山县一个农民，散养鸡，很赚钱。我就以这样的借口，去河北考察养鸡了。

我记得坐火车，要路过郑州转车，我在郑州停了一晚，顺道见了我们宿舍的老余。老余是我大学一个宿舍的，住在我下铺。老家是洛阳的，算是我们宿舍同学里家庭条件最好的。洛阳城里人，他爸是洛阳铁路局水电段的段长，类似于副处级吧。

老余胖乎乎的，络腮胡子，白白的，很可爱。我还记得他曾经把一个穿着太小的衬衫送给我了，雅戈尔的，名牌呀，听说两百多元呢，对于我们那会上大学的农村孩子来说，两百元多，够一个月的生活费了。我很珍惜，虽然穿着大点，我都舍不得穿。我还记得那个衬衫是蓝色的。提前联系了老余，他安排单位的车去火车站门口接我，我一上车，妈呀，奥迪 A6 呀，这不是省部级待遇嘛。我很开心，虽然在深圳跟着呆牛出差，坐过奔驰 S320，但是，还没有坐过奥迪 A6 呢。而且，这种同学安排单位司机来的感觉，还是不一样。

我很虚荣，我很开心。我记得老余带我去吃了大盘鸡。他在移动公司还是电信公司上班。我能记起来的，就是这些了。

遗憾的是，这是我们两个毕业后，唯一的一次见面。

到现在为止，我们都没有再见过。虽然我们现在各个班级都拉了微信群，好像大家都还是联系不到他，也不知道他过得怎样了。真希望有机会，再见他，好好聊聊。

第二天，继续坐火车，去河北平山县的农村，考察养鸡。这里距离西柏坡很近。当然，再次被媒体骗了一次，没啥看的，一个普通的农民养了一点鸡，也没有电视里说的那么好，那么赚钱。而且，投资挺大的。

就这样，又当是出来玩了一圈。

临近春节，回家过年。

这是 2003 年的春节。2002 年的春节，好像我没有回家过年，和女朋友在深圳过的。

春节过后，来到深圳，继续找工作。因为我喜欢车，更喜欢开车，可是，我没有钱，我买不起车。所以，我就找了一个可以有机会开车的工作——卖车。我应聘到深圳大胜汽车公司，北京现代深圳的代理商，开 4S 店的。我被分配到罗湖区罗芳立交附件的新秀汽车市场的大胜北京现代汽车专卖店。在这里干了好像五六个月吧。还能想起来的，就是在展厅内开展台上的车，把展厅柱子旁边的柜式空调撞坏了；开试驾车，在园区内道路，右前方轮胎侧面剐到马路牙子的锋利棱角，把轮胎扎破了。气得我们展厅总经理在会上，警告我永远不许再碰车了。

另外一个收获，就是认识了小来，一个山东农村妞。小来是一个车险公司派驻在我们展厅的，因为工作关系，就认识了。她一看就是那种傻傻的农村妞的感觉。所以，我第一次约她出来，去酒吧坐坐，我就告诉她，我不喜欢你，你也不要喜欢我。我不会把你当女的，你也不要把我当男的。我们就做个无性差异的朋友吧。就这样，我们勾搭上了，从此真成了无性别差异的朋友，一直到现在，也16年了。关系一直很密切，只是与性和爱都无关。就是纯粹的好朋友，彼此无话不谈。

2003年9月，我辞职了。

因为，工作没啥意思。刚好建强勾引我，说一起搞汽车和房子团购吧。

我这人，最经不住朋友说有什么要创业的事，一勾就走。那会儿，网络还处于论坛时代。建强好像刚从海王公司离职，没事干，也不想上班，总想干点啥。我们两个是一路货色，都不安于上班，都总想干点啥。只是，建强的思维更活跃，或者跳跃，点子特别多，喜欢有新想法，喜欢有创意。他觉得，买房子和车子，大家都想要点优惠，每个消费者去和商家谈，毕竟因为信息不对称，消费者总处于弱势，所以，我们为什么不把消费者联合起来，我们代表消费者去和商家谈，争取到最大的优惠。对于商家来说，我一下子给他们可以带来很多客户，他们应该给我一个批发价，给我比单个消费者更大的优惠。我们从其中抽取佣金，就可以实现盈利。

听起来，很美好呀，这是一个三方共赢的事情，商家、消费者、我们，都享受到自己想要的利益呀。而且，这种商业模式，不需要什么固定资产投入，属于轻资产，起步不需要什么资金，很适合我们这种草根创业者。

这么好的事，当然要叫上我们的剑锋同学，争取再现我们当年“东大三贱客”的辉煌。

剑锋从秦皇岛来到深圳，我们三个好好聊了一下。具体聊了些什么，我不记得了。我只记得，那天晚上，我们三个挤在罗湖区百仕达豪宅旁边老旧小区粤海新村的一个小房间里，一直在聊，建强半夜睡着了。我和剑锋就在建强身边，半坐半躺地一直聊到天亮，聊了一个通宵。这是我人生中，唯一的一次和一个男人，聊了整整一个晚上。当然，也不仅仅是聊这个项目，也聊了很多其他内容。

总之，剑锋觉得，这个项目不是很好，其实，我们都知道，他还是舍不得他那个看起来在当地收入不错的破工作。

事后来看，他不来是对的，如果他来，我们持续做下去，他可能就活不到现在了。因为，三个月后，他就查出来得了 IGA 肾病。

我和建强继续搞了一个月左右，没有搞出什么名堂，好像主要是因为，我们在商家面前，没有什么谈判优势，商家给不了太多更大力度的优惠。我记得，我们两个当时好像以什么悖论的理由，觉得在逻辑上行不通，散伙了。

实际上，纯属借口和扯淡。

几年后，国内大量兴起的互联网团购网站，哪个在逻辑上行得通？不照样搞得热火朝天的。

商业上的事情，就是这样的，在逻辑上行得通的，不一定被社会接受，被社会接受的，不一定在逻辑上行得通。

比如，团购网站，刚开始的逻辑，和我们那会儿是一样的思路。对各个商家（比如餐厅）来说，你上我的网站，给我一个团购价或者优惠，我就能给你带来销量的增加；对消费者来说，你只有上我的网站（App），才能享受到团购价（优惠）。看起来很美好，对买卖双方都有利。

实际情况呢，因为所有餐厅都在美团上，所以，没有哪个餐厅因为你在美团上而会比原来增加多少生意，只是，对于还没有上美团的餐厅，你的生意可能确实要减少了。同时，对于消费者，你觉得你通过美团就餐和不通过美团就餐，价格有区别吗？或者，还有人不通过美团的优惠就餐吗？既然如此，肯定每个餐厅在美团上的所谓优惠价，其实就是正常的销售价。

商业领域永恒不变的规则：

羊毛出在羊身上，一分价钱一分货，买的没有卖的精。

所以，美团之类的团购网站，原来所倡导的团购理念和精神，早已不存在。从逻辑上讲，也确实存在不了。它有天然的悖论，我们早都讨论过了。

但是，这并不妨碍一个团队可以通过团购的模式，创业成功，把企业做大。比如，今天的美团。

因为，创业过程中，尤其是新的商业模式的创业过程中，所谓的新的商业模式，都是现实社会中不存在的，仅仅是符合商业逻辑，或者，是一个商业机会。所以，这种新的商业模式，在创业过程中，需要经历社会实践的检验，才能行得通，或者说，才能去证明它是否行得通。如果行不通，它就得死。比如，今天的共享单车。

另外，一个新的商业模式，在社会实践过程中，如果不理想，或者行不通，优秀的创业者会进行变通，或者叫“变种”。比如，美团。刚开始，是通过团购的商业模式，开始创业的，现在呢，是靠送外卖（在线订餐平台，或者叫，在线生活服务销售平台）存活的。

刚开始呢，对进驻的商家，肯定都是免费的，甚至竞争激烈的时候，对进驻的商家还有补贴，俗称“烧钱”。等到大部分的商家都进驻这个互联网平台后，其他竞争对手都被自己“烧”死了之后，消费者只能选择它并形成生活习惯和依赖后，它开始收费了。所有交易金额，它抽20%的佣金。多吓人，每天平台上多少订单，多大的交易量，收20%的佣金，这就是垄断的利润。今天的美团、滴滴、携程、淘宝，所谓的各种商业平台，哪个不是这样的发展模式？

当然，每一个企业的发展壮大，尤其是互联网行业，都不是靠所谓的商业模式成功的，都是靠创业者的团队，尤其是创始人的意志力成功的。商业模式不对了，可以调整，可以变种，创始人不行，再好的商业模式也做不起来。

互联网行业和实体经济相比，更残酷的一点是，实体经济除了手机家电等个别行业以外，大部分行业，都是大中小各种规模的企业都可以生存。比如，我们照明行业，有做得最大的欧普照明，2018年营业额达到80亿元，年销售额过亿元的，也有上百家，同时，还有大量年销售额一千万元到一亿元之间的中小企业，没有上万家，也有一两千家。互联网行业就不同了，在每一个细分领域，或者同一个商业模式或者叫类似产品（服务）中，只能存活三家，老大很爽，老二很不爽，老三很艰难。几乎没有老四老五。而一开始，全国几乎同时创业做类似模式（产品）的公司，很多，少则几百个，多则上千个，最终，三到五年后，整个行业只能留三个，多么残酷。

所以，我一直说，创业成功者，都不是人，是神。互联网行业，就更是神仙了。那种人，都是需要天分的，需要极强大的内心和意志力的，绝对不是靠运气和努力就可以实现的。所以，对于我们绝大部分的凡人，就不要梦想成为那样的人，那样的事。给你机会，你最多也就是一开始凑数的那个千分之一的参与者。

另外，一些在逻辑上行得通的商机，在现实中，却不一定具有执行性。

比如，我们照明行业，前几年，有一种商业模式，EMC，合同能源管理。因为，LED 路灯，比原来传统光源的高压钠灯更省电更环保寿命更长，所以，国家提倡进行节能改造和更换。但是，由于需要投入很多资金，各地行动迟缓。国家提倡，可以采用合同能源管理的方式，由一个节能公司来投入资金进行节能改造，省下来的电费，管理单位和节能公司“二八”分享。多好的事，既搞了节能改造，又不需要政府投入资金。各地的路灯管理单位，还能多一点节能电费的分享。听起来是一个很完美的好东西，可是，实际情况却并不理想，大部分城市都没有这样做。

同样的道理，我们在逻辑上设想的，通过电商的方式，厂家和消费者直接对接，省去中间环节，商家高兴，消费者高兴，多么美好的事情。可是，我们搞互联网，搞电商，搞了这么多年，省去这个中间环节了吗？即便个别省去中间环节的企业，价格降低了吗？利润增加了吗？消费者获得真正的实惠了吗？我想，只要是留心的消费者，只要是在商业流通领域的人，都知道真实情况是怎样的。

其实，我们整个人类社会的发展过程，也是这样的。

比如，500 年前，中国完全处于农业社会，苏州吴江一个读书人，要去 200 公里之外的省城南京夫子庙参加科举考试。他从家里套上牛车，就出门了，十几天后，他到了江南贡院附近的客栈，住了下来。或者，他从家门口上了船，十几天后，直接坐船到了南京夫子庙的客栈住下了。同样的事情，放在今天，我们会怎么做呢？

假设，我明天下午两点，要参加在南京新街口金鹰国际酒店召开的一个照明会议。我需要这样做：我拿出手机，打开携程App，购买明天上午苏州站到南京站的高铁，通过微信付费，微信绑定银行卡。然后，我打开滴滴App，预约明大上午从家里到苏州站的车。第二天上午，我下楼，上了预约好的滴滴车，到达苏州站。因为报销需要，我要凭身份证去自动取票机上取当天的高铁票。凭身份证，人脸识别进站，过安检，到候车室。我通过自动检票机检票进站，上车，一个小时，就到南京站了。出南京站后，我不想排队打的，我选择做坐地铁，安检进站后，需要手机支付宝，扫码进站，乘车。我总用时，可能三四个小时，就从家里到酒店了。而500年前的人，则需要十几天时间。

确实，因为工业革命之后科技的发展，我们人类的生产力大幅度提升，社会生产效率得到极大提升。同时呢，原来我们直接可以做的一件事，现在需要动用很多“中间”环节来完成：手机、互联网、各种App、汽车、高铁、银行、身份证、安检……

我也不知道我想说什么，我可能是想说，我们人类发明创造的每一个科技新产品，都使社会效率得到了提升和改善，同时，我们的社会分工越来越细，我们需要的“中间”环节越来越多，我们要想达到一个目的，需要借助的“中间”过程越来越多，我们绕的“弯”越来越多。而且，每一个“弯”，每一个“中间”环节，我们都是必不可少，都是自己设置的，都不是这个星球上天然就存在的。

我想说的是，表面上看起来，我们通过这个新技术或者新手段，解决了一个问题，而实际上，我们回头再来看，在过去500年，人类解决了无数个问题，可是，我们再看今天，我们是不是还是有无数个另外的问题，需要去解决呢？

我的思考是，我们的问题，越解决越多，因为，我们的“中间”环节越来越多，我们绕的“弯”越来越多，而为了提升效率和解决问题，我们一定是增加更多的“中间”环节和“弯”，这样感觉，就是进入了一个无限扩大没有休止的一个状况。

这就有点类似于，我们懂的知识越多，我们发现我们不懂的知识更多。有人用一个圆圈来形容这种感觉，是很形象的。比如，我们画了一个圆圈。圆圈内，是我们已经知道的知识，圆圈外面，是我们还不知道的知识。随着我们知道的知识的增多，这个圆圈就会扩大，随着圆圈的扩大，圆圈的周长变得更长，而与之相对应或者接触的外部，就变得更大。

总之，我的感受就是，我们人类知道的越来越多，发现我们不知道的更多，我们需要探索和了解得更多。我们解决的问题越多，我们需要解决的问题就更多。

我不知道这样下去，会是一个怎样的世界。

我们是变得更好，还是更坏。当然，这是一个事关人类更宏大更长远的课题，需要专业人员去研究，我只是有一点思考和感悟。

另外，我的一个感悟是，我们人类在自然科学方面对整个自然界的认知和利用，已经到了一个很高很有成就的水平。这个大家应该都有感受。可是，我们在社会科学方面，对人类社会的认知和利用，好像水平一直不高，或者，与自然科学的水平比起来，水平确实很低。

社会科学，是指历史、政治、军事、思想、文化、经济、法律、宗教、社会运行等领域。比如，我们人类对经济领域的认知，尤其是西方经济学，已经搞出了各种理论，各种模型，甚至有各种数学公式，搞得好像很专业，水平很高似的。可是，结果呢？20世纪30年代的经济大萧条，我们人类既不能预知也无法解决。十年前，2008年的金融危机，我们的表现，几乎也是文盲似的，无法预见无法克服。我们在某些很具体的微观经济领域，比如货币政策、财政政策、国际贸易政策、农业经济政策，都显得好像挺专业的，感觉一切尽在掌控中，我们出台的政策，实际发展的结果，都是比较有计划性可预见的。但是，人类整体的经济发展，一个国家整体的经济局面，我们很多时候，有一种无力感。包括，像日本，停滞的三十年。从20世纪90年代到现在，快三十年了，几乎一直处于经济停滞状态。日本那么多经济学专家，国际上那么多经济学专家，都给不出答案。或者，给了答案，政府没有办法执行？有人说，核心是因为日本是一个非完全主权国家，受制于美国。那么，俄罗斯呢？这个国家应该是完全主权国家吧，它的经济状况，也是一直堪忧。从苏联解体到现在，也有三十年了，一直没有振兴起来。难道这些国家的政府和人民，这些国家的经济学家，就不想自己国家的经济，也像我们中国一样崛起吗？另外，非洲和中东地区很多国家的政局，一直不稳定，整个国家还处于动荡状态，有的还在发生着战争。

人类已经发展到今天，自然科学已经那么发达，我们不仅已经把地球研究清楚了，我们都快把月球研究明白了。可是，我们为什么还要发生动乱和战争呢？

我们连这点事情都整不明白吗？

所有人都知道战争是残酷的，所有人都明白倾巢之下无完卵，所有人都懂得只有社会大局稳定了自己才能追求生活的幸福。

可是，为什么一直到今天，还是有那么多国家和地区，在不断地折腾，在战乱。

另外，从社会运行的角度看，也很有问题。

房子越是涨价，大家越是抢着买，借钱都要买。房子越是降价，大家越是不买了。股票呢，也是这样的，股价越是上涨，大家越是抢着买，股价一跌，都不买了，都抢着卖。最终，导致房价和股票，都只能稳定不动，不敢涨也不敢跌。

更为神奇的是，这么简单的道理和社会现象，每个人都看得清清楚楚的，还是会明知故犯，无数的人重复着别人和自己的悲剧，在里面任人宰割。

我弄不明白的事情，我掌控不了的事情，我就不参与。我也没钱参与。所以，我从来不炒房不炒股。对于那些非专业投资者还在中国炒股的人，我只能说，你们真勇敢。

中国因为历史底蕴深厚，政府治理社会经验长达几千年，积累了无数的社会实践经验。所以，中国政府就很聪明，有什么新的政策，比较重要或者担心政策执行结果和初衷有太大偏差的，就先搞试点。通过在局部地区做社会试点试验的方式，总结经验得失之后，再看是否在全国来推行。

这就是中国人民有智慧的一个表现。

我们对社会科学和社会运行的规律还不能完全掌握，不确定一个设计初衷是好的政策，真正实施后，也是好的结果，所以，就通过试点的方式，来摸索经验和规律之后，再全面实施。这也从另外一个侧面说明了，人类社会运行，其实是一个很复杂的事情，我们人类现有的认知水平，还无法做到准确有效，完全掌握。

所以，社会科学领域的事情，我们不能纯粹从逻辑和理性的角度来考虑，而应该更多地从社会实践和历史经验教训中，去试着找寻规律。

自然科学，可以通过实验的方式，来验证一个理论设想是否符合实际情况。社会科学，是无法做实验的，只能通过社会实践和试点的方式，来探索一种目的是好的社会政策和计划，是否真的会达到好的效果。

扯得有点远了，继续回到我的回忆录上来。

我们两个散伙后，我们就得继续找工作，我记得建强去了一个做房地产营销代理的公司，自此，他开始进入房地产行业，一直干到现在。我找了一个工作，又是千安药业。这次的岗位是华南大区推广部的推广主管，我上面一个经理，下面一个专员。这份工作，我从 2003 年 10 月，干到 2004 年 8 月。应该说，算是那几年，干的时间比较长的一份工作了。这份工作，我现在还能想起来的，好像也就一个事情。

我记得当时，我们针对女人缘品牌的保健品，在深圳关外各大商场，做了一个露天广场卡拉 OK 大奖赛的活动。关外各个镇上，都有一个当地最大的商场，我记得松岗和沙井的，都是佳华商场。嗯，好像就是在沙井佳华商场门口，有一个露天的大舞台，我们每个周末两个晚上，在那里搞活动。活动需要一个主持人，之前类似活动，都是我们公司宝安办事处的经理担任的。结果，我们活动第一场，临到当天下午了，那个经理突然说有事来不了，找其他同事，都没有人愿意上场。我没有办法，活动是我具体负责的，只能我自己上了。

说实话，在这之前，我真没有在很多人面前说话的经历，更别说主持人了。

我很紧张，这是我人生第一次站在一个舞台上，面对上百名观众讲话。我没办法，紧张得实在不行，在活动开始前一个小时，我到商场超市里面，买了一瓶啤酒，喝了三分之二。我的酒量一直很小，白酒一滴不喝，啤酒一瓶就醉，红酒最多一杯。所以，我只敢喝三分之二瓶，就是那种有点晕有点飘，但是，还没有完全醉，还能掌控自己的状态。现在大家戏称微醺。

就这样，我晕晕乎乎地就上去了，因为，我是活动的主持人，他们都齐刷刷地看着我，我不敢看下面的观众，我只能抬头看着天空，仰望星空，借着酒劲，觉得这是多大个屁事呀，放开吹吧。

结果，效果很好。

大家的气氛很热烈，很嗨，我也很开心。

我以前真没有想过，我还能做主持人，我还敢在那样大庭广众之下，对着那么多人，说话，而且，是没有说过的，没有准备的，需要控制和调动全场气氛的主持人的话。

我有点骄傲，有点开心，有点爽。

我之前，一直认为，我很害羞，我很含蓄，我最多闷骚，在很熟悉的朋友面前才会很疯，是不敢在众多人面前说话的。没想到，我不仅敢说，而且，说得很好。

我特别开心。

这是我二进千安公司最大的收获，因此，我感激千安。虽然，它好像也已经倒闭了。当然，第二次活动，我已经不需要喝酒后才上去了，到后来，我彻底喜欢上当主持人的感觉了。那种感觉，怎么形容呢，爽极了！舞台下面上百号人，在你语言的刺激下，时而大笑，时而小笑，时而紧张，时而平静地聆听，时而欢呼雀跃，时而大家一起喊着口号。

总之，在那个年龄，在那个阶段，在我没有经历过这样事情的背景下，我很享受那样的经历。我从此爱上在大场合讲话了。

我之前居然不知道，自己还有这方面的天赋。

两年半之后，在八届网担任市场部经理，搞中华私房菜大奖赛活动的时候，公司领导计划请深圳电视台的主持人来给我们主持这个活动的，最后，临到大会的前一天晚上，突然说来不了。我们开会，本来说是让总经理来主持，后面又说他要致辞，最后，没办法，我只能说，要不我来吧。我能感受到他们的质疑和担心，觉得我不行。但是，实在是没办法。只能让我担任主持人了。

这是在深圳一个五星级酒店举行的大型活动启动的新闻发布会。我记得我们请了香港著名的美食家蔡澜，中国烹饪协会会长等人，包括深圳各大知名餐厅负责人在内的200多人参加。当然，我又发挥得很好，玩得很嗨。

这种比较庄重的活动，大部分主持人，是很难有什么个人发挥空间的。台词都是主办单位拟定好的。你只能照着读或者背诵就是了。

我就不同了，整个活动都是我组织的，我很清楚我们想传递什么样的信息。我一定不会照着台词读的，那样太“装”了，冠冕堂皇的大话官话，大家最反感，都觉得很无趣。只是，大家都是循规蹈矩的做事，没有人敢或者有能力改变这些。

我才不要呢！

所以，我在大会能给主持人的只有很短的时间内，既要传递大会的正式信息，又要做到风趣幽默。只有这样，才是最好的效果。如果说话太官方，会让人觉得无趣，如果说话太搞笑，又会让人觉得低俗。要在这两方面做到完美的平衡，也就是我了。

我是不是有点骄傲了？

那就请允许我骄傲一下吧，我已没有骄傲很多年。

很多人分不清什么是搞笑，什么是幽默。这么说吧，会搞笑的人，不一定会幽默，会幽默的人，一定是会搞笑的。搞笑，不需要文化，幽默，没有文化，一定是幽默不起来的。

所以说，哥们儿我还是因为有点文化，才会幽默的。

至于怎样才能有文化，就不是多看几本书那么简单了，更不是高学历就可以的，关键是要多思考，要有自己的思考和认知。

我只记得，大会结束后，领导开心地对我说，烹饪协会的会长刚才还问我们总经理，你们这个主持人是从哪里请的？特别好！哈哈。

中间十多年，我都没机会再进行公开讲话。今年 2 月底，机缘巧合，又有一个公开讲话的机会。我刚入职到雷立总部一个多月，负责户外产品华东大区的销售。2 月底，江苏省的雷立总代理创一佳公司，在南京酒店召开一年一度的全省经销商大会，包括总部所有相关领导，江苏全省的雷立大小经销商老板和公司相关所有人员，两百多人参加。

按照会议议程，上午都是总部各领导和部门负责人进行讲演，我级别太低，只是个大区总监，轮不到我上去发言。我们户外部门的全国负责人，代表我们部门上去讲话。结果，临到跟前，他有事走不开，来不了，我们户外部门总部其他领导都已安排到其他省的年度大会上去发言了，领导们分不开，没办法，江苏又是最重要的市场，不能不发言，最后，领导只能安排我来代表我们部门去会上发言了。

正所谓，老虎不在，只能由我这只猴子来充大王了。

大会发言顺序，和座位顺序一样，都是按照级别来排的。所以，肯定先是最大的领导，我们总部集团的总裁发言，然后是事业部总裁，然后……我们部门，被安排在了最后一个，上午 11：40 到 12：00，只有 20 分钟。

我是开会前两天临时得知自己上去发言的，后来看到这个发言的顺序和议程，又看了总部提供的让我“宣读”的 PPT，我觉得，我这样上去发言，于公于私，都毫无意义。

于公，那么多领导，由大到小，讲了一上午。开过会的人都知道，开会，尤其是坐在下面听别人在上面讲话的参会者，是最累的。而且，很多会场，不论酒店多么高级，总是会因为人多含氧量不够，使人觉得昏昏沉沉。所以，每个会议，临到最后发言的，基本上，下面都没有人再会认真听你说什么了。一则是因为太累，听了一上午音响传来的声音，累死了。二则，一直坐在那里，啥也不干，很累。三则，人多空气含氧量不足，头昏脑涨。而且，像雷立这样的大公司大品牌，他的经销商，大部分都和公司打交道很多年了，也都没什么新鲜感，本身也都听腻歪了。加之，总部给的 PPT，我看了一下，内容太多，太繁碎，没有重点，这样的内容，在这样的大会上，讲了等于没讲。

我们在大会上发言，不就是为了传递信息给别人吗？

都没有人听你的，你的信息能传递出去吗？

这是于公。

于私呢，我想，我难得有个发言的机会，我都好多年没有在公开场合讲话了，那我得好好发挥一下。

综合以上背景，我基本就决定了，放弃总部提供的 PPT，自己重新弄一个。

说实话，我刚入职到公司一个多月，也没有人给我进行过培训，中间还有个春节假期，我在总部也就是入职面试去过一次，对公司内部和部门内部的情况，几乎完全不了解。还好的是，我算是行业内的老人，对行业和江苏的户外照明市场情况，大概清楚。所以，我决定不搞面面俱到的内容，突出重点，只谈怎么做项目。

思路一定，主题明确，剩下的内容，就很容易搞定了。我搞了一个很简明的 PPT，算上封面和最后一页，总共才十页，每页内容，也就一两句话。

简单明了，直击要害。

名字也很大气——相信品牌的力量。

提前一天，我完成了这个 PPT。当然，我不让任何人知道。先一天晚上，我到会场熟悉了一些地形。

十多年不上台了，还是有些紧张的。而且，前面两次，我都是“主场作战”，我自己策划组织的活动，我当主持人，我非常熟悉整个活动情况，当然，就可以发挥得很好。但是，这次不一样，我是“客场作战”，而且，关键是，我对这个公司和这个大会的情况，基本上不清楚。而且，以前，我是控场的主持人。这次，我是演讲的嘉宾。

几乎所有会议普遍都存在拖堂的问题，前面有嘉宾演讲拖延时间了，到我这里时间已经很晚了，会议主持人提前告诉我，一定要控制好时间，千万别超了。我的 PPT，做好后，也没有找地方模拟演练过。

管他呢，上去了再说，临场发挥吧。

结果呢，当然又是火爆全场，完胜！

用某些官僚通过领导传达他们批评我的用词就知道了，人家批评我的用词是：“你以为你是乔布斯呢？！”

嗯，我听了这个批评，很开心。

事实上，我当时演讲的风格，就是那样的。

其他领导，都是照着自己的PPT，站在那个演讲桌子后面，拿着话筒读。我呢，基本上都不看PPT，也不站在那个桌子后面，我就在舞台上走来走去，拿着话筒，看着下面的观众，一口气，不带错误和卡壳的，并且，完全连贯地讲完了，而且，内容与PPT完全呼应，说到点上，把我PPT上面的经典语录串进去。而且，时间刚刚好20分钟。

我都为自己感到骄傲。

我咋这么牛呢？！

是的，我咋这么会吹牛呢？

哈哈。

感谢那位不能来沙井佳华主持活动的宝安办事处经理，如果不是你，如果不是千安那个推广主管的工作机会，如果没有类似的机会，我可能一辈子都以为，自己不敢在众人面前讲话。

我很开心，通过千安娱乐活动的主持人经历，通过八届网正式活动主持人的经历，通过雷立经销商年会讲演嘉宾的经历，让我拥有了三种不同类型的在公众面前讲话的经历，让我对自己的天赋和优势，我的能力和自信，我的快乐和骄傲，都多了一个认知的机会。

人生的意义是什么？

人生的意义，在于认知自我和世界。

认知自我，就是了解自己。

我们以为我们了解自己，实际上，很多时候，我们真的不一定了解我们自己。因为，我们自己真的喜欢什么，擅长什么，适合什么，能干什么，干不了什么等等这类问题，我们不能仅仅是通过分析和想象来认知自己，然后下结论，说我这方面不行，那方面是很厉害的。

我们必须通过实践，来检验自己，是否真的喜欢这个？是否真的擅长这个？是否真的干不了这个？是否真的能干这个？

只有通过我们去实践了，去尝试了之后，我们才有可能对自己在这方面有一个比较接近真实情况的认知。

我们一生，都没有认清自己的本事，认清自己的能耐和不足，都没有搞清楚自己到底是一个怎样的人，这不是一件很荒唐的事情吗？

可是，实际上，我们很多人，就是这样荒唐地度过一生，白白浪费了自己的才华，空叹一生。

所以，我认为，认知自我，很重要。

而且，认知自我，是一个漫长的历程，需要经历很多事情，并对经历的事情进行分析和总结，才能认知。而不是通过一件事，一段时间，就可以认知清楚自己的全部方面。

我们每一个人，都是这个世界上独一份的，都是很特别的，都是与众不同的，都是有天分和不足的。关键的问题，在于我们是否能找到自己与这个世界相处的切合点。

我们衡量一个人，看待一个人，不能笼统地说，这个人挺厉害的，这个人很成功，这个人能力很强，这个人很好。我们正确地评价一个人，应该是这样来说：

这个人跑马拉松很优秀，这个人足球踢得特别好，这个人篮球打得很有水平，这个人挣钱能力很强，这个人学习特别快，这个人画画特别有天赋，这个人车开得特别平稳，这个人是一个非常优秀的建筑设计师，这个人很会说话，这个人特别能吃辣，这个人打游戏水平真高，这个人打牌总是赢，这个人英语特别好，这个人学历特别高，这个人特别有文化，这个人很有礼貌，这个人很有趣，这个人很有亲和力大家都愿意和他交朋友，这个人脑子好使点子特别多，这个人考虑问题真周全，这个人特别顾家，这个人特别孝顺父母，这个人特别有爱心，这个人特别乐于助人，这个人就是有领导水平，这个人很有魅力，这个人很好看，这个人很有想象力，这是一个非常受学生爱戴的老师……

我为什么要列举这么多方面，是因为，我觉得衡量一个人的标准，或者说是维度和视角，应该至少有一百多个方面，我们绝对不能仅仅从一个视角，就是看这个人是否会赚钱，来衡量一个人是否优秀。

我们都有攀比的本性，我们尤其喜欢和身边的人进行对比。

这很正常，问题在于，我们不能总是拿一个标准去进行对比，我们必须从多个方面去对比，这样才有价值和意义。

比如，我们同学，显峰，一个来自农村的没有背景和任何经济基础的孩子，去一个陌生的地方，白手起家，现在也赚了快一亿元的财富了。但是，我不认为，显峰就比我优秀。

我只能说，我承认，显峰在赚钱方面，比我们大部分人都优秀很多，但是，衡量人的标准和视角，有很多。比如，他在演讲方面，可能就没有我优秀，他在哲学方面的思考，可能就没有老杨多，他在创新创意方面，就没有建强厉害，他在打篮球方面，就没有小凯好，他在喝酒方面，也不如晋华。

当然，很多人会很愚蠢地认为，只有会挣钱才是有价值的，其他方面的能力，有屁用。我想，凡是抱着这样观点的人，大部分都是穷人，都是缺钱的人。因为，一个人，总是缺啥就想要啥，想要啥，看到这个世界就都是啥。

我只能说，如果你就抱着这样的观点活着，注定只有一个失败的人生。

人生，绝对不仅仅就挣钱一个正经事。财富的多少，绝对与幸福和快乐无关。

记着，成功都是奋斗出来的，幸福不是奋斗出来的，幸福都是对比出来的。

等你明白这个道理的时候，你就懂了，当然，我知道，当你体会到这一点的时候，你已经是暮年老朽了。

所以，我们不能笼统地说，你看人家显峰多厉害，人家显峰多优秀，人家显峰能力多强。

我在说什么？

我在强调，我们每一个人都有特别优秀、特别有天赋的方面，重要的是，我们必须通过各种社会实践，来发掘和认知到自己哪些方面比别人强。只有这样，我们才能获得自信，我们才能平等地看待所有的人。我们才不会盲目崇拜任何人，我们也就不会无知地仅仅因为财富的多少而看低很多人。因为，我们已经明白，财富比我们少的人，不一定比我们弱，他们某方面，一定比我们优秀，只是，我们可能不了解，甚至，有时候，他们自己都没有意识到。

我们也清楚，财富比我们多的人，权力比我们大的人，仅仅是发挥到了他在挣钱和当官方面的天赋，而他也一定有先天不足的方面，在那一方面，他肯定不如我们。

每个人都是一样，都一定会有不足之处，天下没有完美的人，没有所有方面都特别优秀的人，就像天下没有真正的废物一样。每个人都有他的用处和长处，在于你自己是否能够有机会认知到这一点。

我们不必崇拜强者，因为，他也有弱项；

我们不能歧视弱者，因为，他也有强项。

人生在于经历，人生在于体验，人生在于认知自我。

好像也就是在沙井佳华搞活动的时候，突然得知，剑锋得了 IGA 肾病，在北京协和医院住院。我马上找人借钱，我没钱呀，我一直都没钱。我记得是找大靖还有谁，借了几千元钱，买了机票，第二天一大早，飞北京。

这是我人生第一次坐飞机。

去之前，我不知他的病情，但是，我心里已做好了把我的肾割一个给他的心理准备。当然，那会比较傻，不懂得，换肾好像是要血型匹配才可以的。到北京，他已准备出院了，就陪他们一起回到秦皇岛。留下我借来的几千元，待了一天，就回深圳了。

他这个病，麻烦在目前人类也没有什么有效的治疗方案，简单地说，就是不可逆。我们生病，最怕的就是这三个字“不可逆”。就像我的哮喘一样，只能找药物控制和改善，不可逆。永远都在身上。

另外，他这个病，没有什么感觉和明显症状。是他们单位组织的一次全面体检，才发现的。所以，我说，很庆幸，他当年来深圳和我们聊团购创业的时候，没有留在深圳。不论是我们创业还是他在深圳上班，是没有单位会给你安排这么全面的体检的。如果不是体检发现，等有明显症状才发现，估计就很麻烦了。能活多久，就真不好说了。

因为，他病情发现得早，治疗控制及时，所以，除了经常吃药控制病情，其他和咱们正常人看着没有什么区别。最关键的是，人家的器官正常能用，应该是能用吧，反正，后来，人家还生了儿子，这两年，还再要了一个闺女。我看这两个孩子的模样，应该是他亲生的。

在千安做推广主管的工作，就那样，因为工作的关系，我认识了 YP。

她是我们的一个广告物料供应商的业务员，一个小广告公司的。当时，好像高中毕业没几年吧，年龄还小，大概 20 岁。当然，当时，我也不老，26 岁左右。后来，我和她聊起来，问她为什么喜欢我，她说，在深圳这几年，还从来没有人骂过她。其实，我不是针对她，我是对她们公司很不满意，只是，她代表她们公司来和我沟通工作，所以，我有点情绪，在办公室当着其他人的面，骂了她。

没想到，这一骂，她爱上我了。

人生，就是这么神奇。

她是湖南人，白净，能干，顾家，会照顾人，是一个很好的女人，也很适合当老婆过日子，她也很爱我。这些都很好，当然，我是说，她很好。

只是，我不好。我只是喜欢她，只是觉得她好，谈不上爱吧。

最重要的是，那个阶段，就是给我范冰冰，我也不会想着结婚的事，我那会儿就觉得我的人生理想都还不知道在哪里怎样实现呢，哪还有心思和你们这些女人们过日子呀。

我是在一个错误的时候遇到了一个对的女孩。

我们住在次卧，老杨和他老婆住在主卧，我们还是一起合租，住在福田区上梅林梅兴苑 8 栋 4 楼一个两房一厅的旧小区里。

当然，客观地说，PY 是非常好的女孩，是很难得的好女孩。老杨和建强都见过她，都觉得她好，我分手后，他们两个还多次提到，我为啥就不要人家了。

哎……

说起老杨，他已经结婚了。

我记得是我在大胜卖汽车的时候，他结婚的吧。应该是他们那会儿住在罗湖粤海新村的时候，结婚的。我不知道，他为什么就突然结婚了。对于他老婆，我就不评价了，因为，他老婆好像一直挺讨厌我的。好像，剑锋老婆，也一直挺讨厌我的。我都不知道这两个人怎么对自己老婆介绍我的，为什么他们老婆都觉得我是坏人。

我估计，他们做了坏事，被老婆发现了，都说是被我勾的，其实，他们两个比我坏多了。

我还记得，我在卖车的某一天中午，老杨突然来到店里找我，很气愤，很激动，很委屈，都哭了，手里拿着撕烂的结婚证。我都觉得好笑，这么愚蠢的人都有，你以为你撕烂了结婚证，就是离婚了吗?

原来是他丈母娘在这里待了几天，准备回老家了，临走的时候因为什么事情，他、他老婆、他丈母娘，三个吵起来了，老杨气得要离婚，所以，就把结婚证撕烂了。委屈得不行，大中午的，非要马上见我，跑到我这里来倾诉苦水来了。

是的，朋友有什么用，就是在你难受的时候，想对他倾诉，在你开心的时候，想分享快乐给他。就是想见面说说话。我们一直都是这关系。

说实话，我也不知道是从什么时候开始，我从一开始的看不上他，到后来成了关系最亲密的朋友。无话不谈，无时不谈，几乎天天联系，一直到现在，都分开十年了，还是这样。每天微信上闲扯几句。他扯他的，我扯我的，我们经常是各扯各的，他扯他的哲学，我扯我的历史，都是鸡同鸭讲，依然讲了这十几年。

我还记得，去年某个时候，他有点小生气，怪我居然不能理解他。因为，在他心里，我是这个世界上对他最熟悉对他最了解的一个人，怎么居然还不能理解他。

你说他这个老男人，搞笑不，好笑不?

平常显得他最成熟稳重，结果，经常为一些不大不小的屁事，还闹情绪，激动起来了。我告诉他，虽然我们是最好的朋友，但是，我从来没有想过你能理解我，我也一直认为，你并不理解我，也不一定了解我。我不需要，也不在意这个世界上，是否有人理解我。我也不认为，这个世界上有人了解我。因为，我自己都不一定了解我，说实话，我觉得，我就是不了解我自己。连我都不敢说，我了解自己，我还能奢望别人了解我吗?

而且，我也不需要，不在意别人是否了解我。

既然，都没有人了解我是一个什么德行的家伙，我怎么能要求，或者奢望别人理解我呢?

没有了解的理解，都是扯淡。

所以，我不需要别人理解我，我自己清楚我在做什么就可以了。因此，我不在意别人怎么评价我，别人对我的评价，与我无关。一个都不了解我的人，对我的评价，与我有关系吗?

他们都说，我很自我。

是的，我很自我。

我享受这份自我，我就是要活得很自我。

因为，我的人生，与别人无关。

我的人生，只有我在意，只有我能对它负责，只有我有权力主宰、支配、评价它。我在意自己对自己的评价。因为，每一件事，为什么要去做，应该怎样做，我自己是很清楚的，我必须对自己的想法负责，我必须给自己一个交代。

就像写这个回忆录一样，我不是写给别人看的，我不是想获得别人的认可，我更不是想出名，想当什么狗屁作家，我的人生理想，是做一个伟大的思想家。

我写这个回忆录，是要对自己的前半生一个交代，一个总结，一个评价。不论好坏，我就是想这么做。当我想这么做的时候，我不这么做，我就难受。

所以，我就这么做了。

多大个事！

真正的朋友，就是你不用顾忌他的感受，你在他面前，不需要任何的伪装，不需要任何的掩饰，你的一切，都可以告诉他。在他面前，你是透明的，没有任何隐私。就是一种很自然，很舒服，很爽快的感受。总之，我只管自己爽就够了。

目前，我能这样相处的，也就只有老杨和剑锋两个人。

是的，我也不知为什么，我们每一个人，自觉不自觉的，就要演戏。在别人面前，扮演一个好丈夫、好父亲、好老师、好员工、好男朋友、好下属、好领导、好朋友、好同学的角色，也许，是因为我们受社会道德的约束，或者，我们都是想获得别人和这个社会的认可，或者，我想要一个好的外在形象，或者，我们都觉得只有这样，我们才能获得更多的利益。

正所谓，人生如戏，全靠演技。

说到底，我们每个人都是自私的，都是想通过树立一个良好的个人形象，获得更多的利益，只不过，这种利益，有时候是物质的，更多的时候，是一种精神上的。

或者说，我们都还是太在意别人对我们的评价，这个社会对我们的评价，我们不演戏的话，我们怕别人会笑话我们怎么这么傻，怎么能这么直接，怎么能说真话呢，怎么这么不成熟呢，我们还是为了自己想获得更多。

所以，人都是自私的。

只是，每个人自私的方式不同。

我的自私，每个身边的人都看得到，并明确告诉我，你这个人怎么这么自私呀，只顾自己爽。而其他人的自私，隐藏的更深，他们会通过让别人爽来满足自己爽，或者会通过让别人开心满意来达到自己更开心满意的结果。

也就是说，别人都知道要绕个弯，通过利用别人来满足自己。而且，不让别人觉得自己被利用了，或者，让别人心甘情愿或者乐意被他利用来实现他的目的。

而我，就太直接了。

没办法，我就是这么一个直率的人，不喜欢玩虚伪的，不喜欢绕弯弯，虽然，我要是玩起来，可能比一般人还要玩得好，但是，我懒得玩这个，我看不上。

我还是那德行，干到 2004 年的夏天，又觉得上班对于我来说，就是浪费青春浪费人生，又想创业。混到 8 月，就辞职了。

干啥呢？

我说了，那时候的我，其实，还是一个生活在城里的农村人。

所以，对这个社会的认知，还是农村人的思维和视角。

我想到烟台贩苹果来深圳卖。就这样，2004年10月底，一分钱没有，借了建强和大靖等几个朋友总共4万元，去烟台栖霞，拉了一大卡车16吨苹果，到深圳。因为，去的时机有点晚，品质好的苹果，已经入冷库储藏起来了，现在要从冷库里收购的话，价格比较高。还长在果树上的，都是些品质不太好的，便宜些。我选择了这种便宜的，结果拉到深圳，进不了超市，只能在布吉农批市场，卖给苹果批发商，亏了一万多元。不甘心，又北上去陕西洛川甘肃静宁等地，转了一圈，说是考察苹果市场，也当是观光旅游了。

就此打住，该上班赚钱还债了。

2004年年底，回到深圳，找工作，12月，入职到雷立照明公司，岗位是华南大区光源产品推广经理。那个时候赶上雷立大规模招人，全国销售人员，从200多人，一下子扩招到400多人，目标是要扩招到800人。

春节后，公司战略突然转型，由原来的每个地级市的独家经销商直接从工厂进货，变为每个省设置一个总代理，叫运营中心，每个省只能运营中心对接总部工厂，全省的经销商，都只能从运营中心进货。配合这次渠道大变革，公司搞了两次大的渠道活动，一次叫“完美风暴”，一次叫“彩虹行动”。基本上的作用，就是协助各省，顺利把运营中心搞起来，把渠道理顺。

现在还能回忆起来的一个事情，就是我们在佛山搞集中作业实训的时候，每天晚上都要当众汇报当日市场拓展的工作情况。

我们总共三四十个人吧，分成了五六个小组，我们组长是一个女同事。

一般都是组长上去汇报。前面几个组长汇报的时候，公司外聘的咨询公司的人，会进行点评和“挑刺”，这个本来也属于很常规的管理方式。只是，有一个背景，就是大家这时候，刚知道了公司下一步的一些计划，大家都清楚，我们其中四分之三的人，将来或者很快，就会被公司开掉。公司只是暂时利用我们集中作业，帮公司把运营中心搞起来而已。

每一个上班的人，最关心的事情，永远都是自己的“饭碗”是否还能端着，自己的薪资，自己的岗位，这是毋庸置疑的。所以，在这样的背景下，大家哪有什么心思关心工作内容怎么开展，都在琢磨自己下一步该怎么办。其实，这种情况下，没有什么好的办法，唯一有效的，就是赶紧找下一个工作机会吧。

只是，大部分同事，和我一样，都新入职不久，挺开心地觉得找了一份挺好的工作，到了一个知名度高又很有发展前途的照明企业，没想到，屁股还没坐热呢，就要考虑离开了。

所以，大部分人的心里，都很不爽，很不甘心。

是的，人生很多的烦恼，都是因为不甘心。

正常逻辑，我们这种不爽，应该把老板骂一顿，他才是罪魁祸首。只是，没有人有这个勇气和机会。在这样的背景下，轮到我们小组上去汇报，他们都不敢上去，或者，都不愿意上去，觉得自讨没趣，又没有什么意义。那只能我上了。

我记得，我好像在大学的时候，问过小欣，咱们两个为什么会成为好朋友，我记得，她好像说过，我身上有一点江湖大侠的味道。

好吧，也许是吧。也许我就是一个喜欢抱打不平主持正义的侠客。只是，我不会武术，是一个身矮体弱的酸文人。

有过千安做娱乐活动主持人的经历，对于这样的小场合的当众发言，对于我来说，根本不算个事。我简明扼要地汇报完当天我们小组的工作情况，那个家伙，又摆出那副好像是大领导的样子进行点评。我很不客气，直接称呼他为“王先生”，而不是像其他人那样，唯唯诺诺的称呼他“王总”，并且，带有明显情绪平等对抗的口气和他进行了对话。

我下台的时候，大家的掌声，我能体会到，不是给我的，而是在宣泄心中对公司的不满。回到房间，小林（好像现在是立方照明总经理）对我说，“李总”，你太帅了，真牛！你刚才应该振臂一呼，大家都跟你走了。

我知道，大家都是压抑着心中的怒火，委屈又无处宣泄。

我体会到了，过去为什么腐朽的旧朝代倒台的时候，全国到处都是农民起义，随便哪个农民，只要揭竿而起，就万人呼应。

不是这个农民有什么本事，也不是他具有领袖能力，只是，整个社会都集聚了太久太多的怨恨和不满，只要有人带头起事，自然就众人云集，万民呼应。

所以，我们说，对于一个统治者，民心最重要，就是这个道理。对于政治是这样，其实，对于企业，也是这样。

一个企业，内部员工对公司失去信心了，外部客户和供应商对公司失去信心了，这个公司，也就距离完蛋不远了。暂时没有完蛋，只是所处的行业竞争还不充分，只要竞争激烈，很快就死掉了。很多老板意识不到这个问题的严重性，自以为是，活在自我麻痹中，恣意妄为，瞎折腾。

对内部，我们的销售团队，也由 400 多人，裁剪为 200 多人，最后，只留下 120 个人左右。大部分人，转为运营中心的员工，如果不愿意去，只能选择离职。

我作为一个搞营销的人，照明行业一个著名企业的关键销售渠道大转型，我很关注，所以，作为观摩的心态，我想一直参与其中，可以进行近距离的观察和学习。另外，我也有点挑战和好斗的意思，不是要优胜劣汰吗，我就想看看自己能不能坚持到最后。

当然，结果是，到 2005 年 8 月，最后一次裁员结束公布名单，我还是作为公司员工，留在华南大区担任渠道经理一职。只是，我的兴趣已经没有了，该离职了。我在这个岗位上，也没有什么实权和实际价值。所以，那就只能拜拜了。

成 都

这是我难得没有因为想再创业而离职的一次，很快，2005 年 9 月，我就入职到 TB 照明了。这个工作经历，也是很奇葩。

我是在深圳宝安北路人才市场投的简历，得到电话面试通知后，我到惠州 TB 照明公司总部进行面试。我在一个小房间等了一会儿，进来一个其貌不扬穿着工厂统一工作服的中年人，他也没有自我介绍，也没有人给我介绍过说什么身份的人对我进行面试，我一直也没有问，就根据外表，猜测此人可能是人事部的一个主管之类的。所以，也没有太把对方当回事，一顿乱吹。

我还记得，他问我，如果给你两个工作机会，你选哪个？一个是去最大的办事处，做一个主管。另外一个，是去一个很小的办事处，做办事处经理。

我很肯定的回答，我选那个小办事处的经理岗位。

他问为什么？

我说，我宁做鸡头不做凤尾。

大概就是这样。

哦，我想起来了，我记得，我还给他吹了个大牛：没有做不起来的市场，只有做不起来市场的人。事后，我再次回想起自己吹过的这个牛，才发现，我对社会的认知，又多了一个方面：真有做不起来的市场，与谁去做无关。

当然，这是后话。

他让我回去等通知。

我还心想，这么老远的，难道还要让我再跑一趟，或者，是觉得我不行？难道不知道我是从深圳大老远跑来的吗，不应该一次性初试复试一起面了吗？都不让你们的销售领导出来面试我一下吗？我带着一顿疑问回深圳了。

过了几天，人事电话通知我，说我被录用了，岗位是成都办事处经理。成都办事处，属于公司的一类重点办事处。

我很惊喜。

原来，那个其貌不扬的中年人，是徐总，TB 照明全国营销负责人，是我上司的上司。我上司，是西南大区总监，田总。

就这样，我在总部办了入职手续，自己直接坐火车，从深圳前往成都上任。我去成都办事处当一把手负责人，居然没有人陪我去上任，而且，关键的是，我入职这么重要的岗位，居然一直都没有见过我的上司。

这里面，已经是不符合常识，也埋下了祸根。

成都办事处，负责四川全省，当然，是一个很重要的办事处。之前的办事处经理，是我们 TB 照明公司董事长廖总的外甥，欧阳修。欧阳修的前任，就是我现在的上司，西南大区总监田总。

这些信息，就说明了一个很重要的问题，成都办事处经理，不好干呀！

你想，欧阳修，老板的亲外甥，都因为业绩不好，被干掉了。你说，这个岗位，有多难弄？另外，田总之前就是成都办事处的经理，那他对成都办事处，还是很熟悉的，而且，说不定办事处这些老油条，都是他当年招聘进来的，那就绝对是他的嫡系。

我一个外来的生瓜蛋子，怎么搞?

后来，我才听说，TB照明销售系统的传统，都是内部提拔。全国二十几个办事处经理，都是从主任提拔上来的，主任都是从业务员升起来的。只有我，李建军，是从外面招聘的“空降”干部。

看来，成都办事处，确实有点“复杂”。

呵呵。

我这个人吧，特别不喜欢整事，所以，特别不喜欢把事情搞复杂了，也特别讨厌别人对我说，这个事很复杂，你不明白。甚至说，你根本就不明白，这个事有多复杂。

去你大爷的，多大个事，能死人不?

不就那么点破人破事吗，能有多复杂。

我就是不信这个邪，来吧，有多复杂，老子都给你整“简单”了！

我出了成都火车站，有两个同事在火车站来接我，一个叫何海，一个叫姜国，这两个都是“老油条”。办事处，还有一个叫涂亮的，也是“老油条”。还有一个叫史文，还有一个女的，叫什么来着，我记不起来了。好像就这么几个人吧。

我到了宿舍，见到了欧阳修，很年轻，小我4岁，还有他女朋友，挺漂亮的。

我找他们要了我上司田总的手机号码，给田总打了个电话，报个到，并请他指示。

我记得很清楚，他装大方，说官话，让我放开手脚大胆干，他会全力支持我的。

好吧，我就当他是真心的吧。

虽然，我也不信。

我想，我作为成都办事处的最高领导，既然没有人带我来见大家，也没有人和我正式交接工作，我就只能自己发挥了。何海的笑容最甜美，我就对他说，你通知大家一下，明天到办事处，咱们开个会，我和大家先认识一下。

我是周六到成都的，我想，尽量就不要耽误大家上班时间了吧。利用周末，开个会，认识一下。

没想到，过了一会儿，田总就给我打电话，意思是周末大家难得休息，就不要开会了吧，周一上班不就见面了吗?

去你大爷的！

刚还说让我放开手脚大胆干，什么都支持我。这就是你的支持？支持你妹呀！开个会，这么小的事，你都反对，我还怎么开展工作呀。

再说，我让何海通知办事处所有人员开会，也没有让他通知你参加呀，你怎么就知道了?

看到了吧，故意使绊子。

你说，我和他素昧平生，都不认识，更不存在有矛盾得罪他，你说，他怎么就要搞我呢?

用屁股都能想明白，他和他的上司徐总关系不好呗。

你想，西南大区，四川肯定是最重要的，西南大区总监辖区内最重要的办事处经理的人选，都没有让他这个大区总监参与，这不就是很明显的问题嘛。

大家都知道，不论是在什么样的单位，人事任免权力，是最重要的。作为一个领导，对你自己管辖范围内的人员，没有人事决定权，那就很被动了。

问题是，你们两个领导关系不好，管我屁事呀，我又不认识你们。

问题就在这里呀，田总会天然地认为，我是徐总的人呀。

所以，这就叫，神仙打架，小鬼遭殃。

我成了他们两个用于斗争的靶子了，你说我倒霉不。

我不管，我装傻，继续该干啥干啥。

通过这个事，田总已经成功地给了我一个下马威，让我这个新来的经理，马上就失去了权威，让所有业务员明白，我没用，什么事，都还是田总说了算。

刚入职不久，9月下旬，我们大区要在重庆，召开销售季度会议。

我得好好准备一下，当然，重要的，是尽快了解办事处和整个市场的情况，拿出一个工作思路和计划。

我这个人吧，啥都不行，就是脑子好使。发现问题，分析问题，解决问题的能力特别强，逻辑思维特别好。就算解决问题的能力不行，发现问题、分析问题和提出解决问题方案的能力，确实特别强。

所以，很快，经过了解和构思，我用一个晚上，写就了那个报告，成都市场解救方案，发给田总和徐总了。

去重庆开会，我才第一次见到了田总本人。田总，中年人，外形魁梧且富态，形象很好，口才极棒，很会忽悠人，气场也强大，很容易就能控制局面的那种强人。他这个人吧，啥都好，就是品德不行，为人处世不行，特别自私。

说起来，我也是特别自私呀，我不知道，也许，我们两个的“自私”，不属于一类的“自私”。我可能是那种只管自己爽的人，是那种直接要自己想要的人，所以，给熟悉的朋友觉得我就是一个自私的人，不管别人（家人）。

而田总的自私，可能是属于那种“自私自利”的人，他不论做什么事情，说什么话，绕多少弯，最终，都是为了自己获得更大的利益，而且，在他获得利益的同时，会给与此相关的人，造成利益的损失。而他对家人，可能会很好。因为，他通过损人利己的方式搞来的利益，就是为了家人过得更好。我猜，应该是这样的。

我和他的“自私”的区别，可能就是在这里。我只自私，不“自私自利”，我只自私，不“损人利己”，我只自私，但是，和我接触的人，都不会有利益减少，甚至还有增多。

所以，虽然我也被评价为是一个自私的人，但是，我的朋友都很信任我。

田总，应该没有真正的朋友，他的这些老部下们，对他的评价，都是能力很强，很能忽悠人，就是不愿意和他打交道，不信任他，总觉得和田总打交道，一定是会吃亏的。

嗯，挺好的，我今天刚好趁此机会，把我的“自私”和一般大家所说的“自私”说清楚了。

大家口中一般评判其他人，如果用自私，很多时候，是“自私自利”和“损人利己”的缩写，而我没有。哈哈。

因为，我一直对钱和利益，不是很在意。

所以，我一直很穷呀。

问题是，一般人都是缺少就总想要啥，尤其是对钱。

也许，我是个例外吧。

或者说，因为我是“官二代”，是贵族，从骨子里头认为我不缺钱呀。

呵呵。

我在会上，也第一次见到了我们公司的董事长，廖总。也再次见到了徐总。

另外，也认识了重庆办事处经理，老冯。

认识老冯的感觉，和老杨刚开始一样，总觉得他是混江湖的，是坏人。没想到，和老冯也一直联系，到现在，也是很好的朋友了。而且，后来，我去勤方工作，也是因为他给我的信息。

当然，我作为一个很会吹牛的人，加之有那么一个报告，所以，通过这次会议，我也获得了廖总的认可。后来，我们在总部开会，全国办事处经理都参加，以及在成都开全国销售年会，我都得到发言和吹牛的机会，基本上，都是出类拔萃。

哎，我这个人吧，就是喜欢吹牛。喜欢在大会上讲话。

当然，因为他们神仙要打架，所以，我和田总的关系，是永远不可能有原则性改变的。对于这帮我指挥不动，又不能干掉的“老油条”，我很郁闷。尤其是，那两个主任，姜国和涂亮，他们两个，都以为欧阳修走了，他们两个会升上来，所以，在我来之前，他们两个还明争暗斗了一番。

谁知道，最后，天上掉下一个人，不是林妹妹，而是一个姓李的外人。所以，我这可真是内外交困，上下齐心地都想要搞我。

正好，我犯事了，他们终于可以联合起来行动了。

我呢，之前也没有正经当过领导，在千安做推广主管，下面就一个傻蛋。在雷立做推广经理，整天带着五六个临时凑起来的非隶属关系的销售人员扫街。所以，到成都办事处当经理，是我人生第一次真正做管理，带团队。书上教你的理论和知识再多，也不一定适合你所面对的每一个人。因为，每一个人，每一个团队，每一个企业，都是有他自己的特点和文化的。我当时在办事处搞了一堆要求和条例，违反的罚款，做得好的表扬。而且，罚款很重。

结果，到月底一考核，我罚了好几个人很多钱。

正好，他们可以联合起来对付我了。

我还记得那是一个深秋初冬的晚上，我正坐在办事处文员的床上，文员告诉我，他们刚才打电话让所有人联合起来签名，给总部发传真投诉我。

这里，我当然要给各位看官解释一下，这个文员，我给她起的外号，叫杨毛，她叫我李毛。我记得有一天，好像是我陪她送她的衣服去干洗店，登记姓名的时候，我就顺手，把她的名字，登记为杨毛。从此，我们两个就彼此互相称呼对方为“毛”。她大学刚毕业一年，是我招聘进来的。我有点喜欢她，她也不反感我。所以，那段时间，好像持续有一个月，我每天晚上吃完饭，都去她床上坐一会儿，我们两个盖在一个被窝里，都穿着衣服，谁也没有碰过谁，各自看着书或者杂志，或者聊天，一般都是从晚上七点到十点或者更晚一点。反正，自始至终，我们两个没有过肌肤的接触。

神奇吧，我也觉得很神奇。

她长得挺好看的，是那种有灵性的女孩。电视剧《白鹿原》里面男主角白嘉轩的女儿，白灵的扮演者，就是那个模样，很像。

后来，她从我们办事处离职，应聘到成都当地最大的房地产开发公司上班，之后一直在房地产行业工作，好像几年前已经做到营销总监之类的管理岗位了，听说嫁给了一个公务员。总之，是一个很特别很上进聪明又有点好看的女孩。

她在不同时期，对我说过一些让我很温暖的话，当然，都不是情话。记得她刚到那个房地产公司不久，开会听老板讲过几次话后，打电话我们聊天，很兴奋地告诉我：毛，你知道吗？我们老板和你说话真像呀！你说过的很多话，我们老板也会说。

我知道，她这是在夸我呢。

我心想，我本来就是一个伟大的企业家嘛，只是一直没有实现而已。

呵呵。

2017年夏天，我去西藏新疆自驾游，每天发微信朋友圈嘚瑟。我记得，我在班公湖发的朋友圈，她在下面的留言是：“真正见过世面的人，见过天地之美，见过众生之苦，最后找到了自己想要活成的模样。”

看看，我们家毛多会说话。

其实，我们很少联系，几年偶尔联系一次吧。她有一次说，我的朋友圈，大部分她都会看，也觉得很好。只是，她从来不点赞，也很少评论。

当然，办事处所有人联合起来，签名发传真投诉我，是上下串通好的，背后就是田总在直接指挥。只有两个人，没有签名，一个是我招聘进来的业务员，徐扬，另外一个，就是我们办事处的文员。

徐扬是一个很勤奋的四川瓜娃子。我很喜欢他，他也喜欢我，我们关系很好，感情很好。虽然自从我离开成都后，我们很少联系，但是，依然把对方当成好朋友。至少，在我心里是这样看他的。他一直定居成都，2016年春节，我自驾游路过成都，我们得以相见，分开整整十年了。再次相见，仍然十分亲切。他也叫了李宇和果果，兄弟们十年不见，平常也不联系，见面很开心。我们一起回想当年的青春岁月。

当然，那天晚上投诉我的时候，李宇和果果，还没有入职呢。

我的人，只有徐扬一个。其余都是办事处的老人，老业务，“老油条”。正在一起联合起来对付我呢，在大区田总的直接领导下，又有这样证据确凿的事实，我死定了。

当然，我继续装傻，当作不知道他们在背后搞我。

很快，田总驾临成都办事处。如果，我没有记错的话，这是自我上任以来，他老人家第一次来我们办事处。当然，这次田总，是作为公司授命的“钦差大臣”，专门来查办我的。

田总召集办事处所有人员开会，当然，是对我个人的专题批斗会。

会议主题就一个，他代表总部，批判我，并责令我，退还所有人的罚款，并当众向大家承认错误和道歉。多狠啊！我作为办事处的最高领导，向我的所有下属，当众承认错误，并道歉，你让我怎么活？我这不就是脸面扫地，完全没法再当这个领导了。

没有任何下属和上司给我鼓励和支持，我都不知道自己怎么挺过来的，我都不知道，我为什么要挺过来。要是按照我现在的脾气，可能早都直接辞职了，不可能接受这样的“奇耻大辱”。我不记得当时自己是怎么考虑的。总之，很神奇的是，我居然就这样忍受过来了，真是屈辱啊。但是，没有办法，我自己管理上存在一些问题，我的上司和我的下属都想整我，我给了他们整我的机会，所以，我活该。

我很痛苦，他们很开心，我想应该是这样的。他们一起出了口恶气，多爽呀，而且，他们想着，很快，我就要滚蛋了。

我也是这样想的，我已无心工作了。

每个人都是这样的，当自己意识到自己的工作岗位都快要失去的时候，肯定是没有心思再考虑怎样把工作做好。按照我的性格，这个时候，我应该辞职才对。

我很难受，整天不知道该干啥。我就到处瞎逛。

我还记得，我好像是在一个超市闲逛的时候，我们公司老大，董事长廖总，打电话给我。这是我第一次接到他的电话，反正我觉得自己要滚蛋了，所以，我就实话实说，毫无顾忌地把所有心里话和委屈说给他听。

我的下属，都是“老油条”，不听我的，我没有办法，只能通过处罚来管控他们，他们就联合起来告我的状，而公司又安排我的上司来当众羞辱我。我还怎么开展工作？

哦，我想起来了，应该是徐总给过我鼓励和帮助，而且，廖总的关注，应该也是徐总在背后帮助的结果。所以，关键时候，还是徐总帮了我。

真是“朝中有人好做官”呀。

刚好，徐总是田总的上司，徐总是让田总来成都调查此事的，但是，他一到办事处，就开会当众羞辱我。

所以，结果就是，神仙打架小鬼遭殃。

廖总暂时没有决心拿掉田总，但是，他表示，全力支持我，成都办事处的事情，我说了算，我有绝对的人事权力。我想让谁走，直接告诉人事就可以了。

哈哈哈，峰回路转，柳暗花明，我“李汉三”要杀回来了！

我想，除了徐总在廖总面前的美言和背后的运作，应该也与我在重庆召开的大区会议上的发言表现是有关系的，廖总心里肯定是认可我的，而且，对我寄予厚望。

既然公司最高领导给予我生杀大权，我当然要把这帮坏蛋赶尽杀绝，一个不留！就这样，凡是在联名投诉信上签过名的人，都滚蛋了。

我马上招聘了几个新人，李宇、果果、李武，从此，成都办事处，都是我的人了。我成了山大王，爽得很。办事处的办公室，在小区的二楼，冬天的成都，整天雾霾，很少见太阳，办公室阴冷，我很不爽。我真正当家后，就把办公室搬到小区位置最好的楼王的16楼，朝南向阳的大房子，爽得很，春节后，成都的天气也好了。

我睡在主卧，带卫生间。另外一个房间，是我的经理办公室。客厅就是我们的办事处公共办公室。他们大部分都出差，只有徐扬和果果负责成都，平常在办公室。

他们每天早上来报个到，就出去跑业务去了，下午下班前，再回来报个到。我起床的时候，他们基本上都报完到出去了，我一般都是睡到自然醒，早上九点之后。我一个人，待在客厅落地大玻璃窗前，晒着初春的太阳，喝着水，抽根烟，鸟瞰着整个小区的景观，爽得很。

每个周六下午，我们开一下午的会。然后，晚上聚餐，六七个人，一起吃饭喝酒聊天。那段日子，太舒爽了。

我呢，整天爽的都不知道干啥。

我记得好像是2006年的四月左右，我看到一个广告，成都郊区一个景区的郁金香盛开，我就坐车去游玩了。

在景区里面一个休闲的地方，我看到了一个女孩。身高大概168，皮肤很白，长发，很好看，很清纯，很靓丽，很美，也很年轻。

她叫扬扬，18岁，刚中专毕业，在跟着导游做实习导游。

这是我人生中，第一次，好像也是唯一的一次，在公共场合主动去搭讪一个陌生人。可能是她太美了，美到让我忘记了一切文明礼貌和道德修养。

非常幸运的是，她没有拒绝我的搭讪。我们留了手机号码，就算是认识了。

经过几天紧张刺激的担心和害怕，我终于通过短信，约好周末去看她。

她在四川什邡市，川北一个县级市。

我好像是周六上午十点多到的什邡，我找到她，她陪我一起吃饭，逛街，逛公园，去她上班的地方，去她曾经上学的地方，我们还一起坐了人力三轮车。我记得我挨着她坐在三轮车上，有时候车子转弯或者摇晃的时候，我的胳膊能够蹭到她的胳膊，我们都是穿着短袖，滑滑的，凉凉的，舒服极了。下午，我们两个在县城郊区一个没有什么车辆通过的路边，5元钱要了一杯茶，坐了一下午，一直在聊天。我觉得开心极了。

这是我很难忘的一天，可能也算是我青春时候，最美好的一天。

男女之间的美好，就在于你没有得到和破坏她。

我记得，姐姐打电话给她，让她晚上回家吃饭，她说有朋友在，不想回去，她姐姐非要她回家吃饭，还带上我。我觉得也可以吧，就当是去认个门。

只是，我也觉得，第一次见面，就去家里，而且，要见她所有家人，有点不大好。毕竟，我们两个还没有那个呢，关系还不稳定呢。

可是，我的快乐得发昏的头脑，没有战胜理智，居然答应去她们家一起吃饭。

这一顿饭吃的，我失去了她。

我很懊悔。

我很遗憾。

我不怪她，我也不怪自己。

我只能说，得不到的，都是最好的。

还是把这份最好的她和我们那一天的经历，留在人生最美好的回忆里吧。

2008 年 5 月 12 日，什邡也是重灾区之一，我想过要不要去看看她，看她是否安全，只是想了，没有去。

希望她一切都好，相信她一切都好。

我们办事处在九眼桥附近的一个小区，我记得小区门前有一条河，河对面，就是川大了。阿华，正在川大读研。后来，他转为硕博连读，连读五年，毕业直接是博士。

我没事干，也经常过去找他玩。我还记得某个周末和他一起去爬西岭雪山。阿华现在天津南开大学经济学院任教，主要研究方向是地方财政。去年见他，学术成就不知道有多少了，反正我看他的头发是剩得不多了。可怜的孩子，都不容易啊。

那会儿比较遗憾的是，我整天没事干，总去川大，居然没有在川大泡个妞。

可能，我那时候的心思，都不在妞身上。

我 30 岁之前，基本上很少有泡妞的想法。

那会儿，中国有一档特别火的电视节目，央视二套搞的，《赢在中国》，一个创业竞赛节目。我记得我和建强，分别在不同的城市参加了这个节目的海选面试。当然，以我们的水平和实力，都没有通过。

我还记得那个节目的主题曲，《在路上》，很振奋人心，很鼓舞士气，对我们这些心怀梦想，总想创业干点什么的年轻人，尤其如此。

2006 年夏天某日，我看到一个广告，有一个叫稻城亚丁的地方，很不错。

第二天，我就去成都汽车站，买了票，坐了一天的汽车，摇摇晃晃翻山越岭的，到了康定。住下来，第二天，再坐班车，一整天，到了稻城。第三天，再和别人合租五菱之光，三四个小时，到了亚丁。

这会儿的亚丁，或者说，这会儿的中国，自驾游和旅游，都还处于刚刚发展和起步的阶段。所以，各个方面的基础设施，都比较差。买票进了景区，手里提着一个包，拿着门口租的军大衣，在傍晚的时候，走到了洛绒牛场。当晚就住在这种野外临时搭建的帐篷里，大通铺，不分男女，虽然是夏天，因为这里是高海拔地区，晚上依然很冷的，所以，大家都是和衣而睡。

当然，这个景区很美。

我仍然记得，当时，看到那种雪山为背景，清澈的雪山融水汇集而成的小溪流过翠绿的草地，夕阳西下，照在两匹悠闲漫步吃草的马儿身上的美景，是多么的难忘。我当时感叹道，太美了，真是太美了。我一定要来这里开我的董事会，或者，带老婆孩子来这里欣赏这样的美景。现在看来，董事会是去这个地方开不了了，因为，我不是董事长。

呵呵。

至于老婆孩子，是可以带去看看的。

这应该是我人生中，第一次真正意义上的旅游，或者叫旅行。也是人生第一次到了高海拔的地方，又是这么美丽的地方。

所以，印象深刻。

当然，这个地方，稻城亚丁，我还会再去的。一定会再去的。

虽然，我们可能上高中地理课的时候，也学习过海拔变化对植物的影响，但是，亲眼所见，感受还是不一样的。近些年，我多次去了不同海拔的地方，对这种变化，已比较熟悉。只要是夏天，你把我扔到一个完全陌生的地方，我通过观察植物的种类，就知道我大概所处的海拔高度了。

第二天，原路返回。

在稻城县城，我接到了总部人事经理的电话，说调我去贵阳办事处当经理。我说，好的。兄弟，我懂，我这两天在外地出差，过两天回到成都，就办离职手续。我们开人，都是这样的方式，调你去一个你不愿意去的岗位和地方，大家都懂，这是公司要开人又不用辞退的用词，以免还需要赔偿。

就这样，我离职了。我的离职，与别人无关。

大区田总，在成都一次只有我们三个（他，我，廖总）的饭桌上，我已和他撕破脸，直接当着廖总的面，揭露他多次故意刁难我的斑斑劣迹。很快，他就离职了。正因为他的离职，新来的总监，很快就干掉我了。

一则是，我不把他这个鸟总监当回事；二则呢，是因为，我所负责的成都办事处，业绩确实太差。这也是核心原因。我们做销售的，不论是一线销售人员，还是销售管理岗位，都是看业绩说话的。只要你业绩好，谁都不能把你怎样。如果业绩不好，那就不好说了。领导都喜欢你信任你，你可以继续干。领导不喜欢你，刚好可以因此理由，冠冕堂皇地干掉你。

成都，我走了。

再 回 深 圳

后来，和无数个故事一样，我招来的人，又都被新的办事处经理全部干掉了。只有李宇，一直“活着”，到现在，他还在 TB 照明公司。

呵呵，世事难料，真是好玩啊。

“一朝天子一朝臣”，在政界是这样，军界是这样，商界也是这样的。

很正常。

中国，历来就是一个熟人社会.

对于自己熟悉的人，就天然信任，对于陌生人，尤其是，前朝旧臣，天然不信任。我是这样对前任留下来的老人的，我的后任，也自然会这样对我留下的旧臣。

深圳，我又回来了。

应该是自从我去了成都后，我就和老杨分开了，结束了我们的合租同居关系。其中，在大胜卖车的那一段时间，我好像也是住在单位宿舍的。刚好，那段时间，好像是建强代表我，和老杨同居的。嗯，是的。那会儿他们住在粤海新村。

我去成都后，老杨在梅兴苑另外一栋，租了一个一室一厅的房子，他终于独立住了。哦，对了，这个时候，他有小孩了，杨纤羽，一个女儿。

我从成都灰溜溜回来的时候，好像是他老婆带着孩子回娘家了。刚好，就他自己一个人在家。我暂住在他家里，在他家卧室的地上打了个地铺。

我的首要任务，便是找工作。

这次，我好像没有去宝安北路的人才市场，也没有在网上乱投简历。而是，有针对性地在找工作。

那个时期，应该属于我从农村人向城里人转变的阶段。

因为，我之前考虑创业，总是以农民的视角看世界，所以，关注的都是农业方面的。这个阶段，我终于开始摆脱农民视角。我把创业的方向，锁定在互联网领域。

我在成都参加央视《赢在中国》面试的时候，提交的创业想法，就是一个类似于百度地图加大众点评内容的东西。当然，当时好像还没有 4G，或者说，移动互联网时代还没有开始。当时的互联网，还处于 PC 时代。

回到深圳，我就琢磨，我是没有资源和能力去创业搞一个互联网公司的，那我就先进入我感兴趣的互联网公司。刚好有一个网站，还是深圳的，做的是比较类似的商业模式或者叫内容——八届网。我上了这个网站，给他们的负责人写了一份求职信。很快，通知我去面试。

公司在南山区的科技园，给我的岗位是，市场部经理。市场部，是负责公司的品牌推广和活动策划与执行。业务由公司的销售部门负责，主要是拉广告。这个网站，内容比较类似于当时的大众点评，也是大众点评在深圳市场最重要的竞争对手。因为，当时大众点评还没有上市，八届网因为地缘优势，在深圳本地的影响力，还是比较大的。

我好像是9月入职的，11月离职的。嗯，是的，我只干了两三个月。入职，是因为，它是个互联网公司，我渴望进入互联网行业，而且，这个网站的内容，和我自己创业的想法比较接近。所以，要进去。离职，是因为，它实际上不是互联网公司，它只是一个网站。而且，是一个看不到希望，即将倒闭的假互联网公司。

互联网行业，属于信息产业，核心竞争力，一定是技术水平和运营能力加在一起形成的产品（服务）吸引力，也就是行业内所说的客户黏度。使得客户一用就爱上你，并形成习惯和依赖。同时，通过技术和市场，快速形成规模上的垄断，从而建立细分领域行业老大的地位。从此，这个行业就是你的，你就代表了这个行业。能颠覆你的对手，肯定不在这个行业里面了。

基于此认识，我也就知道，自己无法在互联网行业存活。因为，我不是理工男，我也不是程序员，我不懂IT。我在这个行业，只能沦落为一个跑市场的卖广告的。做销售的，在实体企业里面，是一个重要的核心部门，在互联网企业，基本上就是一个边缘部门。不入流。当时，国内知名的互联网企业，还是腾讯、新浪、网易、百度等几个。阿里，好像还没有进入主流视野。

在这个公司的主要经历，就是搞了一个叫“中华私房菜大奖赛”的活动，客串了一次主持人，玩得很嗨。其他的事情，想不起来了。

这年的国庆节，我借了大靖的7座东风风神车，和老杨、崔波、小庄一起，7个人，出去自驾游。之所以是7个人，是因为他们三个男人都带着女朋友。是的，都带着女朋友。只有我，一个人，孤单，但是，不寂寞。因为，我有车。

我特别喜欢车。

高中的时候，就特别想开摩托车，觉得骑着摩托车驰骋在马路上，是何等的威风凛凛。可是，我们家穷，买不起。

上大学后，我就喜欢上汽车了。所以，我在大二，就花3600元，考了驾证。那可是1999年春天，那时候的3600元，绝对顶得上现在的36000元。我在大学阅览室，经常看汽车杂志。看得我经常想摸一摸杂志上登的汽车，太漂亮了。工作后，我依然只能是喜欢汽车，我还是买不起。

所以，当年，纯粹是为了能有机会开一下汽车，就去卖车了。没想到，开几次，撞几次。总之，我一直特别喜欢汽车。现在，虽然没有当年那么喜欢了，但还是很喜欢。

我这个人，其实，爱好很少。

很多男人，喜欢体育项目，踢球看球赛，我没有喜欢的。很多人喜欢打牌打麻将，我一直不喜欢也不会。很多人喜欢打游戏，我一直没怎么玩过。很多男人喜欢喝酒，我想喜欢，可是，身体不支持，我喝一点就醉，而且，很难受。很多男人喜欢抽烟，我曾经喜欢过，但是，因为身体不允许，也戒了。很多人喜欢朋友们经常聚在一起热闹，我就喜欢一个人待着，或者，只和一个朋友一起聊聊人生。

我对衣服，也没有特别的爱好。到现在，我穿的衣服和鞋子，大部分都是200元左右的，如果要花500元以上买一件衣服或者鞋子，对于现在的我，依然是觉得很贵的，我承受不了，或者说，我心里接受不了。

我对电子产品，也没有特别的热爱。我的第二部手机，还是建强退役的那款摩托罗拉经典旋转（我还记得是刘德华代言广告的）手机。我的第一部台式电脑和笔记本电脑，也是建强退役不要的，送给我，我用了很多年。不是实在无法使用，我一般都不会主动购买电子产品。说起来，建强是一个生活上特别节俭的人，但是，对我一直很大方。这么回想起来，我占了不少他的便宜。

我对吃的，也没有特别的要求，都还是喜欢吃小时候的口味，咸酸辣三种混合起来的味道，就是我最喜欢的。当然，现在什么口味也都能吃。特别爱吃湘菜。我大部分时候，都是一个人在外面吃饭，到现在也是这样。一个人，在外面，能吃什么呢，你一个人不可能去正经餐厅点菜吃。所以，更多的时候，就是饺子面条快餐盒饭米粉小吃之类的对付一下就是了。还有，我特别喜欢去那种路边摆摊集合形成的夜市之类的地方吃小吃。当然，原来的都很好吃，尤其是原来在各个大学门口的。现在，由于城市管理的需要，由政府规划企业组织实施的这种夜市，好吃的已经很少了。我觉得深圳的好吃的东西特别多，深圳的桂林米粉就很好吃，我在桂林吃的米粉反倒不觉得好吃。深圳的湘菜也很好吃，我每次到深圳，都还要老杨请我去上梅林吃那家乡村发现的湘菜，尤其是他们家的血鸭，你看不到辣椒，却辣得要死。还有，深圳的潮汕砂锅粥，也很好吃。总之，深圳好吃的特别多。北京的很多北方餐馆的菜也很好吃，我还记得今年春节，大年除夕傍晚，我们一家四口，在北京朝阳医院附近，几乎所有的餐馆都打烊了，不营业，刚好看到一个新疆餐馆，正常营业，我们很开心，进去吃了，很好吃，而且，价格也是正常价格，没有涨价。相对来说，苏州和上海，就没有什么好吃的餐馆小吃之类的。南京的皮肚面，我还觉得特别好吃呢。

我对住的，也没有特别高的要求。只要宽敞明亮通风就好。当然，其实能做到这三点的宾馆是很少的。我现在的家，房子只有 100 平方米，得房率很低，套内面积只有 75 平方米，两房两厅一厨一卫。我们一家三口，生活得很舒服。我从来没有想过要买一个 150 平方米的大三房，或者 200 平方米的大平层之类的，更别说什么 400 平方米的独栋别墅。当然，也是因为我没钱。我是说，我都没有把这些东西作为自己内心深处想要的梦想或者幻想。我参观过这样的豪宅和大房子，我真的不觉得住在里面会舒服。

至于那些豪华品牌甚至奢侈品牌之类的东西，什么手表皮包之类的，不论是 2 万元一个还是 10 万元一个，我肯定是买不起。当然，我也不喜欢。你就算送给我，我也真的不会用。我觉得是累赘。我喜欢简洁。

我的车上什么都没有，所以，有人说，你的车是不是租来的？我就是一个喜欢简洁的人。我有时候，就是恨不得什么都不用带在身上。现在手机这么大这么重，但是，出门又不得不带着，我就很不爽。原来必须带钱包的时候，我的钱包，也是在超市门口那种小摊位上买的，几十元一两百元那种。皮带，也是的。

总之，我一直对消费，没有什么爱好。或者说，我的爱好很少。

所以，我觉得，我很喜欢车，并且，一直挺喜欢的，也挺难得的。

我不仅喜欢车，我也喜欢开车。

现在已经好多了，原来，我就是喜欢开车在中国到处瞎逛。5 年开 25 万公里那种，所以，他们三对“狗男女”，我一点都不羡慕，我有车就够了。

就这样，我开着车，他们三个泡着妞，我们自驾游去了。从深圳出发，好像去了广州、肇庆、清远等地方。我们也没有目的地，就是瞎逛。对他们来说，有女人在一起，出去哪里玩都可以。对我来说，有车开就够了，至于开到哪里，我都喜欢。

我喜欢开车，但是，其实，我不会开车。

我居然忘记了，开手动挡的车，在高速行驶的时候，刹车的时候，先不能踩离合的，否则，就是空挡刹车，刹不住的，很危险。而且，我喜欢开有点挑战的车，就是那种极限开车。现在开车多了，回想起来，是真的很危险的。

我能平安地活到这么大，开这么多年车，尤其是刚开始几年开车习惯非常不好，真是不容易。

这是我的第一次自驾游，这也是他们的第一次自驾游。

我还记得，我们回深圳的路上，一个傍晚，在肇庆市郊一个路边餐厅吃过的烤鱼，真的是非常好吃。前几天，我在苏州吃烤鱼，还想起这个事情，微信上和老杨说，他说，他也记得，他说，那是他吃过的最好吃的东西。这也是我们大家第一次吃烤鱼，我记得，我们还讨论说，要不要和老板商量一下，我们去深圳开分店，搞连锁，这么好吃。这几年，烤鱼已成为一种餐饮风格，流行全国了。

我们吃的时候，那是2006年的国庆节，深圳还没有烤鱼的吃法。

2017年，我和老杨自驾游走青藏线去拉萨的路上，我也在感叹这个事情。那就是，推动中国改革开放取得巨大成就的，到底是什么？

走过青藏线的人，都知道，青藏高原很艰苦，至少对于我们平原地区的人来说，这个自然条件，确实让人很不舒服。但是，青藏公路沿线的大部分餐馆，都是四川人开的。

这就是我的思考。

和那次肇庆吃烤鱼到现在烤鱼流行全中国的道理是一样的。也就是说，我们所生活的中国，是一个以经济建设为中心的时代，是一个人人都想发家致富的时代。

想赚更多钱的欲望，驱使着这个人去寻找赚钱的方式，所以，肇庆的烤鱼好吃，自然就会有人把这个美味带给全中国人，因为，他可以通过这个方式来赚钱。青藏线自然条件艰苦，物资匮乏，所以，物价很高，利润也就比较好。所以，总有人不怕吃苦，来这里开餐馆赚钱。

所以，只要能有更好的利润，只要能赚到更多的钱，对于我们这个时代的中国人，没有什么事情是不能干的。再苦再累，再多的投入，再大的风险，都有无数人前赴后继地去努力，去拼搏。

这是一个对于擅长赚钱的人来说最好的时代，这也是一个对于不喜欢赚钱的人来说最坏的时代。

至于对我而言，我只要能健康地活着，只要没有人管我，我就觉得很开心。因为，我能享受到我想要的自由。我想怎样过，就怎样过。与这个时代无关。

嗯，我突然想起来，我们家闺女，也是这个德行。

她现在 7 岁，经常会对她妈妈怒吼的就是：“你不要管我好不好，我想怎样就怎样！”

你看看，这小德行，和我一样。喜欢自由。

当然，不是每一个人都喜欢的。

很多人，以为人人都喜欢自由。

其实，不对。

很多人，是不喜欢自由的。他们喜欢被束缚。只是，他们没有意识到。

喜欢自由的前提，是你清楚自己想要什么。只有这样，你才会觉得什么是不自由。因为，你清楚自己想要什么，与现实给你的进行对比，你如果发现现实给你的不是你想要的，你就会反抗或者逃避。你会去追求你想要的。

所以，只有很明白自己想要什么的人，才知道什么是不自由，什么是被束缚，才会想要自由并享受自由。

而大部分人，根本就不知道自己想要什么。

所以，就会随波逐流，跟着队伍走，从众，随大流，觉得我没有掉队，我就是成功。而从来没有去思考过，我跟随的这个队伍，它要去向何方？是不是我要去的地方？我要去哪里？我怎么去？

因此，渴望自由的人，得有主见。或者说，有主见的人，才会拥有自由。

不是每个人，都是有主见的。

要想有主见，就得有思想，要想有思想，就得有独立的思考。

而独立的思考，就是大部分人最缺少的。

或者说，很多人，有脑子，但是，不思考。

他们的脑子，都用在怎样能跟上队伍这个方面了，而从来没有或者没有认真地思考一下，我为什么要跟着这个队伍走，我为什么不自己走？

当你和他们聊这个话题的时候，或者，他们自己考虑这个话题的时候，最常用的说辞就是：大家不都是这样过的吗？

呵呵，是的。

大家是都这样，可是，大家都这样，我也非要这样吗？

大家都这样，你就不需要反思一下，大家为什么都这样，而你也必须这样吗？

你的人生，一定要和大家过的一样吗？

有人说，不自由，吾宁死。

还有人说，我都不知道我为何而活，你叫我怎样活。

但是，大部分人，都会说，你整天考虑那些没有用的干啥？！

好吧，他们认为，考虑清楚去哪里，没有用。因为，实际上，他们没有主见，他们不知道去哪里，所以，他们害怕考虑这个问题，也不知道怎样考虑这个问题。所以，他们宁愿当成没有这个问题，或者，不需要考虑这个问题。既然大家都这样过，我也这样过就可以了。

这就是典型的，战略糊涂，战术聪明。小聪明。

当然，他们也会反问过来说，你整天考虑那么多，你考虑得那么清楚，有什么用？你过得比别人更好吗？你比我们更成功吗？

问得好！

我没法和你聊了。这就是所谓的，鸡同鸭讲。大家的思维不在一个频率上，大家谈着谈着，根本就谈的不是一个问题了。所以，各有各命。随他们去吧。

所以，我只能说，虽然每一个人都有脑子，但是，不是每一个人都会独立思考。因为没有独立思考，所以，不是每一个人，都清楚地知道，他应该怎样过这一生，他到底想要什么。因此，不是每一个人，都懂得，什么叫自由。因为，对于没有独立思考习惯的人，他不需要自由。他需要的，就是跟着大众的队伍向前走，不掉队，甚至，比别人走得快一点，就叫成功。

我觉得挺好的，他们有他们的快乐，我有我的烦恼。

从个体生命的角度讲，我们都很渺小，我没有资格藐视他们，更没有资格觉得自己活得明白了不起。生命，对我们每一个人都一样，就是一个过程，他们选择了那样的过程，我选择了这样的过程。仅此而已，没有高低贵贱和好坏之分。

所以，虽然我很不欣赏大部分人不经认真思考就敢过一生的态度和做法，但是，我依然从不看低任何一个人，就像我从不高看任何一个人一样。

没有谁比谁更高贵，每个人的人性，本质上都是一样的。有所不同的，仅仅是表象。骨子里，都是一个德行。

每一个人，做任何一件事情，最终无非都是为了满足自己肉体或者精神上的愉悦。没有任何其他第三种可能。所以，从这个角度看，有谁比谁更高贵吗?

他自己觉得自己好就够了。

每一个人，最重要的，是要对得起自己，对自己有所交代。

别人看你怎样，那是别人的事，与你无关。

嗯，很好。这又是我此次写回忆录的一大收获。

我突然发现，我是一个渴望自由的人，或者说，我是一个很在意是否自由的人。我是一个不能长期被束缚的人。

这是我的一个很重要的特点。

人生，在于不断地认知自我。我对自己又多了一个新的认知。

去八届公司上班后，我应该就从老杨卧室的地铺搬出来了。我在梅林阁租了一个房间，我记得好像房租是每个月七八百元吧。是一个30平方米左右的单身公寓，有一个小小的卫生间和厨房，有宽敞的卧室，有一个朝南的阳台。我住在14楼，前面都是七八层的农民自建房，没有遮挡，视线开阔，这对我很重要。总之，我来深圳这么多年，这是我人生中，第一次有了自己独立的窝，虽然是租的。而且，再也没有人会中断我的租约了。这是政府提供的类似于公租房之类的一种服务，我是一个有深圳户口的无房人员，在深圳工作，是可以享受这个福利的。只是，之前不知道，一直没有去申请。

虽然比较简陋，但是有开阔的视野，有属于自己的个人独立空间，我已很满意。在我买房子之前，我从来没有想过要买房。当然，可能也是因为，我没钱。所以，就不想了。

我辞职后，暂时没事干。也不想上班，就整天瞎晃悠。

剑锋和同事到广州出差，他顺道来深圳看看我。

他住在我附近的酒店，一个公寓式的四星级酒店，在上梅林新世界百货后面的小区里面的高层住宅楼里。他预订的是一个两室一厅的高档房间，让我晚上和他一起住，一人一个房间，还可以好好聊天。

他来，我当然很开心。我们好像也很久没有见面了。

之后，通过宝安北路人才市场，我又找到一个工作。华耀机电公司，在深圳关外坂田，一个做电动伸缩门和停车场道闸的公司，在坂田有几十亩的工业用地，都盖满了厂房，自己用一大部分，出租一部分。员工近千人，在电动伸缩门领域，应该算是中国规模最大的企业了。

我的岗位是深圳分公司经理，深圳分公司包括深圳、东莞、中山三个地区八个办事处，每个办事处规模不等，小的两三个人，大的七八个人。公司采用两种销售模式，一部分是直营，包括我们深圳分公司在内，全国有十几个分公司，两三百号销售人员。一部分采用代理商模式，像上海等地，就是通过代理的方式进行销售。

直营模式，比较麻烦，因为，不仅涉及销售，还涉及收款、安装等。我们单个项目规模不大，小的订单一两万元，大的也就三五万元，单个订单十万八万元的很少。但是，不论订单大小，我们的销售人员，都要“扫街”陌拜找客户。主要就是在建的工地，不论是机关单位还是工厂小区，都有大门，

有大门，就需要我们这种产品，大部分都是自动伸缩门，也有道闸的。

深圳有四个办事处，东莞有三个，中山有一个，所有销售人员加上安装服务等，我们深圳分公司总共有四五十号人，也是全国最大的分公司。

公司的组织架构是，老板是最高领导，下面有两个副总，都姓魏，一个管生产体系，一个管销售体系。也都是在公司很多年的老人了。深圳分公司，之前没有分公司经理，都是管营销的魏副总兼任的。我不知道基于什么原因，公司决定招聘这样一个人，我很荣幸地来了。所以，相对于我之前担任 TB 照明成都办事处经理的复杂背景，我这次的工作机会，是很不错的。而且，入职面试，也都是正常流程，先是我的直接上司，魏副总面试，他认可后，我再和老板聊了之后，才入职的。而且，老板和魏副总，人都很好。当时感觉是这样，现在依然是这样的感觉。

不知道为什么，我现在回想起来，总觉得好像在华耀的工作机会，是我人生的最后一次工作，我也不知道为什么会有这种感觉。也许，这是我人生，最后一份打工心态的工作了吧。现在回想起来，这真是一次非常难得的挺好的工作机会。

来华耀上班，我很快乐。薪资收入不错，公司在厂区内有高管宿舍免费提供给我，一房一厅，最重要的是，公司给我配车。我是多么喜欢车呀。而且，这是我人生第一次做二级管理，我的下属是办事处主任，办事处主任管理下面的销售人员。

我最喜欢的工作，就是当领导，做管理。我经常的想法是，不给我钱都行，只要让我当领导，管很多人就好。我享受那种当领导当官老爷的感觉。当然，这也是我没有修养的表现。我最喜欢的就是车，所以，一个公司只要能给我提供车，不给钱都行。而华耀的这个工作机会，这两个东西都给我了。我真是幸福和幸运啊。

这是一个高速发展的企业，创建十年，就做到了中国第一，而且，在深圳有自己产权的工业园，是很不容易的。况且，创造这些成就的核心团队，都没有什么学历。好像除了管生产的魏副总应该有学历，其他几个核心高管都没有受过高等教育。但是，没有学历，并不代表没有文化。

在当时的中国（1997—2007），在这样的传统制造行业内，高速发展创造奇迹的，一定不会是高学历的人。因为，老板就是从一个五金加工的小门店起步的，一个受过高等教育的人，你的起步不会这么低，你也吃不了这个苦。而在当时中国的经济环境中，几乎所有的企业，都是从很小规模很不起眼的基础上艰苦奋斗搞起来的。在 1985 到 2005 年，大部分民营制造企业的创业故事，都是这样的。而这个起步的情况，恰恰是受过高等教育的人，一般接受不了和做不到的。

所以，有学历，只能代表你当时上中学的时候，比其他同学更会学习或者更用功，所以，你考上大学了。但是，这并不代表你比别人聪明，更不代表你比别人优秀。

而创业，尤其是白手起家的创业，拼的就是起步阶段，谁能放下身段，谁能吃苦，谁能创新，谁能发现赚钱机会并抓住机会。如果余老板一直做五金加工小门店，怎么艰苦奋斗也成功不了，他们还是很聪明的，会及时发现商机并抓住快速做大，赚到第一桶金。这就是这种原生态创业民营企业老板们共同的特质，能吃苦，很聪明，会发现商机并紧紧抓住快速发展致富并上规模后正规化。

我们经常会说一个人没文化，那么，什么是有文化？

我认为，一个有主见的人，一个善于思考的人，一个会主动发现问题并分析问题解决问题的人，一个不盲从的人，一个喜欢独立思考并有独特见解的人，就是一个有文化的人。一个人，有没有文化，与他是什么学历，读过多少书，没有必然的关系。一个仅仅上过中学的人，可以是一个有文化的人，一个博士毕业的人，也可能是一个没文化的人。所以，虽然我受过高等教育，我从来不会因为这些人没有读过大学，而低看他们，就像我不会因为某人是博士毕业，我就高看他一样。

我们看一个人，重要的是看他“不穿衣服”的模样，也就是说，我们要摒弃他所有的身份和标签，看他本质上是一个什么样的人。

所以，我发自内心地尊重余老板和魏副总还有涂总他们这些白手起家用十年时间把华耀做到中国电动伸缩门领域第一的人。当然，魏副总，是一个很有人格魅力的人。

我特别欣赏和佩服有人格魅力的人，我也说不清楚，什么叫人格魅力，反正就是那种，你见了他，会自然而然地尊重他或者敬重他，愿意倾听他的意见和要求。我想，可能是因为，他们的外表既威严又慈祥，有亲和力还有不怒自威的震慑力，或者，他们本身通过语音的魅力和细微的肢体动作，让你感受到他们对你的尊重，不论这种尊重是他们的习惯性虚伪或者世故还是发自内心的言行，但是，你感受到的，就是被尊重和信任带来的舒服和愿意顺从他。对，顺从，是顺从。因为，你会有一种生理和精神上的舒服感，这种舒服感，让你忘记了拒绝和反抗。

我想，很多时候，我们与异性相处，尤其是刚接触不久，有点熟悉又不完全了解，有些好感但又有点担心，还没有过亲密关系但是又有点轻微的肢体接触的阶段，就是这种感觉。这也是很多人所谓的暧昧。

我欣赏、喜欢和羡慕那些有人格魅力的人，我觉得这好像是天赋，是后天学不来的。我就不行，完全做不到。

我记得，他有一个独立的办公室，我每次一进去他办公室，要谈事，他就说，没事，不着急，坐下，先喝杯茶，就开始倒茶。就是这样的。要是我，我会说，什么事，你说，聊完，好了，你走吧。我做不到对谁都这么热情客气和蔼可亲，我喜欢简单直接高效。

我还记得，我接手工作后，搞了几个管理用的表格，对各个办事处每个月的销售数据和每个业务员的销售数据进行排名，并对业绩最好的几个人进行奖励，对最差的提出批评和警告。魏副总，就会在办公室其他人面前夸我，说我是在大公司干过的，读过大学的，就是不一样。这表格，做得多好，一目了然，很好。夸得我都不意思。而且，生活上，也总关心我，让我们几个中午一起去他的公寓里吃饭，他专门请了一个阿姨给我们几个做饭。

高老师是我们公司整个营销中心专门负责培训的，也是魏副总的左膀右臂，帮忙做点各种杂事。我和高老师经常一起和魏副总谈事。

在华耀的几个月里，我经历了很多事情。现在还能想起来的有两个，一个是开心的，另外一个是不开心的。

我们准备把全国所有办事处的主任，召集回来，搞一个培训。魏副总安排我和高老师来具体执行，我负责专业培训，高老师负责团队建设培训。

我们都是从学生阶段过来的人，所以，大家其实都挺讨厌那种一个人在上面讲，大家坐在下面听这种方式的培训。有些讲话水平很高，讲话内容很好的，还能听到点什么。有些内容不行，说话又没有吸引力的人，简直就成了流于形式，对大家都是折磨和浪费时间。

我这人是这样的，不做事则已，要做，就还是力求完美的。所以，决定采用一种新的方式，来对大家进行培训，以求效果最好。

全国的办事主任，好像是三四十个人，我们安排大家住在深圳小梅沙的酒店，集中一天时间，由我来主持，在一个会议室，对大家进行培训。主题是“怎样做，才能是一个优秀的办事处主任”。

我随机把大家分成四个小组，每个小组，选出一个临时组长，由组长带领各自小组，就这个主题，进行两个小时的专题讨论。然后，由各个小组，派出一个代表，轮流在所有人面前，来汇报各个小组讨论的结果。整个活动，由我全程来组织和主持，高老师协助。

第一个小组的代表上来，他给大家汇报，说他们小组讨论的结果是，总共有 12 个方面，是一个优秀的办事处主任应该做到的。我说，好的，那咱们大家就一条一条地过，大家所有人一起审核一下，看看你们小组提出的这 12 点意见，是否能够得到大家的认可。大家都认可的，写在白板上，大家不认可的讨论后否定。

就这样，一个小组一个小组地过，有重复的，就不必再写上去。我们不着急，一点一点地讨论，因为，最重要的，就是这个讨论的过程，而不是着急要这个结果。而且，在汇报的过程中，大家一起讨论的时候，会增加和带出一些新的想法和意见。大家觉得好的，也写上去。最后 4 个小组汇报完，汇总后，总共有 36 条意见。

这时候，我看着高老师，相视一笑。高老师投来佩服的眼神。

因为，在培训会之前，为了有所准备，我用了一个晚上，自己一个人想出来了这36条的意见，并报给魏副总和高老师审核，我记得他们还说，有这么多啊？大家能记得住吗？我说，不用大家记，也不用我说，我会让大家自己说出来这些意见。

我自己一个人琢磨出来的关于一个优秀的办事处主任应该怎样做的意见，和全国所有办事处主任集合起来后一起讨论出来的方案，结果几乎完全一致。我也觉得自己挺牛的。呵呵。

最重要的是，这样的培训方式，效果非常好。

大家有所收获才是我们的目的。如果，我把自己事先准备好的36条，在会上一条一条讲解给大家听，不论这36条内容有多好，不论我的演讲水平有多高，他们的收获，一定没有这种方式好。因为，这样方式带来的36条，是他们每个小组自己讨论出来的，是我们大家一起讨论后认可的，他们会觉得，这36条，不是李经理给我的，是我自己琢磨出来的，是我自己想到的，他很开心，因为，他觉得这36条是他的。

这才是最重要的。

一个人觉得这个想法是我的，是我自己想出来的，是我想要的，他才会真正地认可这个想法和观点。否则，别人宣导给他的，讲解给他的，不论是多么好的想法和观点，大部分人，都会本能地有所排斥。除非，这个话，是毛主席说的，或者，是马云说的，大家才会认真地去琢磨一下，这个话是否有道理，我是否要去听从。

这就是人的本能，这就是人性。

所以，西方有句谚语，这个世界上，从来没有一个耳朵被嘴巴说服过。

没有人愿意被人说教，没有人愿意听别人的，不论他们表面是怎样的。所以，你想把一个想法和观点，让别人接受，最有效的办法，就是让对方觉得，这个想法和观点，是他的，是他自己想到的，而不是你的，不是你想要他接受你的观点。

这一点，非常重要。

所以，我骄傲的是两个方面，第一，那36条。第二，我采用的培训方式，而且，这种培训方式，是我自己想的，也是我第一次这么实践。实际效果呢，当然是非常好的。不仅领导满意，所有参加培训会的全国办事处主任，都很开心。他们晚上吃饭的时候说，今天这个培训会，太有收获了，比昨天那个人讲的好多了。昨天那个人，还是高老师花2万多元从外面请来的专业讲师。

我骄傲，我咋这么能干呢。

我觉得，我其实特别适合干培训讲师的。

当然，这次培训效果特别好，不仅仅是我所采用的培训方式好，也与我这个主持人关系很大。我当过办事处负责人，虽然是不同行业，但有些感受是共同的，我已入职公司几个月，对公司内部情况已经比较熟悉，我是分公司经理，管理几个办事处，对办事处存在的问题和应该改善的地方，都已经有了比较清晰的想法。

所以，基于我的这些背景，我对公司内部情况熟悉，我与他们有过类似的经历，对他们的一些难处和痛点，我能感同身受。我又有过多次的主持活动的经历，对会场的节奏和气氛的把握拿捏很及时准确，可以确保既欢声笑语又围绕主题。我事先已准备好了充分的计划和文案，所以，才能引导大家按照我想要的思路和方向走。最终实现，大家讨论出来的结果，和我起草的观点，完全一致。

最重要的是，他们还没有觉察或者发现，他们是被我“引导”着思考的。所以，这就是一个真正好的主持人或者培训师或者老师的优秀之处。

如果我有兴趣和耐心的话，我应该是一个非常好的大学老师，引导着同学们，自我学习和思考，最终实现大家获得新知和方法。

哎，遗憾的是，没有这样的机会。

其实，我经常有去大学当一个讲课老师的想法，每周两节课，也不累，我也有兴致和精力，采用这种启发式自我探索模式的教学方式，来实现学生们学习新知的目的。最重要的是，以我的阅历和经验，我的课堂，一定是既充满欢声笑语又围绕主题的。而不像我们那会儿上大学，老师只会照着书本上面的知识，读给大家听，毫无生趣，搞得大家只想瞌睡。不是老师点名，我们都懒得去上这样课。感觉几乎和我们自己看书没有什么区别。

本来，能够读大学的孩子，尤其是一本院校的孩子，都是比较爱学习会学习的孩子，而且，大学生时期，正是渴望真知，渴望辩论，渴望探索，渴望探讨，渴望讨论争论真理的年龄，做老师的，只需稍作引导和组织，就可以实现很好的教学效果。

而且，大学的学习进度和教学量，并不重。班级人也不多，三十个人，是很适合分小组进行讨论的。最重要的是，这样的学习效果，一定是非常好的。是可以让孩子们真正学到心里去的，而不是，变成了应付一下考试，混个文凭。

当然，我们现在大学里面的老师，很多人是不具备这样的能力来匹配这样的教学方式的。很多老师，都是从学校到学校，根本都没有进入过“社会”。很多老师，没有能力去搞什么风趣幽默，更没有能力去做一个会议的把控者和组织者，他以为，主持人就是和他做老师一样，站在上面读几句话而已。

我们分公司是直营模式，所以，存在很多应收账款，各个办事处都有。领导让我尽快督促销售人员，把应收账款收上来。督促了一段时间，有进展，但是，效果并不大。领导不满意，魏副总和我商议，觉得肯定有问题，要实际调查一下。经过调查，发现有些应收账款，客户已经支付了，只是我们的办事处主任没有上交给公司，自己挪用了。因为我们的单个订单都不大，而且，涉及需要提供安装服务，所以，合同上都是约定分几次付款的。正常，我们要求客户直接汇款到我们公司账户，但是，也存在一些客户是提供支票或者支付现金的。所以，就存在个人经手现金时，挪用的情况。只是，大部分人，都只是挪用很小的金额，公司一查，就补上来了。

我们东莞一个办事处的主任CD，挪用金额比较大，有二十多万元，而且，他没有用这些钱干正经事，都拿去赌博了，所以，无法还上。他的亲友，也都知道他的情况，所以，也没有人愿意借钱给他。领导决定，把人先带回来，再看看怎么解决。

那天，领导和我，带了两个保安，开车去东莞那个办事处，把他带回到总部办公室。问清楚情况后，让他尽快想办法凑齐挪用的公款，还给公司，既往不咎。

我们公司是一个自有产权的工业园区，所以，有一个保安队。领导安排两个保安，一天到晚地看着他，晚上，把他关在食堂里面一个小房间。白天，就带到我办公室。我原来和高老师两个人一起用一个独立的小房间，高老师后来搬到外面大厅去了，就只有我一个人用一个独立的办公室，但是，那套桌椅，还在。

领导安排他坐在那个位置上，旁边两个保安盯着他。让他给亲友打电话筹款还钱给公司。这样的状况，持续了几天的时间，我都习惯了。所以，我在办公室，该怎样办公还是怎样办公，偶尔和他聊两句。

一天下午，两三点钟，我正在用座机讲电话，扭头看他的时候，发现不对劲，他趴在桌子上干吗？我往下面一看，白色地砖上一大摊的鲜血。

我马上扔了电话，大喝一声："你干吗？"

我这么大声一喊，两个保安才醒过神来，他们两个刚才都快迷糊睡着了。

我和保安都站起来，才发现，他在用一个刀片，割腕自杀。手腕上还在滴血，看着地面上那一大摊鲜血，说明，他已经割腕半天了，至少有半个小时了。可能是因为刀片不够锋利，或者太疼，他不敢太用力，总之，应该是没割到大动脉，没有喷射，只是一直在滴血。他趴在桌面上，把两只手放在下面，悄悄地割了半个多小时，也是够狠的。

看来，他确实是绝望了。

我再次怒斥他，大喊着，你要干吗？

因为我声音很大，整个办公室的人，也都听见了，都围聚过来，当然，都是看热闹，不知道该怎么办。这时，人事经理路过我们办公室，看到发生了这样的状况，赶紧挤进来，站到我旁边。同时，CD 拿起了桌面上的一个挺大的玻璃制品的烟灰缸，举起来。我继续大声呵斥道："CD，你要干吗？你想打我？多大个事，不就二十多万元钱吗，至于要死吗？"我不知道，我那时怎么会有那么大的勇气，居然敢去训斥他。我想，可能是因为，我在他面前扮演领导的角色已经习惯了，而且，我确实对他挺好的，他应该也知道。所以，他有点委屈又有点威胁的回复我："李经理，你别逼我，我也不想这样……"

我趁着他说话，直接冲上去，双手抓住他拿烟灰缸的手，这时，人事经理也一起冲上来帮我，然后，两个保安才反应过来，赶紧上来帮忙。

当然，他没有真想打我。我们把烟灰缸和刀片夺下来，抓着他，赶紧送医院。

这个事情，本来领导的想法，就是让他凑齐欠款，还清公司公款后，离职走人就是了。或者，只要能还清大部分，也行。这个时候，他老婆好像正怀着身孕，还挺着大肚子来看过他，也去找老板求过情。

只是，这个事情重大，领导没有让我过多参与。很多细节，我也不是很清楚。

因为，我们一直对他说，如果他不在一周内凑齐欠款，公司就直接送他去公安局，肯定要判刑的。所以，CD 和他老婆担心，人财两空。最后钱凑齐还了，公司还是会起诉他，判刑坐牢。

因此，这个事情，就僵持在这里。

这是事后，我根据了解到的情况，做的分析。当时，他为什么非要自杀，他自己是怎么想的，我也不知道。

但是，由于他这么一闹，人没死，领导生气了，直接报警。他从医院出来，就被警察带走，刑拘了。公司不打算要钱了，准备让法律制裁他，给所有销售人员一个警示。这个事情，都是领导和法务部经理在操办，自从我把他送到医院，这个事情，我就完全没有参与，也不知情了。

后来，我都离职了，过了一两个月，领导突然给我打电话，意思是让我把手机关了，去外地躲一下。说 CD 在看守所里，要起诉公司非法拘禁他。

我没有躲。因为，这个事情，和我基本上没有什么关系。再后来，我听说，这个事就这样和解了，彼此都不起诉了。大概就是这样吧。

至于我为什么要离职，说实话，我都有点记不清楚了。

大概是我那段时间，不好好努力工作，整天偷懒，没有精神，分公司业绩也不好。领导不满意，说了我几句，我就离职了。

现在想想，挺可惜的。挺好的一个工作机会，我不珍惜。

在华耀的另外一个收获，就是有车。我就喜欢车。虽然，刚开始给我的是一个“九手”的奥拓，确实，特别破，怎么形容呢，就是扔在马路边，都没有人开走的那种。

我依然清楚地记得，我刚看到这个车的第一眼，有多失望，这么破呀。但是，当我把它开起来的一瞬间，我就又很开心了，因为，我有车了。我终于有了属于自己的车，虽然我没有所有权，管他呢，反正，这个车归我专用了。

我特别开心，特别兴奋。

虽然开得很痛苦，因为，没有空调，很热。虽然，玻璃是要用手使劲往下摇的。虽然，我第一次去加油站加油的时候，油箱盖都不知道怎么开。打电话问同事，他说那个油箱盖，是公司自己配的，去二车间要一个咱们道闸上的钥匙就可以打开了。我问，哪个道闸呀？他说，随便哪个道闸，只要是咱们道闸上配套的钥匙都能打开。

我去，这什么车呀。

而且，这车一般人，都点不着火。它很“特别”，要先用车钥匙插进去拧到点火位置，在中控台上，有一个红色小按钮，按一下，才能点着火。

我去，这是按键式启动装置呀，当年，只有豪华轿车才有这样的配置啊。所以，我说，扔到马路上，都没人要。因为，就算有人要，都不知道怎么点火，怎么加油。还有，我没开几天，突然挂挡的时候，挡位杆掉了。

我去，挡位杆掉了，这是什么样的车呀！

就是这样一部神奇的破得不能再破的车，我依然开得风生水起，开得波涛汹涌，开得高潮迭起，开得波澜壮阔，太爽了。我有车了。

我虽然破，但我小巧呀。我在拥挤的车流中左突右窜，很小的缝隙，我也可以擦肩而过，我开的得心应手。我爽极了。就算是这么破的车，我依然带着我们办公室的几个女孩，一起去吃夜宵，泡酒吧。她们也很开心，特别喜欢和李经理一起开车出去兜风。

是的，绝对的兜风，没有风，就得热死了。

所以，我们白天不出门，只有晚上没有太阳了，我们才开车出去玩。谁叫咱这九手的奥拓，没有空调呀。

这应该是我人生的第一部车，也是最开心的时候。

真是穷开心呀！

还真是的，人越是穷的时候，有一点物质的改善和满足，就会很开心。或者是因为，年轻吧，一切都不在意，就是穷开心。真是一段美好的青春岁月，真是一段简单快乐的难忘时光。我和办公室几个女孩，在一起都玩疯了，真是疯狂。当然，我们没有做那个事情，就只是一起疯玩。

后来，公司给我改善为一个二手的本田飞度，虽然车好些了，但是，快乐没有那么多了。我应该是在 2007 年的 1 月到 9 月左右，在华耀公司上班。

离职后，闲了几天，就又找工作上班了。

公司在华强北赛格大厦 36 楼，新天制程公司。其实，就是给电子厂供应一些生产需要的各种辅材，比如，防静电服，电动工具，等等。但是，做得比较早，比较专业，也就规模还比较大。当时，应聘的是储备分公司总经理。

好像是从 11 月干到 2008 年 2 月，就离开了。

我记得好像在春节前，还在东莞常平镇的分公司，实习了一个月左右。其他的，对这个公司，完全没有印象了。反正就是没有意思，也没有实职岗位，所以，也没有做什么事情，没有任何印象和回忆。

就这样，跌跌撞撞的，我的人生进入到 2008 年。

自 2001 年大学毕业，到 2008 年，7 年时间，我干过 7 个行业，9 个公司，10 份工作。

2008 年，我就三十周岁了。

古人讲，三十而立。

而我，却什么都没有。怎么立?

我当时的情况是，没有房子，没有车子，没有老婆，没有孩子，只有五六万元的欠债。至于我为什么会有欠债，我不知道，反正，我从 1998 年开始，就一直欠人钱，总是没钱了就找朋友借钱。直到现在，我都 41 岁了，我还是这样。

我必须反思一下了，我必须认真总结和反省一下了，我必须梳理一下，为什么，我什么都没有，我混的这么差。

我觉得自己很失败。

我大学刚毕业时候的想法是，先找份工作，积累一下工作经验和社会经验，并积累一些人脉资源和资金，然后，找个合适的机会，自己干，创建一个伟大的企业，实现自己伟大企业家的梦想。

听起来，这个想法很好呀。

可是，现实却和我开了个玩笑，或者说，我没有严格按照自己的计划走，或者说，我走着走着，就忘记了自己要去哪里。

我毕业的时候，以为到了深圳，上班后，一定会很忙，节奏快压力大，我也会迅速成长成才。没想到，我的第一份工作，却是一个“太子狗少”式的悠闲工作。我的一腔热血和激情，被这样一个棉花糖化解了。

当我发现这份工作不是我想要的，不利于我的梦想实现的时候，我应该快速撤退，另寻佳径。然而，我沉迷于“狗少”身份舒服的温柔乡，不愿意清醒。当我惊醒的时候，应该马上去寻找一个能干实事能出成就的工作机会，而我没有。我却想着直接自己去创业，虽然，我也很清楚，自己狗屁都没有，别说创业启动的资金，连下一个月的盒饭钱和房租在哪里都不知道，还谈什么狗屁创业！

这就是我，明知不可偏为之，纯属浪费青春浪费资金浪费精力浪费热情。

对的，我就是在浪费和消耗我的热血和激情。

浪费金钱和时间，都不可怕。

人生，最可怕的就是没有了激情和热血。

而我，却把自己最宝贵的东西，故意浪费和消耗掉了。

我可耻！我混蛋！

我对不起自己！

所以，我找的第一份工作，遇上“狗少”的岗位，是一个小错，而且，这确实不怪我。毕竟，我当时是一个刚毕业的大学生，对一个企业还不具备判断力。但是，我进入这个企业，发现问题后，没有及时“止损”，没有马上“喊停”，就是我的错了，这是我犯的第一个错。

所以，当人生遇到不如意的事情，当人生遇到不符合自己计划和理智认可的事情，需要做的就是，马上“喊停”，马上“止损”。这是唯一正确的做法。

而我却没有，一直拖延到第二年的 5 月，白白浪费了将近一年的时间。

我正确的做法是，应该在中秋节后，在 2001 年的 11 月，马上离职，找份想要的工作。

我犯的第二个错，而且，是一个大错，就是不该去北京考察什么狗屁农业大棚骨架技术。

很显然，我是在逃避。我想创业，我想在深圳干一番大事，而我，却不知道干什么，也没有任何积累和条件。我唯一正确的做法，就是去积累和储备这样的条件。而不是，就抱着一腔热血，非要找一个明明知道不靠谱的事情，去发泄和释放自己这要创业的激情。

这是非常不可取的。

有热血和激情，是好事。但是，盲目去浪费和消耗这样的热血和激情，就是非常糟糕的事情。从这个角度看，我的情商特别低。

我不懂得怎样控制自己的情绪。

没有耐心，猴急猴急的。没有想要的时候，就什么都没有，想要的时候，就恨不得马上就可以得到。一点耐心和毅力都没有。就是简单粗暴地猴急猴急地要得到，不管自己是否具备这样的条件。这一点，非常不好。或者说，这一点，简直就是小孩的性格，一点都不成熟稳重。

其实，自己心里很清楚，自己理智上明明可以判断得到，或者已经判断得到，这个狗屁农业大棚技术的事情不靠谱。但是，自己就是想要以此为借口，离开江河工贸公司。另外，还有一点，想去秦皇岛。

这都说明，自己就是一个幼稚的孩子。心智不成熟。

到了秦皇岛，刚好遇见也刚辞职，正想创业的阿坤。

本来，这是一个多么好的事情，甚至可以说，这是一个千载难逢的机遇。因为，我一个人不敢创业，一直想找一个伙伴一起搞。择日不如撞日，找都找不到，这刚好遇到的，多好。我却不珍惜，更不懂得怎样和合伙人相处，活生生地把这么好的一个团队浪费没了。

这是我犯的第三个错，也是大错。

创业，说起来，是搞事情，实际上，就是找人。所有事情，都是靠人做的，一个人的精力是有限的。而作为一个创业者，作为一个领头羊，核心就是两个事情，定方向，带队伍。创业的方向，是不需要天天定的，而带队伍，却是一个头等大事，也是一个创业者，一个领头羊，一个企业家，每天要做的事情，也是最重要的事情。带队伍，就是选对人，用好人。选人简单，用人难。阿坤是多么难得的优秀人才，愿意和我一起跑到深圳来创业，干一番事业。而我却没有能力用好他。既没有在生活上照顾他，也没有在精神上鼓舞他，更没有给到他成就感和利益。我浪费了这么好的一个人才。

事实证明，我当不了领头羊，我当不了老大。那么，我当老二行不行，我让阿坤来当老大，实际上，他也是想当这个老大的，他也有能力当好这个老大，肯定比我强。

如果，我能意识到这一点，我心甘情愿地当老二，让他当老大，我们一起做事，自然很快就有老三和老四的加入。只要我们有一个三四个人，五六个人的一个核心团队，只要我们真的是一个团队，一个有战斗力的团队，以我们的能力，和当年中国的市场环境，做什么项目，还重要吗？做什么，今天不也都是这个领域中国的老大了？

我记得这也是阿坤在电话里勾引我的话，说得多好，做什么重要吗？就凭咱们几个，什么不能做，做什么不能成功？

是啊！

这就是我们当年的自信和气魄，这也基本上是符合事实的。

而我，却白白浪费了这个机会，错失了阿坤。我不仅有错，我这简直是有罪过。

这就是我犯的第三个错，一个特大错误，错失了一个非常优秀的合伙人。

至于后来，去西柏坡附近考察养鸡，那就是纯粹的低级错误的重现，是第二个错误的重犯。我都懒得批判李建军了。

去卖汽车，也不对。因为，不是为了去积累经验和人脉去的，是因为可以开车去的。目的不纯，动机不良，能是对的吗？

后来，建强找我一起搞团购。这是我犯的第四个错误，一个特大错误。

这个错误，和第三个错误，其实是一样的。

只不过，上次是阿坤，这次是建强。都是非常优秀非常难得非常适合做创业合伙人的朋友，我没有珍惜。白白浪费掉了。

再到后来，很多时候，都是为了找工作而找工作，为了创业而创业，都忘记自己到底想要什么，应该怎样要了。

总体来看，我刚毕业，满怀激情，无处释放。憋得难受，到处乱放，结果一败涂地。后来，激情淡化，逐渐世俗，忘记梦想，沉迷于工作带来的乐趣。

所以，我到三十岁的时候，一无所有，死有余辜，纯属活该！

我刚毕业，有激情和梦想，虽然没有经验，只要能把朋友团结起来（阿坤，建强)，去努力干，去从任何一个最基础的机会干起，应该早都成功了。可是，我两次都错过了最好的机会。

老天给了我两次机会，我都抓不住，还能怪谁呢?

到了三十岁，激情不多，经验不足，资金没有，团队是0，还能干啥?还想干啥?

屁都干不了。

但是，我还是要面对现实，面对每天的吃饭，每月的房租，还有，我这灰暗的人生，我到底该怎么办?我还能怎么办?我的人生将向何处去?

对此，我在2008年的春天，在梅林阁的单身公寓里，进行了多次较长时间的反省和思考。最终结论是:

彻底放弃做伟大企业家的人生梦想，踏踏实实地找份工作，并通过这个工作，赚到钱。

这个结论，对很多人，尤其是后半段，对于大部分人来说，觉得这也叫结论?我们不都是这么想的吗。

问题是，我之前，一直都不是这样想的。

我做出这样的想法和决定，是需要很大的勇气魄力和痛苦的。

因为，我过去一直的梦想，是成为一个伟大的企业家。注意，是伟大的企业家。在当时的中国，能被公认是企业家的老板，就很少，更何况是伟大的企业家。所以，其实，我是给自己定了一个很高很高的人生目标。

而这，正是我很多人生悲剧所在。

我本凡人，可每次有重大人生目标，都定得超级高大，超级宏伟。

上大学，考研，非要想着是考北大好还是清华好，发现这两个都考不上的时候，直接放弃，不考研了。觉得考个一般大学的研究生，没啥意思。

毕业后，定人生目标，应该是定一个比较合适的目标，比如，30 岁的时候当上部门经理或者总监，30 岁的时候可以买房买车，30 岁的时候自己的公司开业等等这样比较务实一些的目标。

而我呢，却非要定一个那样的目标，那样一百年也实现不了的目标，一个自己的天赋和能力根本就不匹配的目标。

有些目标和理想，是我们需要通过努力才能实现的，有些目标和理想，是我们怎么努力也实现不了的。这是客观事实，尤其是对于我们普通的凡人来说。

而我，就是一个普通的不能再普通的平凡人，一个陕西农村娃，我凭什么去实现那样的目标呢？还“伟大的企业家”？你能当个企业家就是意外了，你能当个老板就是厉害了，你能当个自力更生的个体户，也算是可以了。你能养活自己和家人，不给社会添麻烦，就不错了。你还“伟大的企业家”，你凭啥呀？！

是的，我啥也不是，所以，我认怂，我认输，我投降，我放弃。

人，是靠希望活着的。

甚至，可以说，人是靠幻想活着的。

所以，如果一个人，要放弃自己追求了多年的理想，是很痛苦的。

以前，我过得不好，我什么也不是，我什么也没有，我不难过，我不担心，我总觉得，我将来会是一个伟大的企业家，我只是暂时混得差一点而已，我只是还没有启动我辉煌的人生而已，我只是暂时蛰伏而已，我只是卧薪尝胆而已，我只是临时过渡一下而已。总之，我有无数个理由，来“骗”自己，我就是一个伟大的企业家，只是还没有实现而已。

你们等着吧，过不了几年，你们周日晚上十点，就会在《对话》上看到我了。《对话》，是当年央视二套，每周日晚上十点播出的一档高端财经访谈节目，每次一个小时，都是采访当时中国最优秀的企业家。当然，我常看，我每次都想，等着，等老子上去讲的时候，肯定比你们讲的好。而我，好像从来没有质疑过自己，人家凭啥让你上去讲？

我当年，最常看的几个电视节目是《新闻联播》《经济半小时》《对话》。最常看的杂志是《商界》，最常看的报纸是《经济观察报》。这个爱好和习惯，保持了很多年。

当然，偶尔也看书，从王石的自传到杰克韦尔奇。

哦，还有人说，我长得像王石。我很不屑，呵呵。

可以说，那些年，我一直活在自我幻想中，或者说，活在自我麻痹中。

别人骗人，我，骗自己。

其实，就是虽然自己的理智也知道，自己根本成为不了一个伟大的企业家，但是，自己感情上就是接受不了。所以，要么靠自我欺骗活着，要么靠视而不见的逃避活着。

总之，我一直不愿意面对这惨淡的人生。

我不愿意接受和承认，自己的失败。

我不愿意接受和承认，我是一个普通人。

我不愿意接受和承认，我一无是处。

总之，我人生两大毛病：一、目标定得总是太大了。二、总是没有实际行动去实现目标。

结论就是，志大才疏。

用俗话说，就是“心比天高，命比纸薄”。

该到了和自己的所谓梦想说永别的时候了，该到了面对现实的时候了，该长大了，该独立了，该成家了。

关于好好赚钱的事。说了可能很多人都不信，我在 30 岁之前，一直没有想过赚钱这个事。事实情况，就是这样的。

也很好理解，因为，我的理想是成为一个伟大的企业家，所以，每一个工作机会，对于我来说，都是临时的，都是一个过渡。所以，这也是为什么，每一个工作，我都干不到一年就不愿意干了。

成为一个伟大的企业家，和想要赚很多钱，是不同的理想。

我只想成为前者，而不是后者。也就是说，我要名，不要利。

我一直对钱，没有什么感觉，我真的一直都没有特别渴望要很多钱的时候。包括，一直到现在好像都是这样的。

这也肯定是我到现在之所以这么穷的原因。

很多人，想赚钱都不一定能赚到呢，更何况我这种根本都不想赚钱的人。

而我在临时过渡的想法下，干每一个工作的时候，都没有想过怎么通过工作的机会，去赚钱，而是，只图自己喜欢和爽快，在享受当“官”的感觉，在体验管理的乐趣，在享受当众发言的刺激。

所以，虽然我后面的几个工作机会中，也有很多经历和享受，但是，都没有想过要长期干，也没有想过怎样来赚钱。

但是，我现在既然已经放弃梦想，没有了人生的理想和目标，就是要把自己“沦落”为一个普通人，那么，就该好好考虑一下，怎样能够尽快赚到钱。

我是这样想的，先不去考虑那些狗屁理想和人生意义了，我既然这么喜欢车，我能不能尽快赚到钱，给自己买辆车。我还欠着朋友几万元债务呢，我还没有结婚呢，我还没有买房呢，这些都需要钱呀。

我不是觉得自己很厉害吗，我不是总觉得自己比别人都强吗，我不是总看不上别人整天认真工作的世俗吗,那么,请通过你比别人赚钱多来证明一下，你确实比别人强。

我就是这样来说服自己的。

好吧，既然是想通过工作赚钱，那么思路是这样的：

我必须定居深圳，不能再乱跑了。也就是说，我必须长期待在一个地方。

我必须选择一个行业，不能再总是换行业了。

因为，只有我定居一个城市，固定一个行业，长期积累下去，一定会有机会赚钱。

另外，我不做管理了，我要去做一线销售人员。而且，我不要那种渠道销售模式的工作，那种管理经销商的工作内容，是没有什么机会赚钱的。最好是直接和客户打交道，只有这样，只有直接和客户打交道，长期打交道，才能和客户建立一定的关系。有了这样的信任基础和关系，才有机会赚钱。而做销售管理，是没有机会赚钱的。

就像我在华耀公司，做深圳分公司经理，一个月 1.2 万元的工资，加上一点提成，一年最多 20 万元年薪，到头了。我是纯管理的，没有机会捞外快。这种收入，我在深圳是不可能买房买车的。另外，我也看不到升职的机会，我上司跟着老板很多年，他也还不老，他就是整个公司销售的负责人了，我最多也就是能干到他的职位。但是，短时间内，我看不到希望。我的能力和资历不够，关键是，这个岗位短期内也不会空出来啊。所以，我要去一线做业务，做直接面向客户的销售。

既然思路已定，现在，无非就是确定一下行业，就可以开始找工作机会了。

我认真分析了所有行业，有些行业，虽然很赚钱，但是，我不喜欢。比如，房地产和金融。我也不知道为什么，我明知道这两个行业赚钱机会大，我就是不喜欢这两个行业。

有些行业，我喜欢，但是，我去不了，比如，互联网行业，我不懂技术。

所以，经过各种考虑和筛选，我决定，以后就混照明行业了。之所以选择照明行业，是基于这样的考虑：

一则，是因为照明行业，我熟悉，我已经在照明行业两个知名企业工作过了，相对于其他行业，我有认识的人，可以直接起步，不需要再学习和熟悉。

二来呢，是因为，通过我在照明行业的工作经历和体会，我觉得照明行业的从业人员素质，都不高。我在这个行业的竞争力明显很有优势，几乎可以蔑视一切。

就这样，我对下一步的工作要求是：

一、在深圳。

二、照明企业。

三、从事销售工作，必须是一线销售工作，而且，不是渠道销售模式，要直营的销售。

有了这样非常明确的要求和计划，我开始找工作机会。

很快，老冯告诉我，你应该进入 LED 行业。这是照明行业的必然趋势，现在发展势头很好。

他当时，在中国LED照明行业最大的公司上班，负责深圳办事处的销售。他是我在TB照明时候的同事，我当年是成都办事处经理，他是重庆办事处经理。后来，他来深圳，我们也见过几次面。自此，我们从老同事的关系，开始发展为好朋友的关系。他给了我一个重要的工作信息，说我们之前TB照明负责全国营销的老大，徐总，现在听说在勤方当营销老大，你可以去他那里看看。

勤方?

勤方在哪里?

我没有听说过呀。

老冯说，在东莞，一个很大的LED照明企业，你上网看看。

南 京

我上网一搜，勤方光电公司，官网看看，看起来很不错的样子。我就打电话给徐总，徐总听了我的想法，很高兴地说，建军，来吧。

我到了这家公司，在东莞市常平镇一个村子旁边，厂子看起来还可以。有一定的历史感，也比较有规模。徐总和我简单聊了一会儿，就问我，你想去哪里？随便选。

我说，当然是想留在深圳了。

他说，兄弟，不好意思，深圳有人了。

我说，那我去成都吧。我之前在成都待过一年，至少也算是比较熟悉。

他说，兄弟，不好意思，四川也有人了。

啊？都有人了。那你看着安排吧，既然这两个地方都不能去，其他什么地方也就无所谓了。

徐总说，要不你去重庆吧？

我说，我为什么要去重庆？

徐总说，你老家不是重庆的吗？

我说，徐总，不是呀，我老家是陕西的。

徐总说，那你去陕西也可以呀。

我说，我不去，陕西太穷了。

徐总说，那你想去哪里?

我想了一下，怯怯地问，我去南京，可以吗?

徐总说，可以呀！

我说：啊？！四川都有人了，这么发达的江苏，居然还没有人。

徐总说，是的。那你就负责江苏吧。

就这样，我来了南京。

我之所以选南京，主要是因为建强当时在南京。至少，有一个比较亲近的人在，一个陌生的城市，对我来说，就不陌生了。

我依然记得，我是2008年5月15日入职到勤方公司的，岗位是销售经理，负责的区域是江苏。当时的中国，都沉浸在一片悲痛之中，因为，四川北部，刚刚发生了“5·12”大地震。

我入职后，在公司待了几天，对公司简单了解和熟悉了一下，拿到名片，就出发了。名片上要有手机号码，考虑到这次要长期奋斗，所以，决定还是办一个南京本地号码好一些，所以，我的手机号码，还是我在东莞总部的时候，让建强帮我办的。他打电话告诉我，说选了这个号码，我说可以的，他说，他用算命软件测过了，这个号码，旺财。好吧，你还信这个？我可不信。

本来，刚刚打算要定居深圳的，谁知道，还是离开深圳，跑到南京来了。其实，我在深圳照明行业，也不熟悉，也不认识什么人。只是，对深圳这个城市，特别熟悉，特别有感情。

但是，基于勤方这个很不错的工作机会，我还是决定，去南京。

这次，我是经过认真考虑和选择，才来上班的。希望可以干长久一些，也希望能赚到钱。因为，我现在的目标，就一个：赚钱。

建强，因为工作关系，前几年，被深圳一个房地产营销策划公司外派到南京的一个项目上，代表他们公司，做这个项目的营销策划负责人来执行项目。从此，也就定居南京了。

我到了南京，当然是找他了。公司可以报销，我就在他家门口的小宾馆，开了个房间。行李什么的东西，都放在他家里。他这个时候，也是租的房子，在北圩路，好像是叫梅花里6楼。是个两室一厅的房子，他非让我住他家里，我觉得公司能报销，没必要。他这会儿，谈了一个女朋友，同居在一起，南京大学的研究生，在一个大学当老师。当然，他们是玩真的，准备要结婚了。我住了几天宾馆，后来懒得报销，也就不住宾馆，搬到他家里住了。他们两口子住主卧，我住次卧。

既然说了要好好干，就开始工作吧。

我们的工作，其实也很简单。我们公司，就一个产品——LED路灯。这个东西，对现在大家来说，很普通常见。可是，对于2008年的中国，它绝对是一个高新技术产品。因为，当时中国基本上，还没有厂家和城市，在规模化生产和应用。我们的客户，很明确，就是路灯的采购方。主要是政府背景的一些管理单位，比如，每个城市的路灯管理处和每个功能区（开发区、高新区等）管委会等少数几个单位。

我的想法是，南京是省会，影响力巨大。我先想办法，把南京拿下，其他城市，就好办了。从上向下辐射，高举低打，应该就很容易了。南京的业主单位，基本上就一个，南京路灯管理处，在虎踞路上。所以，我一安顿好生活，就拿着名片和画册，去南京路灯处，拜访客户。

到了路灯处，当然是找采购。路灯处负责采购的部门，叫材料科。我找到材料科，他们说，这个是一种新产品，我们还不敢用。你先和我们负责技术的设计部门沟通一下吧。等他们认可了，觉得技术上可行，我们才会采购。我就找到设计部，我还记得当时设计室的主任，是个女士，好像是姓冀。我开始和她进行沟通，包括她下面的设计师，还有一个已经退休的设计部门的老领导老师傅，还有他们路灯处总工程师，我都进行了技术沟通。当然，只是口头的技术介绍，虽然我表达得很清楚，也有产品画册资料，但是，他们依然将信将疑，觉得这类产品目前技术还不成熟，不能用于道路照明。没办法，我让公司寄来一个路灯样品，在办公室给他们点亮看。他们觉得还行后，我再提出，在他们路灯处院子里，免费安装一个样品，让他们看看。

他们同意了，我让公司快递来一个，他们安排人安装到他们院子的墙壁上，可以照射到院子里。效果还是不够真实，我就提出，你们直接找一段市政道路，我来给你们安排 4 套灯具，你们可以在真实道路环境下，进行测试。他们安排了，每次测试照度，我也跟着去了。最终数据，我们的效果是最好的，尤其是均匀度，特别好，比传统的高压钠灯还要好。但是，他们还是不敢用，担心光衰太快，寿命不够。

我晕，这没完没了的问题，我没辙了。当然，我也想过，他们是故意刁难，或者，不敢担责任，需要更高层的领导，来推动这个事情。我也知道，我应该在当地找有关系的人，来和我们公司合作，一起推动这个事情。但这需要时间，也需要机会。

忙完以上事情，已过了两三个月了。我是 5 月底到南京的，到此时，快 8 月了。

勤方公司，也是一个民营企业，老板就是常平镇本地人。初中专毕业，上班做外贸，后来，自己创业，从小五金制品做起，后来，做到五金制品和电烤炉的出口量中国第一，制造规模很大，曾经被评为广东省十大杰出青年。确实是一个非常优秀的人。老板是1968年的，在他们那个年代，初中毕业考中专的，都是初中毕业生里面学习最好的人。不像我们那会儿，初中毕业学习最好的，都不上中专了，都考重点高中。像我们老板这样，学习好家里也支持的普通人家，真是不容易。老板学习好，出来工作也能干，很快就创业，白手起家，干到那个细分领域中国第一规模，确实很牛。而且，人很帅，个也高，皮肤白，篮球打得还好。所以，是一个非常有魅力的明星式企业家，至少，在常平，在东莞是这样的。老板娘也很漂亮，能力也强。两口子，真是的，让所有人羡慕。

老板意识到，只是作为一个大型制造出口企业，现在虽然日子好过，但毕竟没有品牌，不是长久之计。所以，通过自己研发，并收购清华大学的一个透镜技术专利，成功开发出勤方大功率LED路灯。老板想通过这个产品，在国内，甚至全球，打响勤方这个品牌。

因为，公司之前主要是做外贸的，所以，国内市场，既没有销售团队，也没有品牌效应。为了开发LED路灯市场，公司开始组建国内营销团队。徐总也是在这样的背景下，被“猎头”挖过来，到勤方公司担任国内营销中心总经理，全面负责国内市场的营销工作。徐总的上司，就是公司的总经理，黄总，还是老板的中专同学，很早就来勤方了。听说老板才几个人的时候，黄总就从深圳跟着过来了。这也说明了，老板是有魅力的人，能把自己的同学吸引过来。这也说明，黄总是一个有抱负和眼光的人，在勤方公司那么小的时候，就愿意过来跟着一起奋斗。老板，任董事长，只抓大事。日常所有经营管理，都是黄总负责。

公司很信任徐总，所以，我入职的时候，和徐总聊了之后，只是到人事部例行公事地见个面，填个表格。我入职的时候，好像徐总也没有来多久，估计也就几个月吧。因为，公司也就是从2008年年初，才开始正式大规模开发LED路灯市场的。所以，我们国内营销中心的团队，基本上都是在徐总手里组建起来的。当然，有很多，估计至少一半，都是我们原来TB照明的人。

这也难怪，中国照明行业本身就很小，知名企业不多，大企业就那么几个。所以，只要工作几年，在这个行业里面换几个单位，很多人就都认识了。就算不认识，转个弯也都认识，或者说，大家聊起来，也都有共同认识的旧同事或者朋友。而我，是在雷立和TB都待过的。所以，经常在公司碰到新入职的旧同事。挺有意思的。

随着团队的急速扩招，必然会带来一些问题，也会存在个别人素质不高或者能力不够的问题，所谓，泥沙俱下，拔萝卜快了会带泥。我们公司给的薪酬，在当时的照明行业内是很高的。像我这个岗位，负责一个省的区域销售经理，底薪8000元，提成5个点，差旅费实报实销。所以，很多勤方的老员工，就会有意见。

老板担心完全放权，会失控，所以，在8月的时候，公司安排人力资源部牵头，对我们国内营销中心在职的所有销售人员，进行一次内部考评。我们都知道，是老板不放心了，想亲自把把关，检查筛选一下。对于不满意的，肯定是要走人或者降职降薪的。

所以，大家都很紧张，也很担心。

当然，是要提交一个工作报告的PPT，现场进行讲演。在二楼会议室，所有公司高管十几个人，一起参与评审打分，最后，根据大家的分数进行排名和考核淘汰。

我没当回事，就回总部参加考评了。

我记得，那天好像我还感冒了。我记得是下午，我吃了感冒药，晕晕乎乎地就去会议室了。每个人好像十几分钟到二十分钟的样子吧。我才入职2个多月，讲什么，无非是把入职以来做过的事情汇报一下，把下一步的工作计划汇报一下。

我没什么印象，讲完就出来了。

我只记得，在会场上，人力资源总监问我，你愿意来我们人事部当培训师吗?

我当然不愿意。这会儿，我很清楚自己在干什么，我想要什么，你就是给我总监，我都不干。我想当领导做管理的爱好，那是过去的事情了。我现在，就想在最前线，当个业务员，卖灯赚钱。而勤方目前给的这个工作机会，非常好，正是我想要的。所有方面，都是刚刚符合我的要求。一线销售，直接和业主打交道，直营模式，高收入。我只需要好好干，在南京稳定下来，持续待几年，就能积累到客户，就有机会赚到钱，也就有机会自己干。

当然，我知道，他这是对我演讲的高度赞赏的说辞。谢谢陈总监的赏识。

事后，我知道了结果，我得分最高，排名第一。

好吧，我都习惯了。不就是当众吹个牛吗，多大个事。呵呵。

后来，过了好几年，我见到当时参与评审的一些公司高层，他们还能和我聊起这个事，说我当时的讲演多么优秀，他们印象很深。

好吧，我能说我都忘记自己讲得怎样了，我只记得我感冒了，晕晕乎乎的。哈哈。

包括前两个月，我去深圳办事，顺道看望黄总。在黄总办公室聊天，黄总也再次说起我的那次汇报讲演。黄总说，按照我当时讲演给他的感受，我只需要再历练几年，到中国任何一个大型照明企业做总经理，都是绰绰有余的。没想到，你后来走了这么一条个体户的路。

好吧，我都忘记这个事了。或者说，我都没有把这个事，太当回事。我原来，也不打算在回忆录里面写这个事，因为，觉得这个事，在我对勤方这份工作经历的看法里，不值一提。但是，既然有这么多高层领导和长辈，对我那次汇报讲演的印象那么深，我还是记录一下吧。

黄总现在自己收购了一个公司，专门来搞灯光工程和智慧照明项目，办公室搞得很漂亮，徐总和他还在一起。我想，有他们两个在，没有搞不起来的事情。光他们两个人，至少就值一亿元。黄总曾经多年都是勤方的二号人物，仅次于老板，是从勤方很小的时候，就加入勤方了。后来，勤方光电成功在深圳上市，他离开勤方公司，应该股份就值几千万元，而且，他在深圳还有物业，听说也价值几亿元，每年光这些物业的房租，就能收到五六百万。所以，从财务自由的角度讲，黄总根本不需要出来做事了。而且，他的人生成就，人人都看得到，曾经创建成功一个上市企业。只是，他觉得，闲着无聊，才 50 多岁，还能干十年。为何不再用十年，做一件事情呢。

嗯，真好。我为黄总和徐总喝彩！

希望我到了他们这个年龄，也还能有这样的雄心壮志。

从公司参加完考评，我回到南京，继续我的路灯销售工作。刚到南京的两个月里，我几乎天天都去南京路灯处，所以，对于他们那里的人和事情，大概也都很清楚。我能做的事情不多了。只能等机会。我这个时候，回过头来看，做的一个错事，就是没有马上去开发其他城市的市场。总还是守着那个想先拿下省会，再辐射其他城市的思路。事后来看，这个思路很完美，但是，并不符合实际情况。

当然，当时的我，还意识不到这个问题。

这就是我现在总说的，我们要认知世界。我们对这个世界的了解和认识，我们对中国和中国社会的了解和认识，在没有深入到其中具体的人和具体事之前，这种了解和认识，很表面，很不深入，也经常会和实际情况不一致。事后的情况证明，有些事情，在一线城市行不通，在省会城市也许可以。在省会城市无法执行的，在地级市却可以。甚至在地级市也可能搞不定的事情，在县城居然能办成。

人类社会，并不是简单按照我们的逻辑和理性来运转的，虽然，它是通过我们的理性和逻辑设计出来的。

这会，我还是死抱着我的计划，死等南京路灯处的进一步情况。当然，我不会干坐着等，我是边玩边等的。呵呵，其实，我就是在玩。

建强好像那段时间也不忙，我们两个经常在一起，一起到处瞎逛，一起去奥体中心打篮球，一起做饭吃饭。我们都快过成一家三口了，哈哈。

有一天，在家里，我们闲聊，他们两口子开玩笑说，要不给我找个女朋友吧。我半推半就，心里其实渴望得不行，嘴上还说不着急。

建强说，这个简单，他女朋友是南大的研究生，有南大校内网的账号，让她用账号在南大论坛上，发个征友帖子不就好了嘛。

我说，这样行吗？就一个帖子，有用吗？

他们说，试试看。

当然，咱们要适当地“拔高”一点。

好吧，不就是忽悠人嘛，这个我擅长。

具体内容，我不记得了。核心意思，大概就是说：

有一个男的，单身，名校本科毕业，广东一个上市公司南京分公司负责人，月薪 2 万，现诚征女友，有意者，请联系 QQ……

应该就是这样的一个帖子吧。

没想到的是，居然还真有人加我 QQ，而且，在之后的两三个星期里，总共有二三十个女孩加了我的 QQ。

她们都是大学生和研究生，除了有南京大学的，也有南京艺术学院的，东南大学的，南京航空航天大学的等等。

我记得，大概在那两个月里，我与八个这样的女孩见了面。应该 QQ 里还有三四个已经约好要见面的，只是，我后来厌烦了，都懒得见。有本科的，有硕士，也有博士。

建强当时有一辆车，福特的福克斯。已经买了一两年了吧。在我到南京之前，他很少开。各种理由，反正就是很少开。我来了，自然我们两个出去要开车，就开得多了。那两个月，我要约会，所以，车子基本上都是我在用。

这是一段很快乐的日子。

我知道，这些女孩，主动加我 QQ，愿意和我见面，其实，与我无关。她们都是因为我那个帖子里面提到的身份和收入，都是冲着那些社会标签来的。

对于我，这个事情，本来就起源于和建强两口子的一个玩闹，现在回头来看，除了帖子中那些“忽悠”人的标签起了很大的“勾引”作用以外，那个年代，大家对互联网的信任度，还是比现在要高一些，尤其是，这种校内的论坛，大家觉得都是同学或者同学推荐的，有一种天然的信任在里面。

国庆节的时候，建强举行婚礼。我们很多同学都来了，包括剑锋，他带着老婆孩子一起来的。当时，建强没有买房，她老婆作为南大硕士，愿意嫁给他，也是说明，建强的人格魅力。

我受他们结婚的刺激，也开始想要成家了，当然，也主要是因为年龄到了30周岁。古人讲，三十而立，成家立业。我该结婚了，我想结婚了。很快，我决定通过网络的方式，来找对象。不是玩，是找可以结婚的对象。

我就在当时比较知名的两个婚恋网站，登记信息，一个是百合网，一个是世纪佳缘。经过两年，我通过这两个婚恋网站，还真找到了结婚的对象，就是我现在的老婆。只是，这其中的经历和波折，也是不堪回首。

9月的时候，有一天，徐总给我打电话，说苏州可能有点机会，让我去看一下。他说，总部一个同事，之前和那边有过联系。

我和总部那位同事，电话沟通了解一下大概情况，就去了苏州。

没想到，这一去，就把我的后半生，都留给了苏州。

苏 州

我在 2004 年贩卖苹果第二次考察，从西北返回深圳的时候，因为建强在南京，所以，来过南京一趟。也顺道，来苏州旅游观光过一次。好像是冬天，12 月的样子，天气不好，下小雨，很冷。我还有印象的事情，就是雨天去了一次拙政园。因为，当时创业不成，人生失落，郁郁不得志，加上那样的天气，所以，第一次来苏州的感觉，很不好。而且，当时刚进城没几年，还属于是生活在城里的农村人的状态，所以，判断一个城市好不好的标准，还是以高楼大厦为标志的现代化程度来看。而当时，只是在苏州古城区转了一圈，看了园林，所以，苏州最美的小桥流水人家，在我当时的眼里，就成了一个大农村的感觉。

经过几年城市生活的历练和感受，这次再来苏州，就觉得，苏州挺好的。其实，苏州还是那个苏州，而我已不是那个我了，所以，才会有不同的感受。

因为，这次，我是有具体工作事项，来出差办事的。所以，这个城市美不美，感受好不好，与这个城市的外在形象关系不大了。主要是看我所关注的工作，办的顺利不顺利。

所以，我们看待一个人，一件事，一个城市，一个风景，更多的时候，都与我们当时的心情有很大的关系。心情好的时候，看什么都顺眼，心情糟糕的时候，看什么都不会觉得美好。

因此，美不美，好不好，更多的是我们内心的一种感受，与我们感受的对象，关系不大，只与我们感受时候的心情有关。

所以，其实，这个世界上，并不存在一个所谓的客观世界。

这个世界，在我们每一个人心中，是不一样的。

它是由我们自己的主观感受决定的。

这个问题，也就是哲学上一个非常重大的课题，一个人类研究和讨论了两千多年，一直也没有一个结论的话题，它就是西方哲学所说的“存在”。

什么是哲学所讨论的“存在”，我的理解，就是我们人类所处的这个世界，到底是一个怎样的世界。

从 2500 年前的古希腊到我们的春秋战国，中西方的哲人圣贤们，就一直在讨论和研究这个问题。

从宏观层面来说，人们会问，我们的世界到底有多大？它是什么形状的？从刚开始的“天圆地方”猜想，到后来的“地心说”，也就是我们知道了，我们所在的地球是圆的，地球是世界的中心，其他星体都是围绕着地球的。再后来，我们又有了“日心说”，地球是圆的，但不是世界的中心。太阳才是世界的中心，我们所有星球都是围绕着太阳转的。再后来，我们有了“宇宙”理论，我们知道，太阳也不是世界的中心，太阳只是银河系中的一个很小的部分，而银河系也只是宇宙中很小的一部分。那么，我们会接着问，宇宙有多大？宇宙有没有边界？宇宙如果有边界，请问，边界在哪里？这个边界以外又是什么？宇宙如果没有边界，请问，你怎么知道宇宙没有边界？也许，宇宙有边界，只是你现在的科学和技术，还无法预知而已。另外，还会有一个问题，就是，我们的宇宙，是怎样诞生的？奇点大爆炸？那么，请问，奇点大爆炸之前，这个世界是什么样的？再请问，什么是时间？时间是从什么时候开始的？时间是连续的还是间断的？什么是空间？空间是连续的还是间断的？还有类似的很多问题，我们人类现在依然并不清楚。

从微观层面来说，我们看到的世界，“隐藏”在其表面现象后面的本质是什么？也就是说，是什么组成了万事万物？人是由什么组成的？器官。器官是由什么组成的？细胞。细胞是由什么组成的？原子。原子是由什么组成的？夸克。夸克是由什么组成的？不知道。

经过人类 2000 多年对世界的不断认知，我们目前，依然对我们所处的这个世界，没有认知清楚。只能说，相比我们的先人们，我们认知的越来越多，但是，我们依然没有认知清楚，我们的世界是怎样的。而且，我们人类目前所积累的所有认知，是距离这个世界的本真越来越近了，还是越来越远了，也是不一定的。也就是说，我们现在的科学，是真理，还是越来越接近真理？还是越来越远离真理？还是永远也得不到真理？也都是不一定的。

关于这一点，200 多年前，西方两位哲人，休谟和康德已经论述的很清楚了。对此，我借用现在科学的一点知识，做一个简单的比拟和说明。

比如，什么是光，我们人类看到光，觉得是明亮。而科学告诉我们，光不是明亮，光是一种能量。我们看到的各种颜色，是一种电磁波，在所有电磁波中，我们大部分人也只能看见 300 纳米到 800 纳米之间的电磁波。我们听到的声音，其实，只是一种震动波。

人类的所有信息，来源于感知，并在感知获得的所有信息基础上，进行分类和加工，从而形成知性、理性和逻辑，这就构成了人类所有的知识。

人类对外界的感知，大部分依靠眼睛的视觉感知和耳朵的听觉感知。今天，我们知道，我们人体感知到的信息，并不是“客观”的。比如，我们看到树叶是绿色的，而科学告诉我们，这个世界上，也许根本就没有绿色，绿色只是500到560纳米的电磁波。所以，我们日常所说的“眼见为实”，也不是完全正确的。

因此，这个世界，到底是一个怎样的世界？

我们清楚吗？

我们都以为我们清楚，而实际上，我们大部分人并不清楚。

以上涉及的，还只是自然科学领域的这个世界，而我们每天面对更多的，还有我们人类自己组成的这个人类社会的人文世界。

对于我们人类社会领域的这个世界，我们自以为我们清楚，实际上，我们也是不清楚的。

人类做每一件具体的事情，都是有充分的理由、原因和动机的。但是，我们从整个人类以外的视角来看人类，我们就会发现，好像不是这样的。我们会发现，人类做着很多很“奇怪”的事情。

人类在刚开始，和其他动物一样，过着群居的族群生活方式，靠狩猎动物和采集植物活着。有相对固定的活动区域，但是，也没有固定的居所，经常更换地方。居所，也大多是依靠天然形成的洞穴。如果进行对比，当时的人类，与我们现在的人类生活，几乎没有共同点，除了裸体时的生理一致以外。那时的人类，不需要上幼儿园、小学、初中、高中、大学，父母也不需要考虑学区房和择校问题。当然，也没有培训班。所有人不需要上班，不需要使用金钱，不用银行卡和手机。没有微信和钉钉，也没有淘宝和京东。不用买房和买车，不用地铁和公交，不用劳动和穿衣。没有恋爱和离婚，只有随性所欲的性交和生育。没有娱乐和明显，只有族群和同类。这个对比差异之大，让我们经常会怀疑，他们是我们的祖先吗？他们也是人类？

而实际上，我们人类这样的变化，只经过了一万年的时间和三次技术革命而已。变化就如此之大，你还敢想象，下一个一万年会是什么样子吗？

这三次技术革命，一次，是在大约六千年前，人类驯化动植物，进入农业时代，从此开始定居生活。农业生活，给人类带来了两个方面的重大影响。

一个方面是，人类从此有了理性和忍受。

理性和忍受，看起来是两个不相干的事情，实际上，都来源于一个事情的两个不同视角。

一万年前的人类，只能认识到有关什么能吃、怎样不会死这些方面的认知，基本上都是只考虑和解决眼前的生存问题，饿了就去寻找食物，不饿就不去寻找食物。都是线性思维，都是直接达到目的，不会拐弯。

进入农业阶段的人类，才开始有了真正的人类文明，有了道德和律法对人类进行约束。最重要的是，农业阶段的人类，学会了计划，学会了为将来而付出劳动。人类学会了拐弯和忍耐，像兴修水利、养猪、种植小麦，都是人类今天付出劳动，为了几个月或者一年后可以有吃的食物而劳作，也就是，虽然这种劳动的付出，不会马上有食物的回报，但人类通过经验，已摸索到这种农业耕种的自然规律，领悟到要先付出才能有回报，要先劳动才能有比较多的吃的，并且，学会和接受了等待。并从这种认知中，逐渐学会并接受了“忍受”和“理性”。

人类通过农业耕种和动物养殖，从这种与过去原始阶段获得食物方式的不同中，逐步懂得了要忍耐，要忍受，要理性。虽然现在耕种和养殖并不能马上获得食物，虽然耕种很辛苦和劳累，但是，只有现在忍受这种不舒服，只有现在忍受这种劳累，只有现在忍受这种不喜欢，人类才能在几个月后收获很多粮食并保证以后一段时间里都不挨饿。

这个很重要，这个非常重要！

人类在进入农业阶段后，开始形成的这种对不喜欢事情的“忍受”，对不喜欢的事情还要去做的“理性”，是人类今天所有文明的基础，是人类今天所有文明的开始，是人类今天所有文明的核心特质，是人类区别于动物最大的不同之处！

人类进入农业阶段后，农业生产，给人类带来了“忍受”和“理性”的特质，从此，人类才真正意义上从动物界脱离出来，成为有文明特征的人类。

所以，人类文明，是从大概1万年前逐步进入农业生产开始的。

当然，从通过采集和狩猎方式获取食物的原始阶段，到驯化动植物后的农耕养殖阶段，人类一定是经历了很长的时间，至少是上千年甚至上万年的时间，而且，这个过程一定是逐步一点一点地演化来的，也就是说，人类从采猎阶段到农业阶段，是一个过程，是一个漫长的过程，不是一瞬间或者具体到哪一年完成的。所以，这个人类最重要的历史转折点，它没有具体哪一年或者哪一个件事，应该说，是一个过程。

只是我们现在为了方便讨论问题，就把人类成功驯化了动植物作为人类文明开始的标志。

人类文明，是从人类愿意“忍受”和“理性”思维开始的，是从人类明明不喜欢一件事，但理智告诉他，这件事你必须去做，因为你做这件事的结果是对你有利开始的。

从此，人类就把自己圈进了自己发明的文明的圈里，再也出不来了。

1 万年前，我们的祖先把猪圈进猪圈里饲养起来，认为自己很厉害，把野猪驯化成家猪了，我们的祖先万万没有想到的是，从此，人类自己也把自己给圈起来了 ……

表面上看，是人类驯化了动植物，实际上，人类也被动植物“驯化”了。因为，人类从此开始做自己本能上并不喜欢的事。

当人类学会并接受了“理性”思维，“忍受”不喜欢的事情，人类就可以接受一切事情——只要这些事情看起来对人类有利：

人类发明道德和宗教来束缚自己；

人类制定律法来约束自己；

人类发明政权来统治自己；

人类发明文字和图书来逼新出生的人类学习这些文字和图书；

人类发明礼貌来束缚自己在不喜欢的人面前表现出有礼貌；

人类发明虚伪来束缚自己在讨厌的领导面前表现出顺从；

人类发明交通规则来约束自己在红灯前停下来；

人类发明惩罚来约束自己早上不论多么不想起来也要痛苦地从床上爬起来去上班；

人类发明虚荣心来强迫自己更加努力去赚更多的钱；

人类发明汽车、飞机、电脑、手机、互联网等各种自己觉得先进的东西来娱乐自己；

人类未来是不是还要发明出比人类更有智慧的机器人来消灭自己？

所以，人类所谓的“文明”，其实，就是人类愿意“忍受”着强迫自己，做自己本能上并不喜欢的事情，并把这种“忍受”的特质，称为“理性”思维。

其实，“忍受”和“理性”，是一回事，只是对同一件事从不同的视角去看的结论。

所谓“理性”，就是看起来对人类有利的事情；所谓“忍受”，都是与人类内在的动物本能反应相反的事情，都是人类动物本能并不想做、不喜欢做的事情。

比如：我们作为动物的本能，早上都喜欢睡到自然醒，都不喜欢早上7点被闹铃叫醒，但是，人类自驯化动植物后，体内多了“理性”的基因，所以，晚上睡觉前，就把明天早上7点的闹铃设置好，并且，在第二天早上闹铃响后，在自己“理性”思维的命令下，“忍受”着起床的痛苦，从床上爬起来。

再比如：我们作为动物的本能，看到在寒风中等了20分钟的公交车终于到了，恨不得马上第一个冲上去，但是，我们的“理性”告诉我们，我们要排队，我们要有礼貌，我们要遵守公共秩序和公共道德，因为，有秩序的社会，对大家都有利，遵守公共秩序，排队上公交车，对自己有利。所以，我们“忍受”着想往上冲的欲望，“忍受”着寒风，继续排队，有秩序地上车。

经过在社会生活中的长期“驯化”，我们就会逐渐形成一种具有“文明”的习惯，使得我们经常都不需要再“理性”思考，也逐步都感受不到自己还在“忍受”。

实际上，我们几乎每一天，每一件事，每一次“纠结”和“选择”，每一次“思考”，都是让自己变得更加“理性”，都是让自己变得更加能“忍受”。

只是，很多时候，我们没有意识到而已。

因为，实际上，所有的宗教、道德、法律、规定、规矩、制度、惯例、文明、修养、习俗，都是对人类动物本能欲望的控制和约束，都是在逐步弱化人类作为动物的本能冲动和欲望。所以，人类就必须具有“忍受”的品质和特性，并且，愿意接受这种“忍受”和约束。没有办法，因为，只有这样，才是对人类最有利的选择，所以，人类都要“理性”选择。

而这一切，都源于我们1万年之前就开始的“好品质”——忍受。

我认为，距今1万年前，人类懂得并接受的“忍受”，是人类历史发展中，社会科学领域里最重要的一个转折点，人类由采猎社会发展到农业社会，是人类社会关系最伟大的进步，因为我们今天所有的社会关系，都是因为1万年前人们开始并接受“忍受”而逐步形成的。

只是从生产力发展的角度看，科技革命后，人类从农业社会进入到科技社会，但是，对于社会关系，并没有什么变化，人类还是处于家庭社会。只是人类对于自然界的认知和利用有了变化，从“被动”到“主动”。但是，对于社会关系的认知，人类并没有变化。现今的我们，比500年前或者1000年前农业阶段的祖先们，对于生活的理解，对于家庭的理解，对于婚姻和爱情的理解，对于人际关系的理解，对于社会的理解，对于人生意义的理解，对于价值观和人生观，其实，并没有什么不同。

现今的我们，与500年前和1000年前的祖先们，唯一的区别，就是世界观不同了，这来源于近代自然科学的发展，我们对于宇宙的认识不同了。

但是，对于我们日常影响最大的价值观和人生观，基本上没有什么变化。

而农业阶段相比人类的采猎阶段，人类对社会的认知变化是最大的，我们有了当今基本上所有的人类社会认知：

有了国家、有了政治、有了道德、有了宗教、有了哲学、有了律法、有了文字和图书。

最重要的是，我们懂得了“忍受”，并使用“理性”，开始计划和考虑未来，而不是只关注今天，我们懂得了为了长久的生存，我们必须要学会忍受，我们学会了被束缚。

而愿意接受被束缚，是因为我们接受和学会了忍受，而学会和接受忍受，是因为，我们不再是通过采集和狩猎的方式获取食物了，而是要通过先劳动，先付出辛苦的劳动，并愿意等待几个月的时间，才能在几个月之后收获到很多食物。

人类通过漫长的实践探索，逐步学会了驯化植物和动物。因为要种庄稼，所以，不得不开始定居，并形成村庄，形成社会，逐渐形成城市，形成国家。

有了村庄、城市、国家，就有了战争，人类之间开始大规模的互相杀戮，人类就要思考怎么办，就有了道德和律法，就有了要形成统一认可的国家。有国家，就必然需要社会分出阶层，需要有统治者，所以，有了中央集权的政权形式。

人类开始接受被统治。

人类对道德、对宗教、对律法、对被统治的接受和认可，都来源于人类从每天的农业生产活动中所认知和学会的----“忍受”和“理性”，学会并接受“忍受”和“理性”，就形成了人类可以接受被约束，这种被约束和束缚，就形成了人类可以拥有今天所有“文明”的基础。

一万年前的人无拘无束，自由自在地生存在这个地球上，经过漫长时间的摸索，他们驯化了动植物，他们以为他们是地球上的生命之王，他们以为从此可以幸福的不用再担心挨饿的时候，其实，是他们“悲剧”的开始，他们从此失去了自由，他们从此学会了“忍受”，从此开始了“理性”思维，并从此开始了自己称之为“文明”的，一种所有人永远被约束和束缚的日子。

我认为，不论是放眼人类200万年的进化历史，还是十万年的演化历史，还是最近一万年的文明发展历史，真正影响当今人类社会发展的，是从人类学会驯化动植物后接受“忍受”和具有“理性”思维开始的。

我想说的是，截至目前，人类社会关系最大的历史转折点，是农业生产的开始，而不是以科技革命为标志的科技社会的开始。

人类文明的标志，不是人类开始使用工具，不是人类开始学会使用火，也不是人类发明了文字之后，人类文明的唯一标志，就是人类学会了“忍受”并开始进行“理性”思维。

我们来看，人类进入文明之后，中西方文化的发展历程，尤其是最近2500年的文化发展过程。

西方最近2500年的文化，我认为经历了3个阶段：

神学 → 哲学 → 科学。

西方的神学，就是宗教，在3000年之前就已诞生并盛行，只是在5世纪后逐步以基督教为主。正是因为有宗教，西方先贤们就要思考是谁创造了我们这个世界？是神吗？所以，产生了西方的思辨哲学。西方的思辨哲学，不仅仅是文艺复兴时期的德国古典哲学，而是在2500年前，苏格拉底、柏拉图、亚里士多德等先贤们，都已开始了的思辨哲学。思辨哲学突出的是逻辑推理和数学表达，随着思辨哲学在自然界认识方面的应用，就开始诞生了科学，这个从牛顿著作《自然哲学的数学原理》的书名就可以看出其中的先后关系。同时，在以伽利略和培根等为代表的哲学家们的推崇下，人类通过实验和观察归纳来发展知识的科学方法，得以推广和实行。

从此，西方完成了由神学到哲学再到科学的全过程。

而科学，就是自然科学。

中国最近 2500 年文化的发展，和西方的经历却是完全不同。

我认为，中国就一个文化，以儒家思想为核心以佛教和道教为补充的中国文化，一个专门解决社会关系的文化：个人与自己内心的关系，个人与个人的关系，个人与家庭的关系，个人与国家的关系，家庭与国家，家庭与家庭的关系，国家与国家的关系。

也就是古人所说的：修身、齐家、治国、平天下。

儒家思想，传播性不强，因为，儒家思想提倡的是内敛，而不是张扬。

西方诞生的科学，具有极强的传播性，也具有比较容易的学习性。

所以，中国就可以采用跟随策略或者学习方式，把西方诞生的所有科学和技术学为已用。

西方文化的三个阶段，都不是以社会关系为核心的，都是以人与自然界的关系为核心的。西方文化的目标，都是为了解决人类怎样认识和利用我们所处的自然界。从基督教的《圣经》就开始讲这个世界是怎么诞生的，人是怎么来的；到哲学先贤们对地球、太阳和宇宙的研究和探索；再到科技革命后科学家们对宇宙、人类、生命等整个自然界的研究，一脉相承，都是为了搞清楚自然界到底是怎么回事，我们应该怎样认识和利用自然界。

而中国文化，一直都是为了解决整个社会所有与人有关的关系，也就是说，中国文化的目标，是为了解决人类内部关系的文化，人类应该怎样相处的文化。

西方文化，是为了解决人类与自然界的关系的文化，人类应该怎样认识和利用自然界。

我认为，中西方文化没有可比性，没有孰好孰坏之说。

虽然中西方的先辈们在一万年前，因为农业生产的开始，逐步领会到的都是“忍受”和“理性”，但是，由于中西方先辈们所处的自然环境的不同，西方人民顺着“理性”的道路，走到了自然科学的文明，中国人民顺着“忍受”的道路，走到了社会科学的文明。

以“理性”为特质的自然科学，没有国界，没有文化属性，没有地域差异，所以，具有人类通用价值，人们可以通过学习、模仿和借鉴，从先进国家传播到落后国家。落后国家只要肯学习和追赶，即便永远落后于先进国家，但是，可以做到差距不大。

我们知道，博士研究生，要想获得博士学位，就必须提交一篇具有完全创新的论文，你必须在这篇论文里，提出人类之前还没有提到过的观点、认识、理论。也就是说，你的论文，要么是让人类有了一个新的视角去认识这个世界或者自然界，要么发现了一个人类之前还没有发现的规律、物质、思想，要么是对人类已有认知的否定并提出新的有科学依据的认知。所以，做学术研究和科学研究，其实就是一个纯粹创新的工作，就是必须要有新发现或者对之前知识的否定并提出新理论。

因此，创新，就是自然科学的本质，自然科学的发展，就是表现为一直的新发现和持续的“自我否定”，所以，自然科学的发展，就像是一辆踩下油门的汽车，具有自我驱动性，只要没有人踩刹车，就会一直向前跑。自然科学的这种自我驱动性，不论是因为科学家的好奇心，还是政治家的野心，或者企业家的赚钱欲望，抑或经常表现为三者的互为促进和“互相利用”，都必然推动自然科学一直向前发展，自己无法停下来。

自然科学的发展，是以发现人类还未知的知识或者推翻人类之前的认知为标志的，随着全人类越来越多的科学家加入到对自然界的认识和利用的竞争中，人类对自然界的认识和利用，必然呈现出一种加速度式的快速发展，人类的科技发展，会变得越来越快，科技更新和迭代，会越来越快，这对人类，并不一定是件好事。

如果，我们把整个人类的命运，比作一辆汽车，西方为人类贡献的以自然科学为核心的科技，就像是这辆汽车上面的“油门”，被人类自己踩得越来越深，车子跑的越来越快。从刚开始农业社会时期的 30 公里每小时，到科技社会初期的 50 公里每小时，到现在的 100 公里每小时，随着车速越来越快，人类从刚开始的开心和兴奋，到现在感觉有点紧张和不安。当人类把这辆汽车开到 150 公里每小时、200 公里每小时、250 公里每小时、300 公里每小时、350 公里每小时的时候，人类一定不会再有任何开心和兴奋，人类就只会感到紧张和害怕，甚至是极度的恐惧。因为，开过汽车的人都知道，350 公里的时速，对于汽车意味着，司机已经根本看不清前面的路况，或者，即便司机看到前面路上有障碍，或者，就算看到前面是一座山、一个悬崖，这么快的速度，对于一辆汽车来说，你也停不下来，只能眼睁睁地看着自己和整辆车一起撞个粉碎。

其实，对于时速 350 公里的汽车，即便路况一直很好，保持这么高速度的匀速行驶，也会让人类感到十分不安。

所以，人类需要做的，就是必须尽早为这辆已经在高速路上跑起来了的汽车，安装一个“刹车”。

这个“刹车”，可以控制车速不要一直快速增加，而是，适度增加，在确保人类安全和“司机”视线的情况下增加，在确保人类想停下时，这辆汽车可以随时刹车停下来。

能够充当人类汽车“刹车”的，只有依靠人类的社会科学。

我个人比较倾向于中国文化，不仅因为我是中国人。

中国文化的核心，就是儒家思想，儒家思想的核心，是以“孝”为起点的家庭文化。对于这个文化的价值观和核心逻辑，应该全人类，不论哪个国家，在当今的伦理道德下，都无法反驳和反对。谁会不认可给予自己生命并把自己辛劳养育成人的父母？同时，中国文化具有天然的内敛性和保守性，具有极强的“维护稳定”的功能。中国过去2000多年的历史，已经证明了这一点。而这种“维稳”的功能，不正是“刹车”所需要的吗？

所以，中国文化，才真正具有“普世价值”。

如果，我们人类这辆被一直踩着“油门”的汽车，能够在速度不是很高的情况下，比如，在2150年之前，再安装上一个适合自己的“刹车”，人类这辆汽车才会是安全的。

否则，人类的未来，真是不敢想象。

或者说，人类还有未来吗？

另外一个方面，就是定居对人类的影响。

人类自从进入农业社会，就开始定居。定居对人类带来了天翻地覆的影响。因为定居，人类有了村庄、城邦、国家。婚姻和家庭，国家和社会，都需要道德、法律、宗教、习俗来约束和规范人们的言行，从而形成稳定的社会秩序。人类文化，开始诞生。

国家的诞生，为人类提供庇护的同时，也在伤害着人类自身。自国家诞生之日起，人类的战争就没有中断过，直到今天，全世界仍有部分地区处于战乱中。

相对来说，以工业革命为标志的人类第二次技术革命，我认为，对人类思维方式、思想意识、道德伦理、社会结构的影响和变化，都没有第一次技术革命（农业）对人类社会带来的影响和变化大。

也可能是因为，我们现在还处于第二次技术革命的影响过程中，现在评论它对我们的影响，也许，还为时过早。毕竟，第二次技术革命距今，才五百年不到。相对于过去一万年的人类历史，还太短。

从过往人类发展的一万年历史来进行纵向对比，我们发现人类很“奇怪”。我们所做的每一件事情，都是对当时某方面的“进步”和“改善”，可是，回过头来，再次审视，从更长远的历史视角来看，我们所做的事情，很多时候，往往偏离了我们的初衷，甚至是走向了我们初衷的反面。人类社会就是这样的，不是你动机良好，就代表结果也是良好的。

我们盖房子，是为了避风挡雨，为了在此地定居下来，守护和利用这一片农田。谁会想到，一万年以后，我们几乎要用半生的努力，仅仅就是为了获得这个房子。我们驯化动植物的同时，也被动植物所驯化，我们从一个“自由”的流浪者，变成了一个终日劳作的农民。我们发现了金属，我们用于制作礼器和农具的同时，也用来制造武器，我们用武器本来是为了自卫，却成为杀人的工具。同一个物种的动物，不论是个体还是群体，最多互相打斗，却很少互相杀害对方。我们人类，自从有了工具（武器），我们不仅会杀死一个同类，还会杀死几十个、几百个、几千个、几万个、几十万个、几百万个、几千万个同类。我们个体杀死一个同类，需要遭受道德的谴责和法律的制裁。以国家的名义，却能随意地杀死另外一个国家的人类，而不需要承担道德的谴责和法律的制裁，甚至，还认为自己是正义的和有功劳的。在我们人类的眼中，人类不是一个物种，国家才是。只有同一个国家的人类，才是同类，另外一个国家的人类，不是同类，是另外一个物种。所以，我们在过去几百年里，几千年里，才能那样残暴地杀死对方那么多数量的人，因为，在潜意识里，没有把对方当人。这是多么“奇怪”和“可怕”的事情。

一个国家的发展，是由政治家决定的，而政治家的决定，来源于他对这个世界的认知。

政治家怎么认知这个世界，这个世界就会变成什么样子。

那么，政治家的认知来源于哪里?

思想。

既有他自己的思想，也有别人的思想。而别人的思想，居多。

因为，我们大部分人，都是没有自己思想的。

我们的思想，都来源于我们的经验和别人的思想。所以，属于我们自己经验的部分，是我们的思想。不属于我们自己经验的部分，都是别人的思想。尤其是当今社会，我们从幼儿园开始，就接触人类已有的知识。所以，我们绝大部分的思想，都是别人的。

比如，你脑子里的认识和想法，你仔细琢磨一下，你的每一个想法和知识，你的每一个决定和计划，你的每一个想象和认知，哪一个是你自己本身固有的？或者说，哪一个是你自己“天生”的？哪一个是你“想”出来的？

不都是别人教给我们的吗？

地球是圆的，现在几点了，该去上班了，快发工资了，工资到卡里了，微信上聊天，京东上购物，美团上点外卖，开车注意安全，红灯停绿灯行，孝敬父母，教育孩子，服从管理尊重领导，买房买车，追求成功………

这些概念、观点、规则和名词，哪一个是你自己“发明”或者“发现”的？

基本上不都是“别人”教给我们的，我们自己天生的，除了会吃喝拉撒睡，应该基本上都不会，连说话走路，都是父母教的。

谁是有思想的人？

就是他的观点，能够被很多人知道，并被这些人认可后形成自己的“认知”，从而变成这些人的言行的人，就是有思想的人，就是能够影响人类社会发展的人。认可他思想越多的人，影响力自然也越大。

这些具有强大影响力的人，才是真正意义上的成功人士。

相反的，很多人，很出名，但是，都是比较负面的，大家都知道他，但是，大家心里都不认可他，他就是一个没有影响力的名人。出名，但是，没有影响力，也是一个失败者。类似的，很多企业家和高管，很有钱，有很多员工，但是，他人品不好，为人差劲，所有员工都不喜欢他，一边领着他发的工资，一边心里骂着他。这样的人，也是失败者，有钱有权，但是，没有影响力。

一个有影响力的人：

要么，他的伟大思想，被大家认可和接受，并不自觉地融入自己的言行，比如孔子、老子、孟子等；

要么，他的道德情操，被大家认可和崇敬，并向往之，比如：范仲淹、雷锋、郭明义等；

要么，他的伟大贡献——舍身为国、舍生取义、舍命救人，被大家感动和敬仰，比如：屈原、岳飞等；

要么，他的睿智和正义，让大家觉得一阵清风徐来，满面桃花，沁人心脾，充满希望，感受到人生和社会的美好；

要么，他的才华，让大家不可思议。

所以，决定人类社会发展的，是思想。

真正影响人类社会发展的，是具有伟大思想的人。

而政治家和权力，不过是思想家的思想得以实现影响的工具而已。

至于很多有钱的人，只不过是一个帮人类创造这些财富的工具，一个人类财富的临时保管员。他自己，是享用不了多少的。这些财富终归是属于全体人类社会的。

我们经常会说“三观不合”，三观：世界观，人生观，价值观。

什么是世界观？

简单地说，就是你对这个世界的观点。

你对这个世界的观点，你对我们所处的这个世界的认识和看法，你对这个世界的认知。我们每一个人都有一个世界观，只是，我们大部分人，只有一个我们课本上学到的世界观，或者说，只有一个地理概念的世界观。即：地球是圆的，我们是太阳系的，我们的宇宙是无穷尽的。

我个人的世界观，是这样的。我之前，基本上没有什么世界观，如果有，也和大家差不多，也就是那么一点地球和宇宙的地理知识。最近两年，拜老杨所赐，我接触到了西方哲学，尤其是王东岳先生所串讲的西方哲学，让我开始对我们这个世界，有了一点更多的认识和思考。也就是，我前文所说的，我们的世界，在自然领域，从宏观层面讲，是那样的一个认识，从微观层面说，是那样一个认识。在社会领域，是那样一个认识。所以，现在的我，还不敢说，我已经有了自己的世界观。我只能说，我已经开始在关注我的世界观，我好像在尝试着开始形成我的世界观。

什么是人生观？

简单地说，就是你对人生的观点。

我们很多人，人生观，可能也就停留在我要追求幸福的人生，我们的人生很短暂，我们是会死的，家庭和健康最重要。

至于我的人生观，我不知道是从什么时候开始，好像是从高三或者读大学时候开始，我就一直渴望有一个宏大的人生，一个轰轰烈烈的人生，一个跌宕起伏的人生，一个传奇的人生，一个非凡的人生，一个荡气回肠的人生，一个有意义的人生，一个无比辉煌和成功的人生。而这些，应该是人生的目标或者理想，也可以叫梦想，这只是人生观的一部分。

还有一部分，应该是人生的意义。

在过去的二十年里，我总是自觉不自觉地考虑这个问题，我人生的意义是什么？

而恰恰是这个问题，我一直无法回答自己。

我苦苦追寻和探索了二十年。

我为什么活着？

我活着的意义是什么？

大概是 2017 年冬天，一次我去深圳的高铁上，或者是我从深圳坐高铁回来的时候，我看到叔本华那本书的封底的一句话，突然，就找到了自己人生的意义。

人生的意义，在于认知自我和世界。

我很满意，我很开心，我很认可这个结论，我终于找到了自己人生的意义。

对于没有经常思考这个问题的人，无法理解你苦苦探寻一个重要问题而无解，突然找到这个结论的开心。而且，这两年来，我无数次地验证着这个结论对自己生活的指引和定义，是多么的恰当与合适。

因为这样的定义，我对自己做过的所有事情，都找到了依据和答案，那就是，过去的我，和将来的我，做的一切事情，都是在探索我做事情的边界，我思想的边界，我性格特点的边界，我擅长和不擅长的边界，我喜欢和不喜欢的边界。每一件事，只要我去做了，不论失败和成功，对我的人生来说，都是有意义的，因为，成功了，我探寻到了自己擅长的方面，失败了，我探寻到了自己不擅长的方面。所以，我做每一件事的动机和心态，我对每一件事的结果，都充满了期待和认可。而不会像以前那样，成功了，得意忘形，失败了，沮丧不堪。也就是说，现在，做一件事情，成功了，我会很开心，因为，我找到了一个我特别擅长的方面；失败了，我很不开心，但是，我不会沮丧，因为，我也有收获，我发现了一个我不擅长的方面，而以前我可能还误以为我在这方面挺擅长的，我及时发现和纠正了自己对自己这个方面的认知。

这就是，认知自我的意义和价值。

而且，这样的工作，是永远也做不完的。

因为，我们对自己的认知，永远也不完全正确。总还有未知的领域需要我们自己去探索和认知自己是否真的擅长和喜欢。

我最在意的人，是我自己。

我最爱的人，是我自己。

我这么在意和爱的自己，我却并不一定很了解“他”，所以，我要不断地去了解他，认识他。如果，我还能把控他，调整他，改善他，提高他，那就更好了。那就超预期了，那就是惊喜了。当然，我不抱这样的期望，我也不会经常这样干。

因为，就以我目前的认知，我觉得，一个人，最难改变的是自己。一个人，最难对付的也是自己。一个人，最把控不了的还是自己。

所以，很多人傻乎乎地居然说什么，自我提升，我觉得很好笑。这就像是说，你用手提着你的头发可以把自己从地面上拔起来一样可笑和不可行！

所以，我才不要做这样对自己很不友好，也很不舒服，效果也极差的傻事。我要做的是，顺其自然。但是，前提是，我要知道我的“其”是什么，我的“自然”又是什么。否则，那就不是顺其自然了，那就是随便了。

我要随意而为，而不随便而动。

我不是要“惯着”自己，我是要探索自己，探索和发现自己的全貌，并开发和利用好自己。

这就是我人生的意义。

这就是认知自我的意思。

另外，认知世界，同样是很重要和有意思的。我所处的环境，就是我想要认知的全部世界。包括所有自然领域的世界，更包括所有人文领域的社会。

包括现在的和过去的。当我把认知世界，作为我人生的意义的时候，我也发现，我过去做的很多事情，都有意义。比如，我近一年对西方哲学的突然爱好，不就是在认知世界吗。比如，我前年开始，突然对历史感兴趣，看了很多历史方面的资料，参观了很多博物馆，这不也是在认知世界吗？比如，我之前喜欢的自驾游，我开车去了中国大部分地方，这不也是认知世界吗？我所从事的所有工作，我所做过的所有事情，包括工作、创业、生意、生活，不都是对这个世界的接触和认识吗？

所以，我在认知这个世界，我要认知这个世界。

而这个世界，是无法完全真正认知清楚的，所以，我穷其一生，也不一定能完成这个事情，但是，没有关系，我不着急，我就这么很自然地凭着兴趣和爱好做着就是了。我也没有目标和理想，要达成什么样的结果。

嗯，这个非常重要。我之前，最大的毛病，就是一有想法，就定一个天大的目标。结果就变成了，志大才疏，天高纸薄。现在，我的状态和思想认识，就非常好。

人生的意义，在于认知自我和世界。

我没有具体的目标和理想，我没有具体的要求和指标，我没有任何的期望和界限，我所做的一切事情，都一定是符合我的人生的意义的，都一定是在认知自我和世界。

这种感觉，好极了。

但是，我很清楚，我这样的状态和舒服，绝对不是那种看空一切的虚无主义。因为，我不是什么都不干，我还是很有兴致和激情，去做任何一件具体的事情。我对一切依然充满激情和渴望，只是，我对自己不再抱任何要求和期望，我对自己不再做任何目标设置和结果要求。

这个人生的意义，真是太棒了。

真好，我真幸运，我在 40 岁的时候，找到了自己人生的意义。

这也就是所谓的，四十不惑吧。三十而立，我没有做到，四十不惑，我做到了。

什么是价值观？

简单地说，就是你对事情是否有价值的观点。

就是一个人，对任何一件事，从价值的角度进行的判断。就像我们平常大家一起聊天，说咱们这个周末一起去打牌吧，你说，打牌没意思，还不如在家陪孩子呢。有人说，咱们这个周末一起去钓鱼吧，你说，钓鱼没劲，还不如一起去打篮球呢。我说，咱们周末一起去爬山吧，你说，还不如一起去阳澄湖边骑自行车呢，我说，咱们一起创业吧，你说现在经济大环境不好，还是上班最踏实等等之类，都是价值观的体现。

也就是说，我们日常生活中，大部分的观点和意见，都与价值观有关。包括，两个人吵架，大部分时候，也是因为价值观不同带来的激烈争辩。

那么，我们大部分人的价值观，是怎么形成的呢？

我还是那个观点，我们每一个人，天生什么观点都没有，什么思想都没有。都是后天形成的。所以，我们每一个人，大部分的思想和观点，都是别人的。都是过去人类伟大思想家的。

因为，很多人没有独立思考的习惯和能力，所以，他们都是随波逐流，随着社会大流走。

所以，对于没有独立思考习惯的人，他只是长了一个脑子，但是，却几乎从来不用这个脑子思考问题，所以，他没有自己的价值观，也没有自己的思想。其实，根源上，还是因为，他没有自己的人生观。

而人生观，不是一个人想有就会有的。

世界观，同样是这个道理。

比如，我之前就没有世界观，我既没有意识到自己的这个重大问题，我也就无法形成自己的世界观。因为，我没有觉得我需要它。

我一直有自己的人生观，所以，因为我经常是从人生观层面考虑问题，也就是，我经常站在人生的视角考虑问题，所以，日常绝大部分事情，在我眼里，都成了小问题。都不叫个事。所以，我经常做决定的口头禅就是“多大个事”。

而对于大部分没有人生观的人，他也意识不到自己没有人生观。因为，他意识不到这个缺失，所以，他也就一直无法形成自己的人生观。

所以，大部分人，都只活在价值观层面。

虽然，他们经常的口头禅是“三观不合”，而实际上，他们只有“一观”。对于只活在价值观层面的人来说，每天面对的琐事，就都成了大事。因为，每一件事，都需要价值观来判断和应对。所以，很多人，在我的眼中，就觉得他们活的真是“谨小慎微”，而他们却觉得自己是“成熟稳重”。

有世界观的人，人生无忧；

有人生观的人，凡事无愁；

只有价值观的人，忧愁不断。

这就是我对“三观”的一点认识。

我到苏州后，拜访了苏州工业园区管委会规划建设局的相关负责人，拜访了苏州照明管理处的相关负责人，就大概摸清了情况。

我们总部的同事，之前联系到了苏州工业园区规划建设局的相关负责人，已经提供了几套我们的LED路灯样品，安排在园区一条偏僻的小路百合街上进行测试。一起参与测试的，还有其他几个品牌的厂家。当然，我们的效果是最好的。

2008年的中国，LED路灯均匀度最高的，还真只有我们品牌。而均匀度又是一项非常关键的路灯参数，因为，国家标准，对于市政道路照明，有两个核心指标，一个是平均照度，一个就是均匀度。LED光源，因为其特性，决定了其发光的指向性很强，发散度不够。所以，之前，主要应用于显示屏和红绿灯。而且，之前的LED芯片，都是小功率的，即：单颗芯片的功率在0.1瓦左右。而路灯，都是高功率需求，一般都是在100瓦左右，所以，在国际上出现了大功率高光效的芯片后，LED芯片才具备在路灯产品上使用的可能性。大功率，是指单颗芯片的功率在一瓦左右，高光效，是指芯片的光效达到100流明每瓦以上。LED之所以，被全球技术领域公认为是一种更高效环保的新光源，就是因为，其理论光效可以做到200流明每瓦，其理论寿命，可以达到10万小时。而之前我们照明领域的光源，主要是气体放电的光源：高压钠灯，金卤灯等。而气体放电光源的寿命，一般在1万小时左右，光效在100流明每瓦左右。而且，LED芯片，又具有更小的体积，更环保的材料，所以，被大家一致认可，是未来照明领域的替代性新光源技术革命。

电子产品的发展，都是有一个共同的规律，越是往后期发展，产品性能越好，价格相对也越便宜。我们的电脑、手机、电视机等，都基本上是这样的。

LED理论上的这些优势，要完全转化为产品的技术优势，还需要克服很多技术困难，也需要一个大规模应用的过程。

所以，正因为基于以上技术背景，我们国家也非常重视LED路灯行业的发展和应用。为了积极推动该产品在国内的大量应用，为了尽快形成领先的产品制造优势，为了抢占新技术机会带来的全球市场份额的机遇，科技部牵头，提出了一个“百城万盏”计划，就是为了让各个城市的建设部门和管理部门，尽快积极地采用LED路灯。

事实证明，我们国家积极支持和发展LED路灯行业，是非常正确和英明的。正是因为国家的提倡和鼓励，企业的积极参与和推进，我们国家LED路灯领域，不论是在生产还是应用领域，都走在了世界的前面。而且，正是因为LED芯片在路灯领域的快速应用，我们国家室内照明产品，也大规模快速进行了应用，加之近几年我们国家城市夜景灯光亮化的大规模发展，使得我们国家整个照明行业，在全世界都处于领先地位。不论是制造规模还是应用规模，都是全世界第一。随着我们国内照明企业的快速发展壮大，国际三大品牌的照明企业，在中国的市场逐步萎缩，现在，基本上，已处于第二梯队了。这些变化，就是发生在过去十年的时间，这种变化，与LED技术在照明领域的应用带来的影响，是密不可分的。

我很荣幸，作为一个照明行业的人，有机会在其中的一个领军企业里，作为一线销售人员，参与和执行了其中的一点具体工作。

2008年的LED路灯产品，能做到和传统高压钠灯实际照明效果相当的，几乎没有，除了我们勤方品牌的路灯产品，还算是可以与之媲美。其他品牌的LED路灯产品，要么平均照度不够，要么均匀度太差，要么光衰太快，要么故障率太高，总之，问题很大。

尤其是均匀度，在我当时具体跟进的南京路灯处和苏州路灯处参与的LED路灯品牌里面，没有任何其他厂家可以与我们勤方相媲美。当时，高压钠灯的均匀度，基本上在0.4左右，其他LED路灯的厂家，基本上没有超过0.3的。而我们勤方的均匀度，基本上都能达到0.4以上，很多情况可以做到0.45到0.5，这是一个非常关键的因素。

勤方LED路灯的均匀度好，主要就是使用了清华大学的那个配光专利，通过一种类似于花生形状的透镜，把直射的LED光源，分配成矩形光斑。这是非常实用和有效的一个设计理念。也因此，我们的均匀度最好。后来，所有的LED路灯，基本上都采用了这个设计思路和技术。但在当时，就我们独一家有这个技术，所以，只要一测试均匀度，我们就会胜出。而且，是那种我们排名第一，没有人能排第二的胜出。因为，其他品牌当时的产品，均匀度都满足不了国家标准。

国家标准中，对于城市支路的规定是：平均照度不低于20LX，均匀度不低于0.35。这是国家标准，所有城市在新建道路的照明设计中的要求和实际效果，一般都比这个指标还要高一些。不论怎样，达不到这个指标，就不能作为道路照明的产品来使用。

路灯的应用环境，一般是这样的，城市支路，大部分情况就是中间没有绿化隔离带的双向四车道的城市道路，两侧对称布置路灯，路灯距离地面一般是10米到12米，路灯间距一般是路灯高度的3到4倍。平均照度的测量方法，就是在一条道路的任意位置，选取道路两侧对称的两个路灯，从而形成一个封闭的矩形照射面积。在此矩形照射面积内，按照3米×3米的间隔形成几十个测试点位，在每一个测试点位，把照度计放置在测试点位的地面上，读取照度值。对所有照度值进行算术平均，取得的算术平均值，就是此区域的平均照度。选出所有测试点中照度值最低的一个数据，除以平均照度，就是均匀度。当然，间隔一定时间，连续进行测试的数据，观察其变化，也就形成了光衰曲线。当时，测试频率高的时候，每周测一次，测试频率低的，也要每个月测试一次，以便检查灯具的光衰。此数据也非常重要，它关系着灯具的寿命。而路灯产品，不仅单价高，而且，更换不方便，所以，高寿命低故障率，也是非常重要的指标。每次测试，还会对单个灯具的电流电压进行测试，从而计算出每个灯具的实际功耗。平均照度除以功耗，得出的系数，也就可以评判各个品牌灯具的光效。

当年，南京路灯处和苏州路灯处的技术人员，在现场进行样品测试的工作，我没少参与。所以，对这个工作，虽然已经过去十年了，依然很熟悉。尤其是苏州路灯处，当时由技术科来执行测试和评判工作，他们的测试工作，做得特别细致和严谨。所以，每个厂家在现场参与测试，对数据也都表示认可。好的确实好，不好的也服气。

经过我当面拜访两边的负责人，我也去百合街实际参与了几次测试，我就大概知道是什么情况了。

2008 年的 LED 路灯，因为成本的原因，价格比较高。我记得，当时一个 100 瓦的 LED 路灯，我们出厂的价格基本上都是四五千元。当时，国内便宜的高压钠灯路灯，一套大概几百元，国际品牌的路灯，大概也就一两千元。价格贵，一个是因为芯片当时很贵，另外一个原因，也是由于还没有开始规模化应用，所以，成本均摊下来就很高。

现在的 LED 路灯，已经完全是一个常规化产品了，基本上所有新建道路，都会使用LED路灯，价格也完全降下来了。现在100瓦的LED路灯产品，便宜的也就几百元，贵的也就一两千元。而且，技术指标，比十年前的，普遍都要好很多。

正因为当时LED路灯价格较贵，所以，我们突出强调的概念，是省电。我们当时，为了让客户认可，对客户第一强调的，就是省电。说使用我们LED路灯，只需要按照高压钠灯的一半功率就够了。你用250瓦的钠灯，用我们LED的，只需要120瓦，你用150瓦的钠灯，用我们LED的，只需要60瓦。其次，我们才说到更长的寿命和更绿色环保。因为我们强调省电，就可以给客户算一笔账，你虽然现在建设的时候，初始投资是高一些，但是，运行十年，你反倒因为省电而赚了多少钱。

而实际上，我们并不了解客户的真实需求。

路灯是城市公共照明，都是政府的财政投资建设的，政府出资，向来不是仅仅考虑价格这一个因素的。只要领导觉得这个东西有必要用，价格贵也是值得用的，如果领导不认可，即使价格便宜，也不会用。也就是说，你的技术和产品，必须符合当地政府的城市建设理念，才有机会。

这就是政府投资项目的一个特殊之处，只是，我们大家刚开始和政府打交道，也都没有经验。我们总是给客户强调省电一半的事情，而客户安排技术人员一测试，你这LED路灯，也不省电呀。

麻烦来了！

这就是我们当时面临的问题，可能也正是因为有这个问题的存在，总部跟进的那个同事，觉得这个客户没希望了，走不通了，所以，才把这个项目和客户转给徐总，因为江苏只有我在这里，所以，徐总就把这个信息转给我，让我来跟进一下。

通过我和客户进行一两轮的沟通后，我摸清了客户的真实需求。

苏州工业园区，是一个比较特殊的地方。它成立的背景，是20世纪90年代，我们需要吸引国外先进的政府管理经验，所以，中国政府与新加坡政府，一起合作，在中国苏州城东一块8平方公里的地方，由新加坡方面来主导进行城市工业园的开发建设和管理。简单地说，就是中国出地，新加坡出钱出人，一起来开发这块土地。因为中国改革开放大发展的时代背景，因为苏州靠近上海的地缘优势，因为苏州本身良好的经济和人文条件，加上有新加坡这样的“老师”，所以，苏州工业园区，发展得特别好。所以，双方合作的区域从最初的8平方公里，扩展到后来的80多平方公里。随着合作的持续，中方的管理团队和经验逐渐成熟，所以，后来，也就以中方为主导。随着开发规模的扩大，社会管理的实际需要，成立了园区管委会，来开发、建设、管理、服务这块特殊的城区。

社会运行和政府治理，不是仅仅靠理论和逻辑，就可以做好的。特别是我们这样一个历史悠久，地缘广阔，人口众多的大国，更是如此。我们人类社会的运行和政府治理，特别是对于我们这样的大国，是一个很复杂的事情，因素众多且互相影响，所以，很难用一个简单的理论或者方法，来指导和应用。

在改革开放之后，为了快速推动经济的发展，为了招商引资搞活地方经济，很多地方都设置了开发区和高新区，以及后来的各种功能新区（自贸区、保税区、中央商务区、滨江新区、江北新区），这些功能区，都有一个管委会。这个管委会，在我们老百姓看来，它就是当地的政府。而实际上，管委会，不是一个“正常”的政府机构。因为，它并不是一级人民政府，所以，它才只能叫管委会。如果是正常的一级人民政府，与之对应的，一定会有同级别的党委、人大、政协和监察委。而所有的功能区，基本都没有同级别的人大和政协。一般来说，我们国家在设置这些功能区的时候，主要目的和初衷，就是为了简化社会治理结构，提高行政效率。所以，我们对这些管委会的定位是，上级政府的派出机构。比如，秦皇岛市的经济开发区管委会，就是秦皇岛市人民政府派驻在该开发区的办事机构。

这样的做法，就来源于改革开放初期一些地方的社会实践和改革试点的成功经验。后来总结推广到全国。现在，几乎每个城市，都有类似这样的管委会。

这就是中国人民聪明的地方，这也是中国社会文化的一大特质。既有规矩，又能变通执行。

毕竟中国作为世界上唯一连续存在几千年的大国，对于社会治理和政府运行，是最有经验的，也是做得最好的。就这一点来说，世界上没有任何一个国家，可以和我们相媲美。社会运行和国家治理，最重要的是靠长期社会实践的经验积累，不是靠一个理性逻辑推理就可以设计好的。

当然，大部分老百姓，是不关心这个问题的，也没有留意这是个问题。只是偶尔在收发快递填写家庭地址的时候，才发现，软件里面跳出来的区域，没有自己所在的地方，让人有点不知所措。比如，我们苏州工业园区，很多软件填写地址，选择区域的时候，江苏省苏州市下面，就是找不到苏州工业园区。因为，这些软件的数据，可能都是从民政部认定的地方行政区划编制中导出来的信息，所以，没有苏州工业园区这样的行政区划。按照国家行政区划，我们苏州工业园区，属于苏州市吴中区。

2009 年是中新合作苏州工业园区成立 15 周年，同时，在当时的中国社会，绿色环保是非常流行和前瞻的一个理念。所以，苏州园区各个职能部门，都希望在自己负责的领域，在园区15周年庆的时候，贡献一些绿色环保的成就。

这就是一个大的背景和契机。

我在了解到这些情况后，经过和苏州路灯处相关技术人员进行沟通，确保他们对于我们勤方的LED路灯产品，在道路上作为功能照明使用，是认可的。然后，我再和园区相关领导进行沟通，淡化省电一半的概念，多提绿色环保的理念，因为，我们不能省电一半，省电百分之三十到四十，总是可以的。这已经是很大的节能环保了。

所以，经过几轮的技术和产品沟通，经过长期的测试，基于我们产品的特别优秀的表现，园区相关领导决定，带队去我们公司进行实际考察。

当然，我们公司的实力和技术，在当时中国的LED路灯领域，绝对是完全领先的。所以，领导们实际考察后，都比较满意。

很快，园区领导提出了具体使用的计划，在今天的金鸡湖学校附近，选择了一条市政小路和支路，来进行试点。我记得这个订单不大，好像就80多万元。

但是，有了一个良好的开头。

因为这个客户是总部同事转给我的，所以，我担心后面他有想法，和我争，就不好了。为了避免以后有纠纷，我和这个同事沟通后，给领导进行了汇报，并形成了一个内部的决议。这个订单提成的一半，归那个同事所有，以表达我对他前期提供信息的感谢，但是，从此苏州工业园区所有订单，不论多少，都与他没有关系了。

他很开心，因为，他以为这个客户完全没有成交希望了，才转给我这个属地人员来跟进的。没想到，还成了这么一个小订单，总共有 4 万元的提成，分他一半，2 万元，他当然开心了。他觉得这是天上掉下来的 2 万元。所以，很开心我能给他这一笔钱，因为，要是其他同事，人家不给他一分钱，他也没有办法。因此，他当然非常认可和同意我的要求，从此这个客户，与他完全无关了。因为，他没有想到，后面还有订单，而且还是大订单。当然，这也是我没有想到的。我当时这样做，只是想避免万一后面再有订单，他要是来捣乱和纠缠的话，比较烦人。

我当然更开心了。我在南京路灯处，付出那么多，天天盯着，也是测试数据最好，可就是没有机会形成项目和订单。我很难受啊，感觉有劲无处用。这下好了，总部转来一个信息，我本来只是抱着来看看，应付一下领导的心态，没想到，居然成了。因为，按照我们做销售的经验，凡是同事转来的项目和客户，都是不靠谱的。要是靠谱，他们自己早都悄悄做成了，那还会给我呀。所以，我来苏州，本来就是想，既然领导安排给我这么一个事，我就来了解一下情况，汇报一下应付过去也就完事了。我真是没有想到，苏州的情况会这么简单，有这么好的结果。所以，对于我来说，这个订单，也真是意外之喜。因此，我对同事的感谢和分一半提成给他，也都是真心的。他让我在最难的时候，看到了希望。LED 路灯，在 2008 年的中国，是一件非常难推广和销售的高科技高价格的产品。

人生的乐趣就是这样的，你不知道，明天会发生什么。是福是祸，是喜是悲。

人生最开心的事情，就是你不抱希望的一件事，却成了。人生的所有快乐，都来源于惊喜，都来源于没有期望值。人生所有的不快乐，都来源于期望值太高了。

期望值与现实之间的差异，就是人生快乐的决定因素。

所以，想快乐地活着，最好的办法就是对一切都不抱期望值，特别是不要对一件事情，一个人，抱太好太高的期望值，否则，一定是会失望的。

工作和生活的感受，都是如此。

我想，很多人见网友，这种体会应该是经常的。如果你把对方发来的照片当真，以为他（她）本人就是这么漂亮，甚至比照片还漂亮，我可以肯定地告诉你，你的这次约会，必定是痛苦和失望的。如果你不信网友发给你的照片，知道现在的照片都是美颜过的，根本不可信，你想着，只要不是很丑，就不错了，那么，你见到这个网友后，可能还会觉得他（她）不错，可能还会有快乐和愉悦。

所以，人生最美好的经历，就是不期而遇。

这是人生愉快经历的共性。

能不能遇到我们喜欢的人和事情，我们决定不了，我们唯一能做到的，就是“不期”，就是没有期望值。或者说，要抱比较低的期望值，才能获得比较多的快乐。

这样一想，也是很有意思的。

前期比较乐观的人，对一个人和一件事充满期待和美好向往的人，都是前半段很快乐，这个快乐来源于自己的想象。而后半段会不快乐，因为，现实总是比想象的要差一些。前期比较悲观的人，对一个人或者一件事没有期待或者期望值很低，所以，前半段不快乐，但是，后半段快乐。

这么一想，好像快乐总值都是一样的。

好吧，那就在于，你是要先快乐后失望的经历，还是要先不快乐再开心的经历。

人生，不就在于经历嘛。

因为当时中国只有我们的LED路灯可以使用，所以，没有其他品牌可以选择，政府就没有办法进行招标。因此，为了使用我们的LED路灯，园区管委会特事特办，只能采用直接采购的方式。越是不符合常规流程，越是要做事规范。所以，园区建设局委托苏州市路灯管理处对多个品牌的LED路灯进行了长达六个月的连续测试，在测试达标的基础上，再安排多个相关单位领导和代表，对我们企业进行了实际考察。经过这样严谨细致的调研后，才向管委会提出专题申请，对勤方LED路灯进行直接采购，不经过公开招标。而且直接采购，也要经过一个双方议价的流程。当时，园区建设局牵头，各个相关单位参加，包括：负责执行的中新集团、负责出资的园区地产经营公司、负责施工和技术把控的苏州路灯管理处、负责后期运行养护管理的园区照明管理公司，与我们公司进行正式的议价谈判。这种谈判，看起来我们是乙方，实际上，我们掌握着主动权，因为，我知道，只有我们一家的产品可以使用。所以，我没有让公司来一堆领导，我怕领导多了，场面不好控制。我只通知了我的直接上司潘总监，来陪同我一起与他们进行了谈判。我事先已经给他们报过价格了，我知道，这个价格他们是可以接受的。所以，这种谈判，就成了一种流程需要。让各个单位都派代表参与一下，使得大家都知道这个事情，也是为了互相监督，互相制衡，不是一个人说了算，以避免绝对权力带来的贪污腐败。

苏州工业园区，是我所接触过的中国所有地方政府里，管理最规范的。

所有相关人员素质都很高，而且，做事都很规范，也都是为了把工作做好，从来没有贪污腐败的。我们从来没有向其中任何人员行贿，也没有给过好处。我们作为外地的企业和人员，也不认识这些工作人员，他们就是基于对好产品好技术的需求，来选择我们的。

经过议价后，很快就由园区地产公司与我们公司签订了LED路灯采购合同，第一次作为试点路段，数量不多，金额不大，80多万元。

但是，通过第一个合同，我们经历了所有的流程和考验，也与所有相关单位人员认识了，可以进行有效的工作沟通。所以，后面的工作，就会很顺利。

这是2008年10月，我开始有了这第一个订单。

在和客户的跟进服务过程中，我知道了2009年园区15周年庆的事情，也知道了如果我们试点样板路段的亮灯效果好的话，后续还有更多的订单。但是，因为不是公开招标，为了防止腐败和问题，园区要求必须由我们企业直接供货给他们，不接受经销商。我作为企业的销售人员，在整个过程中，工作量就增加很多。因为，付款是分多次的，有很多为了收款的流程和工作需要我去做。

为了增加和巩固我的利益，我想到了一个新的薪酬方案，和公司领导沟通后，领导也很认可，就这样，我打了一个报告，由公司领导审批后执行。我原来的薪酬是，8000元的底薪，销售额5%的提成，报销相关费用。我主动提出的，专门针对我个人的新的薪酬方案是，3000元的底薪，不在公司报销任何费用，销售额7%的提成。

我提出的新的薪酬方案，是任何一个老板和领导都喜欢的。这样的薪酬方案，看起来，对公司当然是有利的。底薪降低了，没有费用了，这是每个月都看得见的成本。至于提成的增加，比例不大，而且，提成是建立在有业绩的基础上的。对于当时的勤方公司，对于当时任何一家LED路灯企业，只要有业绩，你要多少提成当然都是可以的。甚至，很多企业为了做样板工程，都可以不要钱，把LED路灯免费送给路灯处。就这样，不是每个企业都有机会送出去的。人家路灯处，都是政府背景的事业单位，都不是个人的，你送人家就要吗？人家需要，再贵都会买，反正又不是自己出钱，都是政府投资。人家不需要，你免费，他也不要。因为，市政道路是公共的，不是谁家里的，你质量不好的LED路灯装上去，领导和老百姓看到了，也是要挨批评的。所以，当年的LED路灯，销售是一件非常困难的事情。

主要原因，还是大家对这个新技术新产品的不认可，不放心。也是因为，有一些企业，搞出来的产品技术不过关，通过各种关系，做了一些样板，但是，效果都不好。这个领域，专业细分，圈子很小。全国路灯处，都是一家，他们彼此都熟悉又经常沟通。所以，好事不出门，坏事传千里。搞得那些还没有尝试的路灯处，更是不敢用了。

当时的市场情况，就是这样一个背景。

我知道，这个技术和产品，肯定是会越来越好的，价格也是会越来越低的，销售也是会越来越容易的。同时，我也知道，销售越容易的时候，我们销售人员在老板心中就越不值钱，销售越难的时候，我们销售人员在老板心中就越有分量。

我的判断是，公司现在给大家这么高的底薪、费用和提成，不是公司领导傻，而是，公司领导知道，现在销售LED路灯有多难，而且，这也说明了，公司领导很着急需要业绩。所以，当随着技术的进步和价格的降低，销售越来越容易，公司业绩越来越好的时候，我们大家现有的高底薪、高费用和高提成，一定是保不住的，一定是会降低的，而且，一定是降低到大家都很不满意的程度。

到时候怎么办?

一定是没有任何办法的！

员工和公司的关系，就是人为刀俎我为鱼肉，我们作为员工，只能任人宰割，绝无还手之力。你唯一能做的，就是走人。可是，“天下乌鸦一般黑”，走到哪个民营企业，不都是这样吗?用你的时候，需要你的时候，你是公司最重要的人，老板可以和你称兄道弟，不需要你的时候，你的价值不大的时候，那就是按流程来，按公司的规定来。不都是卸磨杀驴，过河拆桥，兔死狐悲吗?

我在照明行业几年，对照明行业还是比较了解的。我很清楚，照明行业赚钱的机会，不是每年都有的。而现在，就是一个绝佳的机会。我一定不能错过。因为，我现在就想要赚钱。

所以，为了避免将来白忙活的结局，我特此提出这样一个新的特别的只是针对我的一个薪酬标准，是非常有必要的，事后证明，也是非常英明的一个决定。

这个事情，英明之处就在于，我选择在这样的时间节点上，来做这件事情。

对公司来说，我现在提的方案，公司不增加任何成本，还降低了很多成本。表面上看，公司占便宜。所以，我记得当时，领导们很开心地公开表扬我，说我有魄力。并在内部鼓励其他销售同事，也可以选择采用我这样的薪酬标准。但是，没有销售人员愿意这样做。而且，我想，他们心里还会骂我傻。

我能理解。

只是，他们所有人，不知道我这边的情况。因为，我已经从客户那里知道了，明年会有更多的订单。

而其他销售同事，不愿意采用这样的薪酬标准，就是因为，他们手里没有确定的订单。所以，他们就要抓现钱，拿到底薪和报销费用再说。

我想的是怎样确保能把后面的几十万元赚到手里，而不是每个月那么几千元的底薪。

正是因为有公司当时那样的薪酬标准作为参考，我提出的薪酬标准，就显得多么合情合理。事后证明，我设想的各种情况，都得到应验了。

后来，随着技术的进步和价格的降低，随着市场的认可和产品的普及，随着竞争的激烈和公司的上市，所有销售人员的底薪一降再降，所有销售人员的报销标准，也是一次比一次低，所有销售人员的提成，一年比一年少。最后，销售人员的薪酬，变成了 3000 元的底薪和 1% 的提成。而我，因为这个特殊的薪酬标准，一直使用到我离职，都是 3000 元的底薪和 7% 的提成。

后来，LED 路灯好卖了，销售业绩很容易产生了，很多销售人员开始找领导，也要实行我这样的薪酬标准，领导的话是“给你们机会的时候，你们没有珍惜，现在，晚了。这个薪酬，全公司只有李建军特例，其他人，都按照公司统一薪酬标准执行”。

事情就是这样的。

谁当老板都一样，谁当领导都会这么做。

你在一个企业的价格，是由你贡献给这个企业的价值决定的。

如果你每年可以给老板带来 500 万元的利润，你自然可以找老板要 50 万的年薪。如果你每年给老板贡献 50 万元的利润，你当然只能找老板要 8

万元的年薪。

正因为，我认识到这一点，所以，我在当年，就找公司以书面申请单独文件的形式，给自己未来的利益做一个书面保证。

我知道，一个老板或者公司领导，他想让你的利益受损，是很容易的。尤其是我们销售人员，就算底薪不好调整，他可以调整你的提成和费用标准，这对他们来说，都只需要一个内部文件通知，举手之劳而已。

企业经营，属于商业领域，就是要追求利润。

追求利润，几乎是企业的唯一“道德”。

所以，我们不能按照生活中对一个人的道德要求，来衡量一个企业的经营行为。

古人讲，无商不奸，是有道理的。

当然，这里的“奸”，应该不是贬义的，是中性的一个意思。就像孙子兵法所说的那个兵不厌诈，这个“诈”和那个“奸”，应该都是指使用聪明才智，使用巧妙的方式方法，来实现自己要达到的目的，就是商家的利润，兵家的胜利。

通过这样一个书面文件，我的利益得以巩固，使得我快速实现了赚钱的目的，当然，大钱通过上班的方式，永远也是赚不到的。小钱，还是可以的。

2009 年，我实现了 1000 万元的 LED 路灯销售，当然，这个业绩，不仅仅是勤方公司的销售冠军，这在当年的中国，也是单个销售人员的业绩冠军。

当然，这不是因为我有多么优秀，而仅仅是因为运气好而已。而且，当年的中国，LED 路灯，没有几个企业在生产，销售人员，也就很少了。

从 2008 年 5 月入职到勤方光电负责江苏的销售，到 2015 年 5 月离开勤方公司，在这7年时间里，我的年收入，平均下来在50万元左右，最高的一年收入将近百万元。

也是在勤方工作的这7年里，我还清之前所有朋友的欠债，在苏州园区买了房子，买了车子，而且，是买了两次，第一次是帕萨特，第二次是奥迪A6。结了婚，生了孩子。

所以，我感恩勤方公司。我感谢在勤方遇到的所有领导，他们对我都特别关照和支持，包括老板夫妇。

可以不客气地说，是勤方事业，成就了我的生活。

对此，我永远心存感激。

这也是我人生干的最长的一份工作。

之前，我是7年换了10份工作，现在，我是7年干了一份工作。

当然，此工作非彼工作，工作的心态和目标，都是不一致的。

这7年，我持续在苏州和无锡市场深耕，对这两个市场的情况，比较熟悉。这7年，我大多都是和当地政府建设和城管领域的人打交道，对于政府和地方建设的情况，也比较了解。这7年，我看着LED路灯从一个完全新生的产品到市场普及大量应用。通过这7年单一而持续的工作，使得我对这个细分领域和这个区域的事情，很熟悉和了解。这不就是在认知世界吗？通过这7年持续做单一的事情，使得我知道，自己对做好一个具体事的能力和经验还是有的，我做事比较细致周全，胆大心细，办事稳妥，这也是一个很好的对自己的认知。

有时候，快就是慢，慢也是快。

我这7年，看起来很慢，没有什么变化，就是一个人在苏州做业务，卖路灯。

实际上，细微处，也有变化，而这些变化的累计，就会为后来其他事情积累了经验和认知。包括与政府打交道的经验，做政府项目的经验，招投标的经验，商务关系处理的经验，工程销售收款验收的经验，等等，都是一种很好的积累和认知。

深圳的 7 年，看起来是浮躁的 7 年，实际上是探索的 7 年。

苏州的 7 年，看起来是踏实的 7 年，实际上是蛰伏的 7 年。

各有各的好，都好。

都是在认知自我和世界，所以，都是有意义的。

当然，在这 7 年，不论是公司内部还是外部客户，不论是具体订单还是跟进的项目，也都不是一帆风顺的，也都有很多波澜和变数。而且，很多在当时看起来，也都是让人牵肠挂肚甚至是耿耿于怀的。但是，都过去了，就不提了。而且，确实，很多也都忘记了，淡忘了，想不起细节来了。

我这几天还在想，人真是一个很奇怪的动物，好像只愿意记住那些美好的事情，那些回忆起来开心的事情，很多不美好的事情，很多当时很在意很折磨人的事情，时间久了，都想不起来了，或者，都想不起来细节和当时自己那种难过的体会了。

既然都想不起来了，就当没有发生吧。

所以，这 7 年工作方面的回忆，就记录这么多吧。

下面，看看这 7 年里，我的生活上都有哪些还可以回忆起来的。

由于苏州业务的增多，南京业务迟迟无法启动，我就在 2008 年底，从南京搬到了苏州。

这个时候，我想结婚了，家里人也是催得紧，所以，开始认真寻找可以结婚的对象。

30 岁之前，我不想结婚，是基于两个方面的原因，一个是因为，我觉得我还小，我还是个不懂事的孩子，让我面对一个孩子当爸爸，我有点接受不了，我想想那个画面就觉得滑稽，一个大小孩带着一个小小孩。另一个原因，就是我觉得我的理想，我伟大企业家的梦想，还没有着落，还没有起步，还看不到希望。我知道婚姻和家庭生活，就意味着无法脱身的日常琐事。我不想在人生最重要的事情还不知道在哪里的时候，去考虑婚姻的事情。我接受不了。另外，我可能还有一个龌龊的想法，我想要娶中国最好的女人，我得拥有成功去和她匹配呀，或者说，我只有成功后，才有权力和资本去选择这样的女人。还有一个想法，就是，我希望在婚姻之前，能够经历一段爱情。虽然，我不知道爱情是什么，但是，我渴望经历一段爱情，而且，我也很清楚，爱情和婚姻是两码事。所以，我也不想和我爱的人，走向婚姻。我也不想在婚后经历爱情，万一我控制不住，因为爱情，离婚了怎么办？我可不想离婚，毕竟对孩子有些影响。

这就是我之前一直不想结婚的原因，这也是我在 30 岁之前，几乎从来不主动“泡妞”的原因，就是，我一直想着，等老子成功了，什么妞不能泡？所以，先好好想想怎么成功吧。

过去的经历证明，我这样龌龊的想法，既没有成功，也耽误了最好的泡妞的年龄。可惜了。

所以，思想决定现实。

思想决定行为，我们每一个人都是一样的。你有什么样的想法，就决定了你往哪个方向走。整个人类社会，也是一样的道理。

但是，现在，我 30 岁了。三十而立，我必须该结婚了。既然我没有成功的资本去选择最好的女人，那就按照现在的条件，选一个适合当老婆且愿意嫁给我的人吧。

这个时候，一个人出现了。

YX，在苏州新区一个外企工厂上班，我记得她住在苏州新区马浜花园。她当时也是想着急结婚，我见了她，就觉得她蛮适合过日子的，是那种一看就是贤妻良母家庭主妇类型的。她对我应该也挺满意的。就这样，很快我们两个就确定了关系，奔着结婚的方向走。春节前后，她父母来苏州，我和她父母也见了面。一切都好。

2009 年春节后，我在苏州新区马浜花园附近，租了一个两房一厅，我们两个住在一起，开始婚前的同居生活。

我能感受到，她很开心，也很投入。我们租的是一个新房子，里面之前没有住过人，所以，除了房东配置的基本大件家具家电，还需要购买很多小东西。她很幸福的买这买那，收拾布置房子，感觉就像我们刚结婚搬进了自己买的新房子似的。

我不知道为什么，她越是这样开心幸福的投入，我越是有点恐慌。

我也不知道，在恐慌什么。

也许，我理智上，想通了，可是，实际上真去做的时候，我又有点接受不了。

总之，在一起住了大概一两个月左右，我就想逃跑。

一个工作日，我趁她上班去了，我收拾了自己的私人物品，拿着行李走了。

我给她留了两页纸，写了我的想法，是我当时临时写的。我写着写着，自己就哭了。我知道，我这既是觉得对不住她，替她感到委屈的哭，也是为自己感到委屈的哭。我不知我委屈个啥，反正就是觉得自己也挺委屈，挺难受的。

可能我自己心里也确实是把那段日子，当成新婚了。所以，新婚就离婚，有点委屈。也许是这样一种感受吧。

当然，我知道，不论怎样，我对不住她。她肯定比我委屈多了。

现在回想起来，我这辈子对不起的女人太多了，或者，每一个对我好的女人，我都辜负了她们。

我从新区，搬到了园区。

一个是想离她远一点，避免再遇到，一个也是想，离客户近一点，工作方便。

还有，园区生活环境很好，很干净漂亮，人也少。

我在金鸡湖北岸的玲珑湾小区，租了一个单身公寓，开启我的单身求偶生活。

我都不记得是从什么时候开始，是怎样联系上的。好像是 2007 年我在华耀工作期间，有一段时间，在百度空间里发文章，主要是日记之类的。她可能是看到我的文章，觉得挺有意思的，就留了言，我们私聊加 QQ，就这样联系上了。

她叫 SXL，我们一直这样断断续续的联系着，有时候还会通电话，而且，一通就是半个小时一个小时那种，但是，偶尔通一次。每次都是她打给我，她说是美国留学后和男朋友一起被外派到沙特阿拉伯，所以，每次也都是国际长途。我们联系的频率，也没有什么规律，有一段时间，可能联系联系几天，有时候，几个月都不联系。

因为她有男朋友，而且，他们都在国外。所以，我也没有把她当成我生活中的人，因为，我们也一直都没有在现实中见过面。当然，我们无话不谈，甚至说，聊得很愉快。而且，她的声音很好听，好听极了那种，听着她的声音，感觉就像是一个涉世未深的大家闺秀，很纯真很美丽很善良很婉约也很有才学。我好像记得，她比我大两岁，1976年的。她好像给我在QQ上发过一张照片，我看了，觉得和她的声音也很配，很清纯美丽。我不知道我们这算是什么，也许这就是暧昧吧。我总觉得她太好，我配不上她。她也不属于我，而我能和她这样在QQ上聊聊在电话里听听她的声音，就挺好的。我们从来没有聊过男女之间的事情，一切都显得那么纯真和美好。我好像是期待着能有什么，但也没有迫切地想要发生什么。大概就是这种情况和感觉吧。

我们上大学那会儿，就开始有互联网，也有了QQ。所以，很多同学，都搞网恋见网友之类的，说实话，我还真没有过。因为，我总觉得互联网上都是骗人的，都不可信。我只相信现实中见过的人。而且，对于一个我没有见过的人，我不知道和她聊什么，怎么聊。我更喜欢和人当面进行沟通和聊天。所以，在南京大学论坛上发帖子，那些女孩加了我QQ，我就简单聊几句，然后，就直接约见面。不同意见面的，直接就删除了。

对于这个SXL，可能因为只是偶尔联系，也可能是因为她本身在国外，所以，我也没有排斥这样的所谓网友关系，我也没有提过见面的事。虽然，有时候很愉悦，我也会有要是能见面就好了的感慨。

2009年，好像是夏天的时候，我们不知道怎么又联系上了。她说她回国了，在长春待一段时间。我听了这个消息，很高兴，这不就可以见面了嘛。所以，我提出要求见面。她一直不答应，经过几轮“谈判”，她终于同意了。

我买火车票，先到秦皇岛办点事。从苏州去长春，反正要路过秦皇岛的。

我工作上的事情，都很重要。但是，我的工作量并不大，也不稳定。忙的时候，可能连吃饭的时间都顾不上那种，闲的时候，一整天可能都没有什么事。

我觉得这样整天闲待着，特别无聊，也有点不踏实的感觉。又不知道该干啥好，当然，我应该去江苏其他所有城市的路灯管理处，拜访客户，沟通技术，寻求合作机会。我之前把江苏所有城市的路灯管理处，跑过一圈，但是，收获不大。后来，苏州这边机会好，订单多，也就懒得再去跑了，除了无锡因为距离近也有订单，还经常去。

我想找点事情干，打发一下时间。最后想着，要不就去读个 MBA 吧。了解了一下，南京大学的 MBA，也不贵，7 万元三年，而且，在苏州有班，不用去南京上课。这个挺好的。所以，我是抱着这样的目标去读的，还花三千元钱，报了个培训班。但是，后来，教育部出台一个政策，凡是已开办 EMBA 的大学，不允许再办 MBA 春季班，只能办 MBA 秋季班。秋季班，都是一些刚毕业两三年的孩子们读的，春季班都是些工作多年的人读的。我们去上 MBA，不就是为了认识几个同学嘛。所以，我就没有报考南京大学的 MBA 了。只能报考苏州大学的 MBA 春季班。本来是冲着南大这个名校去的，想着本科没有考个好大学，拿个名校的研究生装个门面也行，没想到，又没机会了。既然南大这样的名校不行了，苏大这样的“破”大学，也就懒得去上培训班了。一直也都没有复习和准备。到十月要考试的时候，我记得到了临近考试前两天，我才想起来还要参加这个考试，先一天晚上定了闹铃，第二天闹铃响了，我实在都不想起来。后来硬着头皮起来，想着就当是去玩吧，没想到，还考上了。MBA 考试是全国统一的联考，分数线有国家线和华东线。三门课，英语、综合、政治。总分要过线，英语单科也要过线。我英语很差，没想到还蒙了 47 分，华东英语的分数线是 45 分，总分也是刚达标。真是贴着分数线进的。当然，对于这种专业硕士，各大学都当成生意来做了，所以，多多益善，只要你能上线，就肯定能入读。就这样，2010 年春天到 2013 年春天，我用三年时间的周末，混了一个苏大 MBA 硕士学位。说是混，也不假，虽然几乎所有的课，也都去上了，但是，到现在，老师们曾经说过的话，我没有一句能想起来或者对我造成过影响的。另外，读苏大 MBA 的基本也都是些上班族，好像从来没有人谈创业什么的。我也很少和这些同学联系，认识了和不认识一样。所以，这个 MBA 读的，完全没有收获。

这就是我一直所说的，我们的老师，尤其是大学老师，对于一个大学生，在一所大学里读了 4 年，结果，这么多老师，说了那么多话，没有一句，让他能回忆起来的，没有一句话给过他影响和力量的。

这样的大学，这样的老师，能称其为师吗？

还不如我去给孩子们上两个小时，肯定让他们记得一辈子，我们大学有一个李老师，上课太有意思了，我们都爱上他的课。呵呵。

报考 MBA 需要本科毕业证的原件，我得回学校去拿。

是的，我的毕业证原件，一直在东大分校呢。

我们是国际贸易专业，我们学校要求很严，国贸专业不过六级，拿不到学位证。所以，我只有一个本科毕业证。还好的是，好像也从来没有因为这个影响过我找工作。

我是陕西农村娃，家里穷，交不起学费，所以，我就一直没有交大四学年的学费，3600 元。不交学费，学校就只能把我的毕业证押在财务科，等着我有钱了回来赎。可是，我这个不争气的毕业生，一直都没钱，所以，也就一直都没有回来拿。当然，也是因为，一直没有单位找我要过毕业证原件。

这次要报考 MBA 考试，必须要原件，只能回来拿。

当然，毕业这么多年，也该回母校来还钱了。

我找到财务科，我说“老师，我来交学费，拿回我的毕业证”，财务科的人说“哪一届的”，我回答“2001 年毕业的”，老师开始找，一直没有找到，让我再说学号，我一说，老师说：“啊？！你是 2001 年毕业的？我还以为你是 2001 届的呢，你这是 97 届的呀！都毕业这么多年了，现在才回来交钱？！”老师明显很不高兴啊，我只能说：“老师，你别怪我，咱们学校没把我培养好，我一直找不到工作，挣不到钱，所以，没钱回来呀。”

我也真是东大分校的败类了。3600 元的学费，过了 9 年才去交。丢人啊！

到了长春，本来约好的，她却迟迟不肯见我。

我也不知道她为什么要这样，只能等待和再联系她。

我已订好了回苏州的飞机票，知道我要走之前的一个傍晚，她才终于答应可以见我。

在一个咖啡厅，我终于见到了她，“我的”SXL，我惊呆了……

当时我完全手足无措，都不知道该怎样应对，一刹那，我都幻想，这应该是她母亲吧……

我彻底被搞蒙圈了，我简直无法接受这个现实，这是那个外表清纯漂亮声音无比甜美的 SXL？这是那个和我谈天说地笑声朗朗的 SXL？

我半天缓不过神来，我一点思想准备都没有，如果她不开口说话，让我再次听到有点熟悉的声音，我真的不能接受她就是SXL这个悲惨的事实。

我的这个糗事，只有老杨和小来知道，他们拿这个事情，能笑话我一辈子。

说实话，到现在，我都不知道，她为什么要这样做，为什么要骗我，难道这是爱我？

我很受伤，我很痛心，我有一种被欺骗的屈辱感。

往事不堪回首，就让它随风飘散吧。

2009年，我生活的一大主题，就是找可以结婚的对象。

生活的曲折压不垮我，欺骗的悲痛摧毁不了我对生活的热情，我要继续寻找我的幸福。通过百合和世纪佳缘这两个婚恋网站，我见了很多女性，也试着相处了一些，还有点印象的，有一个是中学老师，硕士，1.68米，小我4岁，各方面都挺好的，也是适合过日子的类型。

只是，因为一个人的出现，我选择了放弃她，或者说，我错过了她。

我忘记和ZW是在哪个婚恋网站上认识的，我们加了QQ之后，也没有聊得火热，偶尔有一搭没一搭地聊着。我不喜欢在网络上聊来聊去，我喜欢简单聊几句，就直接见面。见面之后，再判断这个人是否值得继续交往。我一直是这样的，更何况是经历了SXL这样的事情，我更不会在网上和一个从未谋面的人，扯来扯去的。

8月底的一天傍晚，我在QQ上约她出来去酒吧玩。我一般很少约婚恋网站上认识的女性第一次见面选择酒吧这样的地方，吃饭都很少。我一般都是约在下午两三点到咖啡厅见面，觉得好的，以后才约一起吃饭和见面。感觉不好的，就见一次，从此不会再联系。毕竟和一个女性第一次见面就选择在酒吧这样的场合，不符合将来两个人要走向婚姻这样的关系。

我还记得，我们见面的酒吧，是在竹辉路上的百度酒吧，当然，这个百度酒吧，与百度网站好像没有什么关系。我之前喜欢偶尔去的酒吧，是位于竹辉路上的菲比酒吧。可能是因为网上评价百度酒吧也还好，而我没有去过，所以，就当是去体验一个未去过的消费场所需要一个人陪同消费而已。

总之，我对这个女人，没有抱任何目的和期望，只是一个寂寞的夜晚找一个陌生异性陪我去一个陌生的酒吧体验一下消费的感受。

应该是这样的。

看到她的第一眼，也没有什么特别的感觉，一般人吧，身高 1.66 米，身材苗条，皮肤白，圆圆的脸，短发，大大的眼睛。

我没想到的是，这个人，会成为我生命中，唯一爱过的女人。

酒吧里面的男女，不就是那样吗，一起喝喝酒，说说话，偶尔搂搂抱抱，卿卿我我，玩点暧昧，然后，一致同意的话，就去上床，醒来后形同路人，从此不再联系。大家都会借着因为酒吧音响声音很大，说话听不见，而刚好可以凑到对方耳朵边说，灯光迷离，气氛梦幻，大家的关系自然也就暧昧了。去酒吧的男女，很多也都是冲着这样的结果去的。

那天晚上的我，也应该是这样的。

所以，当我和她喝点酒都装作晕晕乎乎搂搂抱抱着出来，上了出租车，要去宾馆的时候，她居然拒绝了，我以为和大部分情况一样，女人嘛，总归是要装一装矜持的，然后，男人们坚持一下，就可以半推半就地发生了。

谁知道，她来真的。

好吧，去他大爷的，老子也不差这一回，今天放过你，改天再办。

就这样，我打的把她送回住处了，到了地方，我才发现，怎么又是新区的马浜花园，真是越是想躲越会遇上。

我没有上楼，她在小区门口下了车，我继续打的回自己住处。

第二天下午，约她一起吃晚饭。结果，还是没办正经事。

那就慢慢来吧，看你能装几天。

我那个时候还没有买车，我每天傍晚四五点钟，从苏州城东边的园区玲珑湾小区，花两元钱，坐一个小时的6路公交车，到苏州城西她小区附近。和她一起吃饭，然后，在附近马路上走走路，一起散散步。那是2009年的9月，白天很热，晚上不冷不热，很舒服。谁知道，这一散，就散到了晚上12点，没有公交车，只能花50多元钱，打的再从城西回到城东我自己的住处。我也不知道两个人怎么有那么多话说，而且，说着说着，就忘了办“正经事”了。就这样，我们每天晚上都是这样度过的，我每天傍晚5点从住处出发，到凌晨1点回来。都是和她一起吃饭散步聊天，一直连续20多天，一天都没有落下，也一直都没有办“正经事”。我们亲密的时候，也就是拥抱一下，更多的时候，也就牵着手，散散步。刚开始，是说不完的话，相见恨晚，聊什么都投机，聊什么都聊得来，聊什么都开心。到后来，没那么多话说了，就是什么都不聊，就一起牵着手走走，就觉得很开心。

我们每天晚上，就围绕着马浜花园到塔园路一带，重复地走着那里的大小马路。我还记得有一天晚上，我们走到附近苏州科技学院的教室里，半夜黑灯瞎火的，我们两个欲火焚身没控制住，差一点都要办“正经事”，结果，还是没办。

我们就这样，从酒吧见面第一眼的无感，到酒吧离开的时候想发生，从刚开始为了发生关系而相处，到后来忘记了要发生关系，再到后来又想发生关系。

我不知道是她的有意安排，还是刚好凑巧，她父母来苏州了。那是 9 月 20 日中午，我和他们一家三口，一起吃了顿饭。然后，我就带她去我的住处。到这个时候，我们两个才终于办了“正经事”。

完事后，我就没有让她再回新区了，免得我整天跑那么远去找她。

我都不记得，那半个月，我们两个是怎么过的，反正，我们每天都是 24 小时在一起。说实话，虽然我之前也经历过很多性生活，但是，我对性生活，一直都不是很感兴趣，至少，没有一个年轻男人应有的那么强烈的欲望。我也很少在性生活方面，体验到特别美好的感受。可能就是因为，我之前的性生活，仅仅只是性生活，与爱无关。在我和她在一起后，在我们每天聊 6 个小时，连续聊了 20 天后，她给了我从未体验过的性生活的愉悦感受。一种性与爱，情与欲，肉体和精神完全重叠的感受，一种两个人合二为一，或者说，是两个人都特别想合二为一的感受。这种感受，这种既有精神交流带来的相见恨晚，又有肉体性交带来的燃起与爆发，都是我从未体验过的，都是我一直渴望而都不知具体渴望的是什么的一种东西，一种让你忘记了世界上还有其他人和事情的存在，让你以为整个世界上只有你们两个人的体验和感受。

真的是一种没有经历过的人永远也体验不到的精神和身体双重愉悦的感受，我很幸运，在我 31 岁的时候，在一个刚刚好的年龄和身份下，我遇到了她，我的爱人。

那个时候，我忘记了她身上的一切标签，职业、学历、身高、年龄、收入、家庭、体重、甚至是外貌。她在我眼里和心中，只是我的爱人，一个我爱的人。我们在一起，不论是手牵着手散步，还是相依着坐公交车，还是在床上抱着睡觉，我经常有一种感受，那种感受就是，我抱着她还想她，我和她在一起的时候还想念她的感受。那种我看她一眼，心中就充满了幸福和满足的感受。

我那个时候，不知道她的具体年龄，只知道大概，应该和我差不多。或者比我小几岁。那会儿，我根本不在意这个。而且，她的外表，一点也不显年龄，本来和我一样，就是那种娃娃脸，加上心态好，很显得年轻。我们在一起的时候，她经常会表现出特别可爱特别好玩的一面，就是那种有点纯真又有点坏的感觉，一个女人能把这两种感受完美的糅合在一起，感觉好极了。

她的纯真，让你感觉好像你是她的第一个男人，虽然我知道我不是，但是，我依然觉得很美好。她偶尔的“坏”，是一种小女孩才有的那种调皮捣蛋和可爱，一种情侣之间才有的嬉笑和打闹。对于我这种一板一眼，一本正经的男人来说，很少体验到这样的可爱带来的喜悦。

总之，我可以十分确定，我渴望一生想要的，几乎已经完全放弃追求的爱情，终于遇到了。

我的欣喜之情，这种双重喜悦带来的冲击，我都快招架不住了。

幸福来得太突然，幸福来得太猛烈，幸福来的我都忘记了理智和常识。

我确实招架不住了。

一个人能给你带来多少幸福和快乐，就能给你带来多少痛苦和伤害。

没有人是例外。

我记得是国庆节快结束的时候，我说，你就搬过来吧。

她老家是 YX 的，之前一直在 YX 工作和生活。在 YX 做了多年的记者。也许是有这样工作经历的原因，她不仅是清纯和调皮可爱，还有睿智和美丽，也有一点经历世事的沧桑，这几种特征糅合在一个女性身上，是一种让男人欲罢不能的感受。我不知道她因为什么原因，突然来了苏州。我认识她的时候，她刚来苏州不久。大概好像是这样吧。她一个人，租住在马浜花园小区，工作的地方，就在附近的办公室，她有一个单间办公室，我后来也都去过。

所以，说她没有工作，她也有点正经事，但是，不忙，偶尔工作日盯一下电脑就是了。她刚来苏州，所以，东西也不多。

因此，我让她搬过来，和我一起住，她也就同意了。

我记得，我们刚认识不久散步的时候，我给她说过，你不要问我过去的感情经历，我过去的感情经历，都是认识你之前发生的，所以，与你无关。我也不问你过去的感情经历，你经历过一个男人还是十个，对我来说，不都是一样的吗，所以，我不想知道是几个，都发生过什么。我都能接受，你的过去，也与我无关。我只要你和我在一起的时候，忠于我们的感情就好。

那天，我们两个坐公交车，去新区马浜花园她住处，把她的所有行李搬过来。这是我第一次去她的住处，上楼之前，我还半开玩笑地说，你先上去收拾一下，我等会儿再上去。她不明白，我说，你之前肯定有其他男人，我虽然理智上明白也能接受，但是，那个男人留下的什么东西，我看见了还是接受不了。心里肯定会不舒服。所以，你上去收拾一下，把那些我不该看到的，不想让我看到的东西，什么男人的拖鞋了，洗漱用品了，都收拾起来，放在我看不到的地方，我上去直接搬行李走人就是了。这样咱们都不难堪。

我也不知道自己为什么会说这个，我既是开玩笑的也是认真的。

当然，我是不希望有什么真的需要收拾的。

但是，我又担心，真的有什么我不该看见的东西，我看到了肯定会难过。因为，她是 9 月 20 日陪父母和我一起吃饭后，就直接到我住处一直到现在，才回自己的住处。我怕她当时走得突然，没有做清理工作。

她笑着骂了我一下，收拾你个头，哪有什么男人呀，赶紧走吧，让你上楼检查一下，看看有没有。

我开心地上楼和她一起收拾东西，她确实刚来苏州不久，也没有太多私人物品，所以，我们简单收拾了两个行李箱，就打的回我的住处了。

到我住处后，我说，你自己收拾你的东西吧，想放在哪里，你自己摆放，这不是我的地方，这是咱们两个共同的家。我下楼抽烟去，免得看到什么不该看见的东西。

她又骂我瞎说，让我帮忙一起收拾东西。

好吧，看来还真是清纯玉女，只谈过一个男朋友，不是一个乱搞的女人。

她之前好像大概说过，前几年，认真谈过一个男朋友，那个人，现在美国。已经分手几年了。我也没有多问，也没有往心里去。你的历史，我也没法调查，就随你说吧。我也不想搞清楚你的历史。

很多事情，知道多了反倒不好。

眼不见心不烦，不知道，就当她没有。

多好！

谁知道，我一直开玩笑说的事情，还真是发生了。

我在收拾她的笔记本电脑包的时候，从里面的夹层兜里，发现了一板没有包装纸盒的药，这个药的名字是“毓婷”，事后紧急避孕药。

我蒙了，拿着药我问她，这是什么？

问题是，她也蒙了。她说，我不知道。

你不知道？

这是你的电脑包里发现的药，而且，是“毓婷”，事后避孕药，又不是常备的感冒药，你居然说你不知道？

她还是一脸无辜的表情，说她想不起来了，不知道这个药是怎么回事。

我被搞疯了。

本来，我只是说着玩的。

没想到，还真有这么一个东西。

而且，她居然说不知道。

让我怎么想？

你这是经常买这种药，所以，都不记得电脑包里这个“常备药”是怎么回事了？还是你真的不知道这个药怎么会在你的电脑包里？问题是，这是你的电脑包啊，你怎么会不知道。而且，这是已经拆了纸盒包装只留了里面板药的，是某次事情之后准备要吃？又没有吃？是准备了要做什么坏事，又没有做？电脑包，平常在 YX 肯定不用，那是出差的时候？还是旅游的时候？发生了什么？一夜情？和同事？和领导？和客户？和网友？………

这一瞬间，我脑子里是各种乱七八糟的可能性，是各种可能性下她和别的男人的“乱七八糟”的事情，她在我心中的玉女形象，瞬间崩塌。当然，这个玉女形象，不是她告诉我的，是我自己认为的。我觉得她太美好，所以，她的一点瑕疵，我可能都接受不了，更何况是这方面的事情。虽然，我自己理智上也认可，她的过去，与我无关。

她也是愚蠢到极点，你那么聪明一个女人，什么事情没有经历过，你随便编一个理由，编一个故事，应付我一下不就得了，你可以说是某次和你男朋友怎样怎样。你也可以冲我发火，怪我怎么能揪着这个事情，这个认识我之前的事情来质问她，怀疑她。

但她没有，她居然好像也觉得自己理亏了。或者，她一直陷入怎么会有这个药的疑问中。或者，她看到我这么难受，觉得因为她的一个不该出现的药破坏了我们这么美好的感情，她也有点愧疚。

关键是我，在我觉得她简直完美的情况下，在我这么在意她的情况下，在我觉得她不是一个随便的人的情况下，却出现了这么一个东西，我的情绪一下子糟糕透了。

我很郁闷，一种无名的郁闷、委屈和怒火。就像是有人玷污了我们的感情，有人玷污了我爱的人，而我却不能发火，而我却不能去责怪他，而我却无处宣泄。

我下楼了，独自难受去吧。

晚上回来，我已经不愿意上床，我自己睡在沙发上。

这是她搬来我住处的第一天，就发生了这样的事情。这是 2009 年的国庆节，大概是 10 月 5 日。自从有了这个事情，我们两个的感情就有了隔阂，我们两个的关系，就进入到一种很奇怪的关系中，既爱对方到死去活来，又开始挑剔和吵架。

当然，或许是我开始各种怀疑她，或者总拿此事数落她，让她难受和自尊心受到伤害，但是，她也觉得有点理亏，所以，会更觉得难受。而且，她是一个特别独立的现代知识女性，当我开始伤害她的时候，她会报复的。

她的聪明才智，现在开始发挥作用了。

她在网上开始查我的过往，并且，很快就在我们的一个校友录里面，查到我大学时候女朋友的事情。但是，她不直接质问我，而是在某天和我吵架的时候，才拿这个事情和我理论。她是记者出身，这点调查，对她来说，不算什么。

可是，我接受不了。

我发现这个药，是无意的。你现在有意去调查我，这性质就不同了。我是发现了药，不开心，不高兴，才开始质疑你的品质的；而你是开始质疑我的品质了，才去背后调查我。

总之，我们两个都太在意对方，都没有恋爱经验，都是第一次谈恋爱。结果，就变成了针尖对麦芒，对着干了。

但是，我们都太爱对方，或者，我们都是彼此最爱的人，所以，虽然也经常吵架，但是，都很快就和好了。我就在想，我们这样有点彼此开始不信任，这样不好。本来我们两个彼此是多么信任对方啊。

为了增加我们的信任，为了摒弃我们的互相质疑，我提出，我们结婚吧。我们结婚了，成为合法夫妻关系了，总不会再互相怀疑了吧。

她也同意了。

就这样，我忙着筹备我们结婚的事。

我户口在深圳，在第一个单位的集体户口上，她户口在老家。因为，我必须自己去原来的公司，借用公司的集体户口本，所以，必须去深圳，所以，我们决定到深圳领结婚证。

为此，我提前订好了我们两个到深圳的机票，也订好了从深圳返回的机票。

我记得，我预订的是一个周四下午到深圳的机票，周五上午去原来单位拿户口本，周五下午，去罗湖区民政局登记，周五晚上，和同学们一起吃个饭，周六和周日，在深圳玩两天，算是度个蜜月，周一下午的飞机返回苏州。

我计划得很美好，并且，在出发之前，提前两三天，也都编辑了一个比较长的比较正式的短信，通知了在深圳的几个大学同学和好朋友。大概内容是，我和妻子 ZW，定于本周五晚上 6 点整，在华强北毛家饭店某个包间，请大家一起吃饭。

结果，在周三的时候，我们两个又闹了个矛盾，我很不开心。

我给小来打了个电话，我还记得这个电话是在玲珑湾小区附近的公交车站附近的树下打的，我很委屈。我是这样说的，我们两个合不来，我们两个总闹矛盾，我总是伤心伤肺的，这日子没法过。我们两个都太强势了，闹起来，谁都不服谁。我们两个肯定没法过一辈子的。我不想离婚，那样对小孩不好。可是，我真的很爱她。她是我人生第一次知道了什么叫爱情。我太爱她了。所以，我愿意为了她，结一次，离一次。我这么爱她，我不想让她只是成为我人生中的一个曾经的女朋友。我要对得起这份爱，这是我人生唯一的一次爱。以后也不会有了，我也不想有了，太折磨人了。我这么爱她，我要她成为我生命中一个特别关系的人。我要让她成为我的前妻。我说完这些话的时候已泪流满面，好像是一个战士举着炸药包舍身为国之前的告别演说，因为，我觉得我就是在举着炸药包炸毁自己人生爱情的堡垒。当然，我自己也是被炸的粉身碎骨。

我是这样说的，也是这样想的，后来，也是这样做的。

我也说不清，这是真爱还是变态。一场为了离婚的结婚。

周四，我们两个飞到了深圳。我提前都定好了酒店，在皇岗村的皇岗国际酒店。周四晚上，我们两个又闹了矛盾，我一生气，离开酒店，走了。把她自己扔在酒店，我去梅林找老杨玩。周五，我也没有搭理她，她也没有搭理我。周五下午三点，我赶紧给所有同学和朋友，发了短信，取消今晚的聚餐。同学们都被搞蒙了，这是个恶作剧式的玩笑呢？还是你真的要结婚了？我都没有回复。我咋回复呀？因为，我也不知道我这是恶作剧呢，还是真要结婚呀。

周六，我们两个还是谁也没有搭理谁。

周日下午，我和老冯在罗湖国贸旁边的金光华楼下坐了会儿，聊了聊这个事。他是已婚人士，我想听听他的意见。我都不记得他说过什么了，因为，别人说的话，我们其实都听不进去。是的，我们大家都是这样的。

这就是西方谚语所说的，这个世界上，从来没有一个耳朵被嘴巴说服过。

我们每个人，听到的都是自己想听的。

我还是爱她，我还是放不下她。

我知道，如果我这次不和她结婚，我这辈子不可能再和她结婚了。我不想错过，来都来了，结吧，大不了再离呗。只要没有孩子，离婚不也是屁大个事吗。

我和老冯分开，马上去找她。

她还在酒店房间。

一个晚上，我们两个几乎又是无眠。我们两个自从国庆节发现那个药之后，经常是一夜无眠。我们又是说了很多话，一会儿哭，一会儿笑，一会儿疯狂地做爱。我们还是决定结婚。

第二天，是周一。我们下午一点多的飞机。如果要结婚，时间非常紧张，因为，户口本在单位，单位搬到龙华去了，在关外，距离较远。我半夜给老杨发了个短信，告诉了他我的决定。因为，我开着他的车。

就这样，我们两个第二天一大早就起床了，开着老杨那个破车北斗星，直奔前工作单位，一大早八点就到了，到人事部要了户口本，就赶紧去罗湖民政局。还好，顺利地领到了结婚证。我飞快地把车开到梅林阁楼下，把车还给老杨，也把户口本给他，让他抽空帮我还给公司。我们两个就打的去机场，并顺利地回到了苏州。

老杨，是我身边唯一见过她的人。

我在机场，给深圳的同学们再发了个短信，我已与 ZW 登记结婚，下次来深圳再请大家吃饭。我估计，大家都被我搞糊涂了，这家伙到底是真的还是假的。

当然，我说的为了离婚而结婚，是希望和她在一起好好爱几年。至少应该是一两年吧，只是我觉得我们两个这样总闹矛盾，暂时还是不要孩子的好。

领了结婚证，我们就是夫妻了。当时，是 11 月初，我计划春节到我们老家举行婚礼，所以，先到她们家，办个简单的仪式，认识一下所有的亲戚朋友。应该是 12 月初，我们两个回她老家。在一个酒店，订了几桌酒席，宴请了关系最亲近的亲戚和朋友。她父母自己住，她一个人住另外一个小区。我和她住在她这边。宴请之前，也和她关系最好的闺蜜，一起吃饭认识了。宴请那天晚上，我不知道为什么，我又不高兴了，而且，是很不高兴。可能是因为，我感觉被忽视了，没有人关注我，在意我，他们都在关注我妻子。或者是因为，我看到她关系密切的男性朋友和她的一点亲密动作，让我又觉得她是一个坏人，一个不正经的女人。我不知道，我现在回想不起来有什么很具体的事情，反正，在婚宴的最后，我们两个又吵架了，她喝酒了，而且，喝得有点多。她好像是看到了我有点不高兴，所以，她也对我很不满意，她觉得，我们大喜的日子，我为什么不高兴，我为什么对她的那些朋友，尤其是男性朋友，那么冷淡。我估计，她的那些男性朋友，在她面前说了我的坏话，让她也不爽，她喝酒，可能是因为，自己心里也委屈吧。或者，他们和她自己，都觉得，嫁给我，委屈了她。觉得她迟迟不结婚，在老家看不上这个看不上那个，跑到外地，嫁了这么一个穷丑矮的小男人。

也许吧，不知道。

也许是我觉得是这样的。

总之，她肯定也是不开心的，我也不高兴。

是的，有时候，两口子就是这样的，因为一个的不高兴，让另外一个也就不高兴了，而另外一个的不高兴，会加剧第一个不高兴人的不高兴，这样彼此加剧着不高兴，最后，就是不欢而散，或者，大吵一顿。

我没有吵，我只是想逃跑。

既然你们都不喜欢我，你们都看不上我，你们觉得彼此好，你们过吧。我多余，我走就是了。就这样，我走了。

我跑回她的住处，收拾了行李，就打的去了火车站，买了一趟马上开的随便到哪里都可以的火车，马上逃离了这里。这个让我伤心的城市。

当天晚上，她打我电话，我不接。她闺蜜打电话给我，劝我一定不能走，赶紧回来。今天是婚宴，按照当地的风俗习惯，明天还要去舅舅家呢。你这样突然走了，怎么给亲戚们解释啊…….

我不知道，我怎么那么委屈，我怎么那么不爽，我怎么那么想逃跑呢。

也许，是因为我太爱她，就怕失去她。怕失去她，就会觉得谁都在勾引她，就觉得她和谁都有一腿。我就会觉得自己是不是配不上她，或者，总觉得我很爱她，她不爱我，或者她不够爱我，或者说，我总觉得她没有我爱她那么爱我。所以，我有点自卑，有点害怕失去。所以，就显得特别敏感和狭隘。

总之，我除了知道我爱她，其他都是不知道怎么回事。总是做错事情，总是控制不住自己的情绪，总是当时很委屈和气愤，事后又觉得有点后悔，觉得自己当时怎么那么过分。

我们都渴望遇到爱情，但是，真正遇到爱情后，我们又不会把握。会把握的，都不是爱情了。

一个人，一旦真正爱上另外一个人后，立马就会觉得对方好的不行不行的，自然，很快就会觉得自己有点配不上对方，然后，开始越来越高看对方，低看自己，从而形成自卑心理，最终导致狭隘。从而使得自己失去理智，失去常识，平常明明能做好的事情，能处理好的人际关系，都做不好，都处理不好。爱一个人，爱到深处，就是失去自我。失去自我之后，也就失去了对方。

这就是爱情的悲剧。

也是爱情的逻辑悖论。

所以，自古以来，从来没有长久的爱情，爱情永远都是短暂的，就是这个道理。

所以，自古以来，伟大的爱情故事，都是悲剧，都是悲惨的结局和不能在一起的种种限制，或者，刚在一起，就被迫要被分开的相思而不可得。

爱情，是轰轰烈烈的，是燃烧了自己也燃烧了别人，最后，都化为灰烬。

爱情，是没有永远在一起的。永远在一起的，要么是刚在一起就死掉了，要么，就是化为婚姻生活的互相折磨，而早已与爱无关。

总之，我是觉得，我完全失去理智了，我失去自我了，我此后做的所有事情，都是对她的伤害，甚至，很多都是有意。我不知道，我哪来那么多怨恨和报复，她从来没有伤害过我呀。

现在回想起来，我真是觉得对不起她。

我做了太多对不起她，伤害她的事情。

在这个世界上，我这一生，唯一对不起的，或者最对不起的，就是她，ZW，一个我唯一爱过的人。

如果，上天要惩罚我，我愿意接受任何的惩罚。

如果，我哪天被雷劈死了，出车祸死了，得癌症死了，我都无怨无悔，我这是对她的一种赎罪，我有罪，我伤害了她。一个我最爱的人，一个也爱我的人。

我一个人跑回苏州，我气不过，我居然把她所有的东西，打包用快递发到她老家去。

但是，我一个人待了不到一周，我就受不了了，我觉得我对不起她，我想她，我爱她，她是我的妻子，我不应该这样对她。

对啊，她是我的妻子啊，我应该爱护她，而不是伤害她。即便她有错，更何况，她没有什么错呀。

所以，我恬不知耻的，又跑去找她了。当然，是向她父母赔礼道歉，向她认错，然后，带着她一起回苏州。

这是 2009 年 12 月底的时候。

当然，我知道，我这次，是把她的心伤透了。因为，以前，我们只是吵架，而这次，我犯的错不是吵架，而是行为，我临阵脱逃，让她在亲友面前丢尽脸面，而她，又是一个自尊心特别强，特别要脸面的一个人。然后，我把她扫地出门，把她的所有行李扔回老家。这两个行为，都不是一个成年男人该干的事。

或者说，任何一个成年人，都不会干出这样过分伤人心的事情，关键的是，我的妻子，她没有做错事情啊，我怎么能这样对她？！

我不知道，我真的不知道。

当时的我，就是在一种失控状态。一种自我无法控制自己情绪和行为的状态中。

所以，我说，我不想再经历爱情了，太折磨人。

我伤害了别人，一个我最爱的人，一个我最不愿意伤害的人，我自己，也很难受。

说实话，在 2009 年 9 月 1 日到 10 月 5 日之间的日子里，她给了我无尽的快乐，一生的快乐。在 10 月 5 日到 12 月 1 日的日子里，我的快乐和痛苦，是喜忧参半，有苦有乐。而之后，从 2009 年 12 月 1 日到 2010 年 2 月 28 日的日子里，我基本上都是在痛苦中度过的。当然，我想她也是这样的。

元旦之后，我们实在是没法再继续我们的婚姻，我们去深圳办了离婚手续。

我们认识两个月结婚，结婚两个月离婚，离婚后还在一起了两个月，总共六个月。

离婚后，虽然我搬走了，但是，我还是经常过来找她。后来，她怀孕了，我陪她去医院做了人流。手术后，我还和她吵架。

总之，我一直在伤害她。

后来，她离开苏州，换了联系方式，我再也联系不到她，我才从此恢复正常，过上了正常人的生活。

我有时候偶尔会想，她现在过得好不好，我当然希望她过得好。

否则，我心里会一直有愧疚。

当然，我没有勇气去再次面对她，我也没有资格再去面对她。

也许，她早已淡忘了那段时间，我希望她已经淡忘了那段时间。

我永远不会忘记那半年，那最好的两个月，那最暗淡的三个月。

我是一个生活上的失败者，我是一个彻底的失败者。

老天让我在最好的年龄最好的时机里遇到了一个我一直渴望的人，而我，没有珍惜她，爱护她，却总是伤害她。

那年，我31岁，无房无车，遇到一个自己最爱的女人，也爱着我的女人，一个愿意嫁给我没有任何要求的女人，而我，最终，却失去了她。

2017年，我快40岁的时候，我又遇到一个绝佳的创业机会，一个完成人生梦想的机会，我却失去了它搞砸了它，伤害了他。

老天待我不薄，甚至可以说，上天对我特别关照，给了我人生两次最好的机会，一次是爱情，一次是事业。

而我，却都搞砸了。

我还能说什么?

我最喜欢车了，我现在也有钱可以买车了。我刚离婚，很难受，刚好可以通过买车来缓解一下我这难受的情绪。2010年1月，我买了人生第一辆车，1.8T手动挡的帕萨特简配版，裸车价好像是18万元多一点。好像也是在南京散心的时候，临时兴起，就在南京买了。所以，是南京牌照。临近春节，我打算开车回老家。但是，我从来没有开过这么远的路程，苏州到陕西老家，1400公里左右。而且，我人生刚买到第一辆车，跑长途心里没底。所以，我打电话给大姐，大姐的儿子，焦哲，初中毕业，没再上学，也没有出来打工，刚好在家闲着没事干。我让他来陪我。我给焦哲买了火车票，来苏州待了两天，就陪我开车回陕西老家过年。这是我人生第一次开长途，还好，我们走得早，错开了春节假期的出行高峰，中间在郑州休息一晚，所以，一路顺利，高速上车也不多。返程回苏州的时候，我其实已经不需要人陪了，刚好舅舅家的表哥要来苏州打工，我就顺道捎上他一起来了。

回到苏州，休息一段时间后，我还是得面对现实生活，继续找结婚的对象。

一直也断断续续总有婚恋网站上认识的女性在联系和约见，但是，都没有特别的感觉或者想法。直到遇见我老婆。

我记得那是 2010 年 4 月的一天下午，我们是在昆山中学旁边的米罗咖啡厅见面的，我先到的，坐在北侧靠窗边的位置。她后到的，我刚见到她，有点不喜欢，她居然带了一个朋友一起来了。这是我约见女性，第一次遇到相亲还带着朋友的。后来，我知道了，这个朋友，是和她一起长大的发小，春霞，她们怕遇到坏人，所以，就陪着一起来了。而且，不仅春霞陪着我老婆和我见面的，春霞的老公汪东，也一起来了。只是，他悄悄地坐在咖啡厅其他地方，我当时没有发现而已。妈呀，我被人设了“埋伏”，我一点都不知道。

春霞和我老婆，在一个村里，而且，两家离得很近，所以，一起上小学初中，一直感情很好。我们两家人，现在也都很好，像亲戚似的，有事情互相照应。春霞汪东两口子人都很好，所以，虽然，是我老婆的发小，我也一直很喜欢和他们两口子相处。他们定居昆山。

我老婆初中专毕业后，去了大连工作。一直到 2009 年前后，来到昆山。来昆山，主要原因，还是因为春霞在昆山，而且，春霞的亲姐姐海霞也在昆山。

当然，我老婆当年去大连，是不是因为大连也有某一个人，或者是去追求某人的，我就不知道了。我也不想知道，她的历史，尤其是感情历史，与我无关。我知道的话，最多满足一点好奇心，而后更多的是不舒服和难受。所以，我从来不问，我也不让她说。我也没有对她说我的历史，我也不让她问。我说实话吧，她肯定不舒服，我说假话吧，我又不喜欢骗人。所以，一直到现在，我老婆也不知道我的感情历史，特别是那次两个月的婚姻史。因为当年全国的民政信息没有联网，所以，我在深圳结婚离婚的信息，其他省份民政局信息里面没有，而且，民政当时好像和公安的信息也没有共享，我的户口信息也显示的是单身。

我老婆来昆山后，春霞的姐姐帮我老婆在昆山下面一个农民工子弟学校，找了一个工作，小学数学老师。我老婆做得很开心，她特别喜欢那份工作，也做得很有成就感。当时，春霞和海霞都结婚了，我老婆的婚事，就成了她们三个的头等大事。当年，我老婆 28 岁，是一个让人着急的单身大龄女性。估计通过身边人，介绍了几个给我老婆，可能各方面原因，也都没有双方满意的。海霞着急了，就帮我老婆在婚恋网站上登记了信息，她在婚恋网站上帮我老婆选相亲对象。我，就是这样被海霞选上的。我记得，我是在世纪佳缘婚恋网站上，收到她给我的来信，也就是说，是她主动联系我的。然后，我们留了彼此的 QQ，这个 QQ 是我老婆的。所以，在约见之前，我在 QQ 上，是和我老婆简单聊过一些的。

虽然，我对她们两个一起坐在我面前，有点不高兴。但是，出于礼貌，我只能把这个相亲应付过去。所以，我那天也没有认真的当回事的和她们聊，就是随心所欲地吹了一会儿。当然，我对我老婆，总体感觉还是挺好的，觉得就是那种贤妻良母好妻子类型的。

过去十年的历史事实证明，我的判断和选择都是正确的。

我们彼此应该对第一次见面，感觉都还好吧。

过了几天，我约她单独吃饭再聊聊。

我老婆那会儿对工作很投入，好为人师，孩子们也喜欢她，所以，每天像打了鸡血似的，充满了激情和斗争，充满了青春的活力和朝气。对于我这样已经筋疲力尽遍体鳞伤的人来说，这是一个能给我温暖和力量的女人。

后来，一个周末，我接她来苏州我的住处看看。并一起过周末。就这样，算是开始正式交往了。

2010 年暑假，我陪她回山东海阳农村老家，见她父母。她父母很热情，家里很干净温馨。她有一个弟弟，小她 7 岁，刚上大学。他们一家人很和睦，很有家庭感。我很喜欢。包括那个农村小院，这样的一家四口，都是刚刚好。我岳父是公办教师，还在地里种植了几亩梨树，是一个话很少，特别勤劳的人。我岳母是农村妇女，但是，很爱干净。他们都是勤劳节俭的农村人，那种典型的有教养懂礼貌品德高尚的山东人。总之，我对他们一家人，整个家庭各个方面，都特别满意。感觉一切都刚刚好。太艰苦的家庭，我有压力，太富有的家庭，我不喜欢。我就喜欢这样门当户对的，好相处。

所以，从她老家回来，就更坚定了我对她的看法，这个女人可以结婚。

她继续上班，我每周日晚上送她到学校，她工作日一直住学校宿舍，条件很简陋，她不觉得，她觉得工作很快乐就够了。每周五下午放学，我再去接她回苏州园区过周末。我们在园区湖东湖畔天城租了一个两室一厅的房子。

到了 2011 年的春节，她陪我去陕西，到我老家看看，也让我爸见一下。

2011 年暑假，我们再去她家。因为，登记婚姻，需要在一方户口所在地。我的户口当时还在深圳市罗湖区，我在那里登记过一次婚姻。所以，我肯定是不能去那里的。刚好，我老婆户口在老家，所以，我们决定去山东老家登记婚姻。2011 年 8 月 18 日，我们在山东省海阳市民政局，登记结婚。在她老家也办了酒席，宴请了所有亲戚。我们算是正式结婚了。

刚好，在 2011 年四五月的时候，她怀孕了。我们本来也是打算这个暑假结婚的，所以，计划不如随缘，既然怀了，就是她了。

在她怀孕之后，在我们领结婚证之前，好像是我爸来苏州，和我们一起住了一小段时间。不知道是我太敏感，还是，我老婆做事确实有点不到位，总之，我觉得我老婆对我爸不够尊重和孝顺。

我特别在意这个。

在我爸来苏州之前，我记得，我专门给她说过，我母亲去世得早，我父亲一个人不容易。我爸当年学习挺好的，读了中学，中学毕业后回到村里，当了几年农民，大队里需要一个会计，从他们这几个读过中学的毕业生里面挑了他，来当这个大队会计。大队会计，是仅次于大队书记和大队长的第三号“人物”。在当年，农业公社“大锅饭”时代，大队和我们现在的行政村，是完全不一样的。当时的大队，其实就是类似现在的企业和工厂，是整个大队 13 个小队 1000 多人的领导机构，需要组织所有村民的劳动和计酬，这就像《平凡的世界》里面刚开始那样，土地都是大队统一的，都没有分到每一户家里，所有都是集体的。所以，当时的大队，就是一个大型企业，每一个小队，就像企业里面的一个车间。后来，改革开放，分田到户，大队才改为行政村，刚开始，工作量也是很大的。村里的书记和村委会主任，换了好几茬，大队会计，一直都是我爸，连续干了20年。所以，我爸虽然生活在农村，其实，一直没有干过什么农活。在我小时候的记忆力，我爸白天大部分时候都不在家，都是“开会去了”。当干部的，就是会多。当时，村里的公章由我爸保管。所以，小时候，也经常有村里的人，来我们家开介绍信之类的事情，需要我爸来办。我妈在的时候，都是我妈里里外外一个人操持这个家。当然，我舅舅和两个表哥经常过来给我们家帮忙。村里也经常有人过来帮忙。我妈去世后，我爸就没有再干村会计了，就只能自己去干农活。你想想，一个几十年没有怎么干过农活的人，哪能吃得了苦。在农村生活过的人都知道，大太阳底下在密不透风的庄稼地里干活，那是一种怎样的体验，辛苦极了。

我妈不在了，我爸不当村干部了，我两个姐姐也都出嫁了，而我还要读高中上大学，都是要花钱的。所以，我们家从此家道中落，一年不如一年。

而我，自从上高中后，基本上平常都不在家，感受不到我爸的难处。他也从来不给我说，他有多难。所以，我一直生活在无忧无虑的“官二代”贵族的幻觉中。

树欲静而风不止，子欲养而亲不在。

人生最大的遗憾，就是你想对父母好的时候，她不在了。

我母亲辛劳一生，没有享一天的福，就因为癌症英年早逝了。我永远也无法尽孝。

现在，只有我父亲一个人。所以，我特别在意这个。

只是，我老婆，她没有经历过这些。虽然，我已经是哽咽着告诉了她我的在意，她还是无法体会和做得更好。或是，她认为，她已经做得很好了，只是，我可能太在意了，所以，还是觉得她做得不好。

所以，有一天晚上，我很生气，我对她说，我可以不要你，我绝对不能不管我爸。你记着，在你和我爸之间，我肯定选我爸。现在是这样，就算将来结婚了，也是这样的！你不要逼我做这样绝情的事情。

是这样的，我太在意这个事。所以，对这个事情很敏感。

每年春节，我都要陪我爸一起过。每年除夕下午，按照我们老家的风俗，我要去我妈的坟地里，把她和其他祖先一起，请回家里，供奉在牌位上，整个家族一起在家过年。大年初一，我起床第一件事，就是在供奉祖先的牌位前，磕三个头。然后，就去我爸的房间，给我爸拜年，磕三个头。从我妈去世之后，我一直都是这样给我爸拜年的。

我不跪天地，不拜鬼神，只给父母磕头。到所有寺庙，我都不烧香磕头。我老婆如果需要，我也很乐意和她一起，给她父母磕头。她父母，我也是当自己的父母一样尊重的。

当然，对于这个仪式，我没有强迫要求我老婆和我一样，她和我一起做，我很开心。她不做，我也不怪她。对于我们家女儿，我是要求的，但是，我老婆有不同想法，我也就不去坚持了。

我老婆和我成长的家庭环境不一样，经历的事情也不同。她是娇生惯养长大的，虽然是农民家庭的孩子，可是，从来没有去地里干过一次农活。我岳父母，太宠爱孩子，特别是对我老婆。所以，搞得我老婆，对父母总是不好。或者，总是表面上很不好。我刚开始，简直无法理解和接受。她居然可以对自己的父母吼叫甚至是训斥，我看到这种情况，很不得一巴掌拍死她。哪有这样当儿女的。而且，是已经长大成人参加工作的儿女，连最基本的礼貌和尊敬都没有吗？问题是，她自己还没有意识到自己这样有多么糟糕，我岳父母可能是已经习惯或者无奈了，但是，我知道，他们心里肯定很伤心。我老婆其实心里特别爱她父母，只是，她被溺爱长大的，只知道对父母索取，从来没有意识到还需要对父母付出。或者说，她不知道该怎样对父母好。

所以，在逐渐经历和感受到她这样的情况后，我不再坚持她对我爸的态度。相对于她对自己父母的态度，我觉得，她对我爸是好多了，至少，起码的尊重是有了。

我的生命是父母给的，我是父母养育长大的。我不尊重他们，这个世界上，还有我值得尊重的人吗？

谁能给我一个不孝顺父母的理由？

其实，中国人，骨子里都是孝顺的。

我知道，我老婆心里特别在意她父母，也特别想对她父母好。只是，她还没有学会怎样对她父母好。就像昨天晚上，我让她给父母打个电话，端午节了，问候一下。我岳母在电话里说，这两天在忙着给梨套袋，天黑了才回家，现在刚把晚饭做上，忙得还没有空吃呢。已经晚上八点多了，忙累了一天，还没有吃饭，电话视频里看到岳母被太阳晒得黑乎乎的脸，让人心疼老人。我知道，老人最想看到的不是我这个女婿，还是她闺女。所以，我把手机递给老婆，让她和妈聊聊，她嘟囔了一句“讨厌她们这样，我一听就烦，累得要死”。其实，她是心里特别心疼父母，不想让父母这么累，所以，她一直反对父母那么辛苦的种植梨树还有玉米花生一大堆东西。但是，父母有自己的想法，一直没有改变。所以，我老婆很生气，有情绪。其实，她这就是心疼父母不想让父母受累但是父母又不听，所以，她生气。

所以，她说话很容易就没有好语气给父母。我就让闺女过去提醒一下，“好好和外婆说话”。打完电话，我对老婆说，如果我们有能力，给父母500万元，让他们看到什么也不干确实都够花一辈子了，他们可能才不会受苦受累的这么干活了。既然咱们没有能力给父母提供这样的物质帮助，那么咱们能不能在精神上给父母一些温暖呢?

经过这些年的磨合，我们都已经适应了。

在怀孕的时候，我们就商量过，给孩子起什么名字。我想叫一个很特别的名字，所以，我最喜欢的是李白。多好啊，一下子就能记住。我老婆不认可，最后，叫李想。而且，我们觉得，男孩女孩，都可以用这个名字。这个名字的寓意，既希望她做一个有理想的人，也是希望她做一个独立思考有自己思想的人。

我们孕检，一直是在苏州母子医院做的。苏州人，生孩子，对母子医院是最信赖的。但是，临近出生，没有床位。我很着急，找了客户帮忙，才有机会过几天后住进去。我老婆胎位不正，只能剖腹产。

动手术的时候，我在手术室外面等候。

一个上午，有很多台手术，都是剖腹产，一个接一个。很多都是一家人四五口等在手术室外。我们家就我一个。第一个手术结束，护士出来，报一下“×× 家属，手术顺利，是个男孩”，只听几个人齐声喊叫“哇啊，男孩，太好了，太好了啊”，那种欢喜的气氛，真是喜庆啊。第二个手术结束，护士出来，报一下“×× 家属，手术顺利，是个男孩”，又听到几个人齐声喝彩“哇啊，男孩啊！太好啦！”。第三个手术结束，护士出来，报一下“孙宴卿家属，手术顺利，是个女孩”，只听我一个人慢吞吞地低声说道“哦”，整个人群，也很安静，过了一小会儿，一个老阿姨过来好心安慰我说“女孩也好呀，男孩女孩都一样”。

好吧，也只能这样了。

嗯，不对呀，你们生了儿子的，怎么不需要说一句“男孩也好呀，男孩女孩都一样”？

哎，算了，本来我们也是有心理准备的。

有一次孕检，医生对我老婆说：“你老公多高？你也不矮呀，孩子腿怎么这么短？”

我老婆出来就责怪我矮，好吧，这个也不怪我啊，我也不想长这么矮啊。

孩子腿短，随我，男孩随妈，女孩随爸，看来是个闺女了。

所以，从那会儿开始，我们两个已经有心理预期了，是个闺女。

我是希望有个儿子的，只是，这种事情，只能听天由命了。我是有点在意，但是，也没有那么在意。

这是 2012 年 2 月 2 日上午十点，李想诞生于苏州母子医院。

岳母和孩子她舅，已经来了。我二姐，一家人都在苏州。也过来帮忙了。

我本来想，都不需要她们，我自己一人就搞定了。

事实证明，二姐来帮忙，太有必要了。

因为，对于一个刚刚出生的小宝宝，我们这些大老爷们，啥也不会。甚至，都不敢用手去碰她，一个看着那样弱小的生命。

我只记刚出生在医院的那两天，我不知所措地走来走去，心里慌慌张张的，感觉很忙乱，但是，又不知道该干啥。然后就觉得腿怎么这么疼，原来，两天时间，我一直没有坐下来过，要么站着，要么走来走去。反正就是坐不住，应该就是那种坐立不安。紧张、兴奋、焦躁、着急、慌张，整个人两天时间就是这种状态。

这是农历大年初十一，我们过了一个生小孩的年。这年，是农历龙年，我们家也是一个小龙女。

很快，当你和孩子建立感情之后，你就完全忘记了男孩女孩的想法了，你只有一种感觉，这个小家伙是我亲生的，就是一种天然的想亲近她保护她爱护她呵护她的本能。

本来的计划，是阿姨负责搞卫生和做饭，我岳母负责伺候月子，我负责打杂。结果，因为是用纸尿裤等方式来照顾孩子，对于我岳母和我来说，都是从头学起，我作为年轻人，自然比岳母学得快。所以，很快，按照我老婆的要求，我们调整了分工：我负责伺候老婆和孩子，我岳母负责做饭，阿姨负责搞卫生。那一个月，我什么都不干，刚好工作上因为刚过完春节，也没有什么事情，专门伺候月子。

当然，伺候月子是非常辛苦的，因为，很多事情，都是必须按点来办的。比如，孩子吃奶，每四小时一次，不分白天和夜晚。随时准备更换拉屎撒尿的纸尿裤，老婆每天两次的热水擦身体，每天晚上给宝宝洗澡，等等。总之，我几乎就是忙一个小时，休息半个小时这样的节奏，不分白天夜晚，一天 24 个小时连轴转。连续 30 天，都是这样过的。那是冬天，家里所有房间都开着空调，室内一直保持在 26 度左右。老婆暂时不能洗澡，每天晚上需要我用很热的水给她擦身体。只有用烫手的热水，把毛巾弄得很热，擦在她身上才舒服。这样搞半个小时，我就会热得满身大汗。老婆总是很动情地说，亲爱的，你辛苦了。

我会半开玩笑地说，我现在伺候你一个月，你将来伺候我一辈子。

孩子一个月大的时候，有几天，不好好吃奶，睡得也没那么踏实。感觉有点不对劲，但是，也没有其他症状。还是不放心，赶紧去儿童医院看看。老婆还没有出月子，一个人在家里休养，我和岳母开车带宝宝去儿童医院。

医生询问了大概情况，听诊器一听，说：“是肺炎，要住院治疗。”

我一听，就蒙了。

肺炎？没有咳嗽啊？一次都没有啊？

医生说，孩子这么小，还不会咳嗽。

我还是不信，我从来没有想过，一次咳嗽都没有会是肺炎。

医生说，你不信，可以再去拍个 X 片，只是，我觉得没有必要。

我说，不行，我还是要拍个片子确诊一下。

片子出来一看，还真是肺炎。

郁闷死了，孩子这么小，我们照顾这么精细，怎么会得肺炎呢？孩子太小，必须交给医院，全托，住院封闭式治疗。就这样，我们办了手续，把孩子交给了医院，医院说，走吧，大概一周后来接回去。

下午回到家里，老婆看到我和岳母空着手回来了，马上急眼了，孩子呢？

我们左思右想，实在不明白，哪里出了问题，孩子一直很健康，怎么会突然得肺炎呢。我们请的临时工，阿姨那几天说她家里有人感冒了，我们怀疑，是不是她带了病菌之类的传染来的。可是，阿姨自己没有感冒啊。为此，我们还让这个阿姨走了。

其实，应该与阿姨没有关系。

直到后来，我才想起来，是我们自己“作”的。

我们太在意了，对孩子的照顾太精细了，或者说，可以把“们”字拿掉，就是我太精细了，我恨不得把全世界最好的东西给她，用最好的照顾方法照顾她。

医生说过，多晒太阳有好处。

我为了多晒太阳，大冬天的，把孩子剥个光溜蛋，放在卧室窗户里面的太阳下面“暴晒”，孩子那么小，基本上都一直处于睡眠状态。你想想，把你放在室内玻璃房下面的太阳底下暴晒，你睡着了，浑身大汗，肯定对身体不好。

问题是，我当时就是这样干的，把自己最心爱的宝贝当成黄豆，像晒大酱一样，在太阳下面那样暴晒。

我现在每次想起来，我就想抽自己一个巴掌！

我怎么能愚蠢到如此地步。

不用医学知识，就算是生活常识都知道，这样很不舒服，很容易感冒。

哎……

人啊，千万不能太在意一个人，一件事。

千万不能！

只要你太在意，一定会失去理智，一定会失去理智和常识地去做一些很愚蠢的事情，一些你是为了她好而伤害了她的事情，一些事后恨不得抽自己大嘴巴子的事情。

太在意，太想要，都是会出事的。

后来，我创业失败，也是因为，太在意。

还好，一个星期，花了五千元钱，宝贝康复出院回家了。

本来老婆的母乳非常好，刚刚够用，不多也不少。因为这一周宝贝不在，有影响，回来之后，母乳就有些跟不上了。鲫鱼汤、小米粥、猪蹄汤，都试过了。只有猪蹄汤最管用，白水煮猪蹄，什么都不放，生姜和盐，都不放。每天三顿猪蹄汤，连续喝了一年，喝得老婆都快疯了。你想想吧，没有盐的猪蹄汤，什么味道。我估计，她当成中药一个味了。

2013年，我嫌手动挡的车开着不方便，尤其是工作忙的时候，一边要讲电话一边还要开车。所以，想换个自动挡的车开。本来，想买个自动挡的帕萨特算了，后来想想，要不按揭一个，搞个稍微好点的。最后，选了奥迪A6。奥迪A6，与同档次的奔驰和宝马相比，还是性价比要高。原来那个车，卖了9万多元。再加了10万元，凑够了首付。奥迪A6 2.0T的最低配自动挡，裸车价格36.5万元，上完牌花了42万元左右。

一天，和汪东春霞两口子一起吃饭，刚好聊到车了，我说，我刚订了一个奥迪A6，过两天提车。春霞开玩笑说，看人家李建军，说换车就换车了。咱们要买个车，都说了多久还没买。我老婆不高兴了，瞪着眼睛质问我："你换车了？奥迪？"

因为，她还不知道。

我们家，大小事情，都是我来办。我老婆只负责带孩子，所以，很多事情，我都是办完之后，告诉她一下。她有时候，就会在春霞她们面前数落我，"我们家里大小事情，人家从来都不事先和我商量，都只是事后通知我"。

嗯，是这样的。

刚结婚不久，我老婆嘟囔，意思是，我嫁给你，你没有房子，我也不嫌弃。可是，咱们孩子要出生了，难道还是不打算买房吗？

我没搭理她。

我不知道为什么，我一直对买房，没有兴趣。当然，主要是因为，我一直都没钱。但是，我就是喜欢车。可能，我对房子，还没有感觉。

我记得那是2011年的夏末，大中午的，天气热，没地方去，我就去附近中海国际售楼处，当吹空调避暑了。这是我第一次进售楼处，进去了，有售楼员把我当看房的，我只能是装成看房的，我不好直接告诉人家是来蹭空调的。

我就装模作样地听售楼员介绍了一下，听着听着，我觉得房价也不贵呀，我应该也买得起的。当天下午两点，刚好赶上小区二期二次开盘，那栋楼，随便选，带装修，每平方米一万元。我觉得性价比也挺好的。就选了一个我喜欢的高楼层，刷卡交了两万元的定金。我喜欢高楼层的房子，但是，顶楼又担心漏水，所以，就选了最高楼层下面的一层。

第二天，我把定金单和楼盘的销售宣传单页，扔给老婆，淡淡地说了一句，我买房了。老婆半天没反应，因为，在我们两个的概念里，我们暂时没有考虑过买房的事。

她看了一下，有点不高兴的嘟囔，这什么房子？哪里的呀？

我知道，她虽然很高兴我买房了，但是，不高兴我没事先和她商量一下，带她一起去看看再决定。

我心想，和你商量？问题是，我昨天下午交钱之前，我也没有打算要买房啊。

看起来，我是很随意地就买了一套房子，其实，在买房这个事情上，我之前是有过一些大的限制性条件设定的。我以前就考虑过这个问题，将来我要是有钱了，要买房子，就两个条件：第一，必须在苏州园区。第二，必须是万科的或者中海的。所以，我当时选这个房子，是有大框架限制的。

现在来看，我的选择非常英明。

苏州，是中国最好的地区之一，园区，是苏州最好的地区，没有之一。

我们小区周边的配套设施，几乎完美。距离不远，就是苏州最大的奥体中心，很适合傍晚去散步和运动。距离不远，有三个市政公园。距离不远，有一个大型商业中心。距离很近，就是地铁一号线，而且，是一个换乘地铁站。靠近园区的“长安街”——现代大道，但是，又不紧临大马路。附近高档写字楼和酒店银行林立，学区是园区第二梯队的，小学和初中连续九年都在这个学校完成。楼下就是公交站，开车出行很快就可以上中环高架路和高速公路。距离工厂较远，没有污染威胁，周边都是成熟小区，紧靠小区不会再有施工的打扰。小区整个地下全部挖空，一个完整的大底板建筑结构，地下全部打通，两层地下室，都是车库。确保建筑结构扎实稳定，永保安全。建筑是“5·12”大地震后设计的，设计和施工应该都不会偷工减料。楼间距很开阔，距离达五六十米。阳台有实心承重连体结构柱，视野开阔，南北通透，房型方正，明亮通风。总之，我们虽然不是豪宅，但是一个很安全很舒服的房子。

2015年夏天，我在崇礼承接工程的时候，垫资缺钱，我都想把房子卖了，想着等赚钱了再买呗。我老婆坚决反对，也就没这么干。要是真这么干了，我就完蛋了。我们小区的房价，在2015年5月的时候，还是一万五千元左右，到了当年年底，就涨到快3万元了，现在，都快5万元一平方米了。

中国这房价呀，害了多少人。

我2001年刚到深圳的时候，深圳的房价，高的一万元左右，中间的五六千元，关外便宜的两三千。现在呢，深圳的房价，刚好是当时的十倍。

贵的十万二十万元，中间的五六万，很便宜的也要两三万元了。但是，这18年，深圳的工资水平，没有涨这么多呀。我记得我们那会刚毕业，找工作，基本上大概是两三千元的居多，四五千元的算是比较高的工资。现在的大学毕业生，到深圳的第一份工作的工资，一般大概是四五千元，高的也就一万元左右，所以，工资水平，18年大概只上涨了不到3倍，可是房价，却上涨了10倍。我在深圳的时候，一个人最常吃的是桂林米粉，我记得2001年，桂林米粉五元钱左右一碗，现在，大概15元左右一碗，也是上涨了三倍左右。深圳2001年的GDP是2000多亿元，2018年是2万多亿元。上涨了十倍。

全国情况，可能也差不多。

这就是现实。

作为上班族，你的收入，上涨一定是最慢的。房价和GDP，是上涨最快的。老板们的收入，也是上涨的最快的。所以，很容易形成富人越来越富，穷人依然是穷人的社会贫富差距拉大的现实。

2012年的春节，我们在苏州生孩子，所以，没有回陕西老家过年。

2013年的春节，我们带着孩子回陕西过年，也顺便，在我老家办个婚礼。

我这个人，朋友很少。在苏州多年，也没有几个朋友，在深圳的朋友，也就一桌，所以，我没有在深圳或者苏州举行婚礼仪式，就是因为没有什么人来参加。老家，有亲戚，所以，还是要办一下酒席的。而且，我觉得，从我母亲去世后，我们家一直都没有什么喜庆的大事，也该办一场热热闹闹的婚礼，让我爸高兴一下。

所以，说实话，在老家这个婚礼，我是为我爸办的。我其实是无所谓的，我老婆更无所谓，她谁都不认识。

我给我爸说，各种形式都要，热闹一点。音响乐队，彩旗拱门，鞭炮横幅录像，各种东西都上。村里当时红白喜事，都是花钱请外面的流动餐车来做，我说，标准高一点，抽烟喝酒的标准，也高一点。比村里其他人家结婚的标准高一点就好，也别太高了，标准太高，咱花不起那么多钱，影响也不好，别惹得村里人眼红嫉妒又该说坏话了。稍微好点就行。我说，你看着张罗吧，我都没意见。

我开着自己的帕萨特，拉着老婆孩子春节前回到老家。婚礼定在大年初四，本来，初六或者初九，是更好的日子。初九太晚了，初六，被村里其他人家已经定了，我们只能选择在初四办了。

没想到的是，宝贝大年初一晚上，感冒发烧了。

我们现在知道孩子发烧，是很常见的病，而且，反复几天，也很正常。只要留意观察，按照医生的嘱咐，及时吃药就好。但是，当时，我们是第一次经历孩子发烧。小家伙一发烧，精神状态不好，浑身软沓沓的，没有力气。吃喝也都不好了。我们很是着急。大年初二，开车一百公里，跑到西安儿童医院，医生说就是普通感冒发烧。给了退烧药和感冒药。我们给孩子吃了退烧药，孩子烧退了，过半天，她又烧了。我们很焦虑和担心，怕这医生误诊了怎么办。

初四婚礼当天，孩子还是发烧不舒服，看着宝贝不舒服，我们两个心里难受得要命，哪还有心情结婚啊。我决定，赶紧应付一下，把婚礼的仪式搞完，就马上收拾行李，去西安儿童医院。

我记得，我们两个连身新衣服都没有准备，就穿着平常冬天穿的旧衣服，从家里大门外面，一起走红地毯，到家里，我们两个走那个红地毯，既没有结婚的喜悦也没有羞涩，只是担心和焦虑，想着赶快结束好去西安。

就这样，我们两个仓促地应付了自己的婚礼，仪式刚结束，我们两口子都没有挨个儿给来参加我们婚礼的亲戚们敬酒，就收拾行李，在众人的注目下，开车去西安了。

后来，我问了我爸，说是我两个姐姐，一起代表我们两口子，挨个给每一桌的亲戚们敬酒的。

哎，我和老婆年轻的时候，肯定想不到，自己的婚礼，会是这样狼狈的一个场面。

当然，到了西安，去儿童医院再检查一下，医生确诊没有什么大事，就是普通感冒发烧。再吃了一天药，小家伙也康复了。

哎，这个小冤家，就是来给我们捣乱的。

2013年国庆节，我们飞到秦皇岛，开着剑锋的“马6”，自驾游去木兰围场。木兰围场，就是现在宣传的塞罕坝林场，自然景观特别好，有草原和林场，有山有水，气候寒冷，国庆节的时候，已经是深深的秋意，漫山遍野都是金黄色，蓝蓝的天，漂亮极了。而且，当时，游客也不多。对于旅游旺季的国庆，是一个非常值得选择的去处。这也是我们家的第一次自驾游。

2014年春节前，勤方的一个同事，向阳，找我出来聊聊。当时，他也住在苏州，但是，负责的区域是南通，他想赚钱，不知道怎么弄，找我聊聊。那两年，我已经由刚开始的卖路灯赚提成，到了后来，卖亮化产品赚差价。经过前几年的努力，勤方在苏州地区，已经是一个被大家都认可的LED路灯品牌，公司上市后，推出了LED全系列照明产品，室内灯具，亮化灯具，景观灯具等等。在客户的支持下，我很快也把勤方品牌，渗透到景观亮化领域。夜景灯光亮化项目，一般都是由业主进行施工招标，灯具电缆等作为主要材料，业主都要在招标文件中，明确限定三个品牌。一般都是行业里面同档次的三个知名品牌，这样才能保证工程的质量和效果。我需要做的工作，就是让业主把我们的品牌，作为招标文件中要求的三个品牌之一，写在招标文件里。这样一来，只要我们的价格比其他两个品牌的价格低一点，我们的产品质量和其他两个品牌差不多，这个项目使用我们的产品就是一个大概率事情。每栋大楼，尤其是公共建筑和商业建筑，都要做灯光亮化。每栋大楼，都是不同的业主单位，所以，要把每一个大楼的业主找到，并进行品牌推广，是一个工作量很大的事情。而且，一般，一个项目，也都是由业主单位里面好几个部门负责定品牌的事情，不是一个人说了就可以的。还有设计单位，也需要做工作。一个人的精力是有限的，所以，我也只是做了苏州园区和市区的部分业主的工作。苏州还有高新区、吴中区、相城区，还有吴江、昆山、常熟、张家港和太仓这么多县级市。因此，我们两个一拍即合。他想留在苏州赚钱，我有现成的经验和模式，只需要在其他区域进行复制和推广就可以了。

说干就干，春节后，我就在园区中央公园东侧的新天翔广场租了100平方米的写字楼做我们的办公室。买了所有的办公桌椅和用品。向阳春节后回来，我带他直接到我们的办公室来看，他说，靠，还真弄啊？我说，多大个事，搞呗。

就这样，我们两个开张做生意了。

小凯听说我们两个已经搞起来了，过来参观，一看，动心了。我说，那就一起干吧，你也加入我们，他说，好。

向阳，是勤方的同事，但是，我们当时并不熟悉，之前基本上没有什么私交。但是，我和他接触了几次，就感觉他不是一个“坏人”，所以，他随口一说，我就答应合伙一起干了。什么是“坏人”，就是那种会做坏别人好事的人，会干那种损害了别人利益还不一定自己得利的人，就是我们常说的“损人不利己”。这种人，是绝对不能合作的。这点非常重要，也是生意上合伙人的底线。

事实证明，选择和向阳合伙，是非常正确的，我对他的判断，也是正确的。他是一个值得信赖的人。

小凯，很年轻，小我9岁。应该是2013年春节前后，新来的华东区领导，想让我在苏州设立一个办事处，我就想，肯定要招一个自己人，于公是同事是下属，于私，将来可以转为员工或者合作伙伴。当年，我很少和行业内的人打交道，所以，认识的人不多。我通过南京一个客户，一个大公司的采购负责人，帮我推荐一个人。我说，你是灯具采购负责人，所有灯具厂家的人，都会来拜访你。你帮我推荐一个合适的人。刘总还真帮我推荐了一个人，她说，觉得这个人不错。这个人，就是小凯。我约了小凯，来苏州园区见面聊聊，在园区人力资源中心对面的水天堂咖啡厅见面的。我见了他，聊了一会儿，就觉得这个人值得信赖。我就把所有目前的状况和下一步的打算，都告诉他了。用他后来的话说，他被吓到了，他觉得我这个人就是傻瓜，怎么第一次见面，就可以把什么事都告诉他呢。

是的，我就是这样一个傻瓜。

遇到我愿意交往的人，我信赖的人，我无话不说，口无遮拦，从不隐瞒，也不保留，坦诚相待。遇到我不愿意搭理的人，不想交往的人，不信赖的人，我是惜字如金，说话严密，绝不外泄任何秘密。

当然，很多事情，现在已经过去很多年了，也没有什么秘密可言了。国家机密还有个保密期限呢，对于我们个人生活和企业的商业机密，我觉得，最多三年，也就没有保密的必要了。

我是一个直率的人，或者说，是一个不喜欢虚伪和绕弯弯的人。

后来，公司政策有变化，又不设立这个办事处了。但是，因为这个契机，我们两个认识了。而且，聊得来，就经常见面聊天吹牛。当然，主要是我吹，小凯听。

小凯，是一个很神奇的人，他是一个非常好的倾听者。我们这个社会，爱吹牛的人，会吹牛的人，太多了，好的倾听者，太少了。而恰巧，我就是那个爱吹牛的人，他是一个很好的倾听者。所以，我们经常见面，在昆山河边的那个咖啡厅聊天。

经过一年的相处，我们已经成了很熟悉和信任的朋友。所以，他看到我和向阳支起摊子要真搞了，也就毫不犹豫地加入了。

我们是这样定的利益分配原则：今年刚起步，肯定是投入多，收入少。所有费用，都由我一个人来垫付，等到有收入后，再扣还给我，然后，大家再按照比例分利润。我们的利润分配比例是这样的：4:3:3，我 4，他们两个都是 3。我自己以前原有的客户和订单，还属于我自己，与他们无关。我们三个在一起之后，开发的所有客户和订单，按照这个比例分配利润。所有事情，大家商量着办。大的原则和框架，就是这样的。

我们愉快地开始做生意了，这是 2014 年年初。

我们的思路是，把苏州地区，包括所有城区和下面的县级市，所有在建工程项目，都跑一遍。先捋一遍，再进行筛选。对于有意向和可能的，我们再作为第二遍，重点跟进。然后，再进行筛选，留下的，就是我们真正的客户和项目，必须全力突破，确保成功一半。

我们的目标客户，就是所有在建工程，所有圈起来的工地，所有的塔吊，就是我们的目标。我们的身份，都是勤方公司的销售人员。那会儿，我和向阳都没有离职。我们做的事情，没有损害公司的利益，我们是自费更卖命地帮公司进行品牌推广和业务销售。在跑的过程中，我们发现，既然卖灯具是卖，搞工程不也是这些客户吗。所以，我们就想，一起连施工搞了算了。要想卖灯和搞施工，就得先拿到设计业务。所以，我们从此，到任何一个工地，就三个业务结合起来，打“组合拳”。设计、灯具、施工，我们都搞。刚好，这之前积累的一点行业朋友，就有用了。

苏州老牌施工一级资质公司的老板，牛总，我认识几年了，也算是打过交道，比较熟悉。值得信任和合作。所以，我们就利用他公司的资质。

苏州最专业的灯光设计公司老板，高总，我也认识几年了。之前也打过交道，比较熟悉，值得信任和合作，所以，设计的活，就交给他来做。

这样，灯具品牌、设计单位、施工单位，我们都有了。我们只需要拿下项目，就可以赚钱了。

在跑的过程中，我们发现，几乎所有的项目上，客户都是男的。我们就想，是不是有一个漂亮的女孩子，会更容易被接受。所以，经朋友介绍，我们找来了漂亮性感的佳佳，来加入到我们的团队中。我们给她6000元的底薪，加提成。给她的名片，是施工一级资质单位的高管。

对于一个项目，小凯，以勤方灯具厂家销售身份，上去了解情况，推荐勤方品牌的灯具。佳佳，以施工单位身份，进去再了解情况，推荐施工单位。向阳，以其他施工单位或者灯具厂家身份，再进去了解情况。这样一来，对于一个项目，我们通过不同的身份，了解来的情况，就比较全面和真实。另外，因为，我们有不同的身份去，就可以互相推荐。对于客户，你作为勤方灯具厂家销售的身份，说你的灯具很好，你的品牌很好，客户，一定是半信半疑的，因为，你这属于王婆卖瓜，自卖自夸。所以，为了强化勤方品牌的效果，我们安排佳佳以施工单位身份去和客户接触的时候，会在合适的语境下，很随意地提一下，勤方，好像上市公司，灯具还可以。这样一来，勤方品牌的好形象，才会在客户心目中树立。同样的，客户在让我们灯具厂家推荐施工单位和设计单位的时候，我们也会把自己合作的施工单位和设计单位推进去。

我来扮演领导，在客户需要的时候，我就扮演成勤方的领导，或者施工单位的领导。我们的角色高低搭配，确保一切在自己的掌控中。

这样一来，我们就形成了一个“包围圈”，一个对客户在亮化方面全方位的“包围圈”，形成了对外的合力。这是在工程业务领域里面，没有关系的情况下，最有效的销售方法。

他们每天出去跑项目，我们每天晚上开会。就当天跑的情况，进行分析和讨论。这种分析讨论，既是对一个项目，大家群策群力，提出下一步的工作思路；也是一种很好的培训，使得每一个人对搞项目的思路和经验，越来越清晰。我还记得小凯说，以前最讨厌开会，现在，他觉得开会挺有意思挺有收获的，都喜欢上开会了。几天不开会，还挺想的。

呵呵，我说，你以前那不是开会，那是列席会议，是被开会。现在，你是参加会议，一起发言讨论，是真正的开会。

就这样，通过半年的努力，我们逐渐有了成效。

一些项目，我们的灯具品牌入围了。一些项目，我们的设计有了参与的机会。一些项目，我们的施工单位入围了，可以参与施工投标。

以前，我们都只是销售灯具，没有参与过设计和施工。现在，通过参与设计和施工，我们积累了很多这方面的经验。虽然，有几个项目，我们志在必得，我们觉得很有把握，但是，由于我们没有真正干过施工，总怕成本控制不住亏钱，所以，我们的施工投标报价，总是偏高。开发商的项目，大部分都是最低价中标，我们就没有一次能投到最低价。对于政府项目，都是公开招投标，很规范。所以，中标就成了蒙概率。我们投了两次，也都没有中标。

跟进和运作一个项目，周期都是很长的。短的半年，长的可以达到两三年。

在 2014 年 11 月的时候，向阳因为生活压力，提出不干了，要退出。我能理解，不怪他。我们一直没有收入，天天在外面跑，开销很大，大半年了，压力是很大。他离开后，去了行业内一个很好的品牌公司上班了。后来，也有机会赚到钱，现在也过得很舒服。

佳佳因为对这个行业不了解，在工作中得不到快乐，所以，也离开了。

最后，就剩下我和小凯。我们两个开会聊了一下，决定还是继续坚持。到 2015 年春节的时候，我们在中央公园旁边高档写字楼里的房租到期了，我们觉得反正又没有客户来办公室，我们完全没有必要租在这么贵的写字楼里，在一个偏僻的地方，就可以了。甚至，在小区里都可以了。我觉得，小区里面，还是气氛不好。既然向阳不参与了，就可以搬到距离我和小凯都相对近一点的地方，小凯定居昆山，每天开车往返我们办公室，近百公里。每天还要到处去跑工地，那一年，小凯确实最辛苦，车子也跑得最多。后来，在青剑湖片区，中新生态科技城后面一个工业园里面，有一个办公楼，专门对外出租。挺便宜的，一百平方米，一个月才两千多元钱。我们就搬过去了。

我们两个也很痛苦，不知道下一步该干吗。

整个苏州地区，所有在建项目，一百多个，都跑到了，有意向的，也都重点跟进了。比较有希望的，还没有到下订单的时候。感觉没事可以干了，有点迷茫和彷徨。放弃吧，有点可惜，而且，也不知道下一步该干啥。继续吧，感觉所有项目最终都要靠关系，我们没有关系，建立关系，机会很小，就算有机会，关系的建立，也不是短期内可以完成的。

就在这个时候，2015 年 4 月底，显峰联系我，说老家张家口有一个灯光项目，问我有没有兴趣一起合作搞一下。我说，可以啊，咱们先了解一下具体情况，如果有利润收款有保证的话，当然可以搞一下。

显峰，是我们大学校友，低我们两届。老家是张家口沽源的，和剑锋是一个高中的。所以，大学的时候，经常来找剑锋玩，我总和剑锋在一起，所以，在大学的时候，大家也都熟悉。毕业之后，就没有联系过。还是前两年，建强在杭州地产公司上班，我去杭州找建强，才遇到他，他刚好也要找建强。显峰毕业后，就来了杭州。一直在消防行业，定居杭州。他老家有个亲戚，顾总，和崇礼县的领导熟悉，听说崇礼有个灯光工程，就找他，他想到了我。经他介绍，我和顾总直接联系上了。

我们虽然还没有真正搞过灯光施工项目，但是，我们已经投标过多个项目，对于项目的运作经验，还是有的。所以，我在电话里给顾总说了，怎么做对我们比较有利，确保我们中标的希望比较大。

但是，我每次说给他的思路和方法，总是执行不了，他总是反馈回来其他的思路和方法，我一听，就知道这是有其他一伙人也在参与和运作。就这样，来来回回无数次。我还记得，那天，刚好我开车从苏州去青岛，我岳母身体不舒服，我们需要回老家带她去青岛的大医院检查一下。这一路上，我和顾总的电话就是没完没了。所以，我记得很清楚。

最终，我看到的招标文件，里面的内容，和我提出的要求，已经面目全非了。完全不是一个东西，所以，我判断，这个顾总，在当地，没有什么靠谱的关系，估计也就是和具体经办人认识。而且，肯定有另外一伙人，真正有关系，在运作这个项目。事后证明，我的判断，基本上是符合实际情况的。

政府公开招标的项目，不论你是谁，什么关系，最终中标，还是要看怎么能够获得高分。也就是说，中标的唯一办法，就是看怎样来满足评分标准的要求。

我们这个项目的评分标准，很规范。看起来一百分，很多项要求，其实，核心指标，就一个，谁的报价最接近平均值，谁就中标。

这是一个比较科学合理的评标理念。

作为政府项目，公开招标，价格，肯定是一个很重要的因素。当然，不能谁价格高让谁中标。老百姓买东西，也都知道，一般不会买最贵的。同样的道理，也不能谁价格最低就让谁中标。老百姓都知道，一分价钱一分货，便宜没好货。价格最低的，一定是最差的。

所以，采用中间价格，算术平均值得分最高，来选择中标单位，是最科学合理的。只是，这里面就有一个漏洞需要防范，那就是，都有谁来参与投标的问题。

如果，投标单位，都是一个人在背后运作的，或者，所有投标单位，都被一个人买通了，那么，这个标，就一定是他来中了。因为，每一个投标报价，都是他说了算，那么，他自然会计算出算术平均值，并安排一个单位的报价，最贴近算术平均值，从而实现中标。外人不了解内幕，看起来很规范，没有问题。

这就是通常所说的“围标”。

这几年，随着反腐的推进，各地政府招标，都通过各种办法，避免了这种情况的发生。现在，像苏州这样很规范的地方，政府招标的项目，基本上就是拼运气了。中标，与实力和关系都无关了，就是看谁的运气好。我们俗称“买彩票”。

当时，作为内地一个小县城的政府项目，一般公司都不会参与去投标。大家根据社会经验，默认为这个项目被人运作了，去了也中标不了。

所以，只有 7 个单位符合报名条件参与这个项目的投标。

当时，在投标之前，显峰和我商量报价方案。我说，这种政府项目，一定是被人运作了，运作人认为他都控死了，所以，肯定是贴着最高限价报的。这样一来，他既能中标，又能使利润最大化。因此，我们的投标报价，也必须贴着最高限价来报。

他不认可，但是，又觉得不懂我们这个行业的事情，就只能听我的了。事后证明，就是因为我的这个经验和认识，我们的报价得分最高，我们中标了。

事后才知道，天津的人，确实一直在运作这个项目，设计都是人家做的。这次来投标，7 家里面，四五家都是人家一伙的。

只是，我们运气好，刚好蒙的报价最贴近平均价，我们中标了。

那没办法，公开招标的项目，谁有关系也没用。都得按照评分标准的规则来。就这样，我们在崇礼中标了一个一千多万元的灯光亮化项目。

5 月底，我和小凯去崇礼，执行我们的中标项目。此时，对于这样一个施工项目，我们两个一无所有。没有施工人员，没有钱，没有来过这个地方，完全都是陌生，没有经验，一切都得从零开始。我们知道，我们没有背景没有关系中标这样一个项目，必须得把活干好。否则，我们肯定拿不到钱。

没有施工人员，我通过老冯，给我介绍了在深圳灯光施工圈子里最专业的一个队伍来，贵州人，干活就是麻利，也特别专业，而且，特别能吃苦。有了这个队伍，我们也多次得到业主单位领导的肯定和表扬。

没有钱，借！我和小凯，把身边能借的不能借的人，都借遍了。只是2015年的夏天，股市火热，很多人，都把钱投入到股市了。事后来看，那会儿炒房的人，都发大财了，炒股的，都亏死了。他们要是把炒股的钱借给我们，回报都要比股市好得多。有利息，还不亏。显峰和我们一起，凑了几百万元，终于可以开工了。搞工程项目，最麻烦就是要垫资。给预付款的项目很少。这个项目，招标文件里面，还写了有预付款，到了我们中标执行的时候，就没有了。还好，我们在照明行业这么多年，认识厂家的人比较多。有厂家朋友的支持，我们的产品有保证。

我们两个天天盯在工地上，当时，张家口和北京，在一起申办2022年的冬奥会，冬奥会雪上项目，基本都在崇礼。所以，崇礼县城，沉浸在一片兴奋和激动中。当年7月31日，国际奥委会公布申办结果。所以，政府要求我们，必须在7月30日之前，完成整个项目，确保顺利亮灯。我们正式进场，已经是6月下旬了。时间紧，任务重。我们只能不惜一切代价地干，人员不够，加人，我们花很大的价钱，从深圳和苏州，调有经验的施工人员来干活。施工高峰期，最多有近百人同时在工地干活。

当然，最后，我们顺利完成了项目。

只是，没想到，收款是一件比完成项目难很多的事情。

我们之前，有心理准备，估计完工给不了多少工程款，但是，春节前应该就给得差不多了。

谁知道，这个工程款，我们一直到2018年春节前，才要完。整整拖了三年。搞工程的人都知道，再赚钱的项目，都经不住拖。拖这么久，本来我们觉得有利润的项目，也被搞得没什么意思了。真是筋疲力尽，无可奈何。其中，太多故事和辛酸，就不说了。不愉快的事情，不愿意记住，也就忘记了。人生，只需要记住美好的事情，就够了。

不论怎样，崇礼，是给了我们美好回忆的地方。崇礼，是一个我们都非常喜欢的地方。崇礼，是一个神奇的地方。这是我们在崇礼做项目，最大的收获。就是，喜欢上了这个地方。

崇礼，距离北京不远，250 公里左右，全程高速公路，再过两年，还会通高铁。也就是，崇礼，并不是一个距离大城市很遥远的地方。这很重要。我去过中国大部分地方，西藏很多地方，青藏高原很多地方，也很美，或者说，比崇礼还美。但是，它距离大城市太远，去一次很不方便。而且，高海拔地区，缺氧，身体不舒服。崇礼，既不遥远，去的话交通也很方便，但是，它是一个和北京完全不同的地方。

崇礼的夏天，一点也不热。中午最高温度，也就是 28 度到 30 度，但是，晚上的最低温度，夏天基本上都是 18 度左右。很少有超过 20 度的。所以，崇礼的夏天，白天晒而不热，晚上更是不热，是凉快，甚至是有点冷。所以，崇礼，绝对是一个非常适合夏天避暑的地方。我在秦皇岛读了 4 年大学，秦皇岛，总说自己是夏都，避暑胜地。我还真是没什么感觉。但是，崇礼，那夏天的感觉，确实太爽了。凉快，没有蚊子。

而且，虽然崇礼距离北京这么近，但是，它一点雾霾都没有。崇礼的蓝天白云，几乎就是青藏高原的感觉，就是西藏的感觉。天空湛蓝湛蓝的，云彩一朵一朵的。它有西藏的蓝天白云，没有一点雾霾，空气质量特别好，而海拔却不高，一千米左右，绝对不会缺氧，没有任何不舒服的感受。真是一个神奇的地方。

崇礼，在北方，却不干燥。崇礼，崇山峻岭，有山有树有水有草，风景美极了。草原天路，我去过很多次，太漂亮了。崇礼，属于蒙古草原到河北平原的过渡山地，草原的俊美，山峰的秀美，丘陵的奇美，都有，而且，经常是在你的视线中交错成画，美不胜收。

冬天，崇礼又是北方的滑雪胜地，所以，冬奥会的滑雪项目，都在崇礼完成。

总之，崇礼的自然景观，天然气候，都太美了。而且，它距离北京那么近。

我太喜欢崇礼的夏天了。

所以，每年夏天，我总是想去崇礼过的。我想念这里的凉爽和美景。简直就是人间天堂，避暑胜地。

工程结束后，我继续待在崇礼完成后续的事项，小凯回苏州了。我们2014年在苏州扫街跑的一个项目，设计我们介绍给老高做的，施工我们投标，居然也中标了。所以，需要安排进场，有很多事情，需要小凯去办。

2015年国庆节前夕，我很久没有见老婆孩子了，所以，安排她们两个还有我爸一起，到北京玩。我们一家人，一起过一个国庆假期。之前，我会安排我爸每年的春天或者秋天，天气最舒服的时候，来苏州待两周。在苏州待久了，他也不愿意，他还是喜欢一个人在老家农村，觉得舒服。刚好，我老婆是那样的一个人，我吵架也解决不了问题，只能随她去吧。

夫妻之间，就是这样的。吵架，从来都解决不了问题，甚至，还会加重问题。吵架，只是夫妻之间沟通和相处的一种方式，就是让彼此把埋怨和不爽发泄出来就好了。

两个人，适不适合走向婚姻，能不能长久的过日子，不是看两个人是否相爱，两个人是否多么喜欢对方。两个人关系好的时候，当然一切都是美好的，谁都会处理这样的关系。两个人关系不好的时候，才是真正检验两个人是否能够长期相处的标准。特别是吵架，两口子是否会过日子，就是看两个人是否会吵架。

什么叫“会”吵架?

就是不记仇地吵架，就是不刨根问底地吵架，就是不把之前所有不愉快事情重复一遍地吵架。就是吵架的时候，不会一个比一个强势的吵架。会吵架的夫妻，都是你凶的厉害，我就不吱声了，让你吼，让你叫，让你喊，你喊够了，累了，这次吵架就结束了。同样的，在我发凶的时候，你就不吱声了，让我吼，让我叫，我喊累了，叫完了，这次吵架就结束了。结束了，今天就谁都不搭理谁，让自己的情绪慢慢平复，自己慢慢地做自己的思想工作，自己慢慢说服自己。最重要的是，第二天，两个人又没事了。该干啥干啥，该说啥说啥。当啥也没有发生，而不会傻乎乎的非要对方道歉或者把昨天没有吵完的道理，再继续理论一番。

这就叫“会”吵架。

吵架，只是一种情绪的宣泄。

吵架，绝对不解决任何问题。

任何家庭问题，都不可能通过吵架得以解决。

所以，我老婆既然没有能力做到让我满意，我就只能放弃和降低自己对她这方面的要求。我会安慰我爸说，她是娇生惯养长大的，她对自己父母都那样，还能对你怎样？我是你儿子，我对你好就够了。你就当没有儿媳妇不就完了吗，反正，她也不至于做什么故意让你受气的事情。她只是不懂事，不会扮演儿媳妇的角色。

另外，为了尽量避免矛盾的发生，反正我爸也不喜欢在苏州待，喜欢待在老家，所以，每次我也就让他来玩半个月，就回去了。

我爸年龄大了，我想，趁他还能玩得动，就让他多玩一些地方。所以，每次他来苏州，我都给他报个旅游团，去外地旅游。或者，让我二姐陪着，一起出去玩玩。我记得，桂林、黄山、杭州、千岛湖、上海、苏州、南京、东北三省加满洲里呼伦贝尔、北京，很多地方，要么我陪他去玩过了，要么安排二姐陪他玩了，要么报旅游团让他去玩过了。

2015年秋天，我也想，给我爸报个旅游团，让他再去哪里玩玩。谁知道，旅行社的人一问年龄，说，老年人，超过65周岁，必须有一个成年人陪同，才可以参加旅游团。所以，我没法把我爸扔给旅行社了，只能和我们一家三口一起玩了。

为了避开国庆节的旅游高峰，我提前安排出行。我让我爸坐飞机，从西安到北京，我也让老婆孩子，从上海坐飞机到北京。我们一家四口，在北京机场集合。

我爸这点比较好，他认识字，年轻时候作为村干部，也经常去县城和西安出差。所以，一个人出门，是完全可以的。不论是坐火车还是飞机，都没问题。而且，我爸也喜欢旅游。每次给他安排旅游，他都怕花我钱，说不去不去，每次他去玩了，回来都很开心。他喜欢就好，老人旅游，花不了多少钱。而且，我爸身体好，走路爬山，都没有问题。

我岳父母就不行了，让他们出来玩，死活就是不同意。我也不知道是舍不得花我们钱，还是真不喜欢。我接岳母来苏州南京和上海玩过一次，还有老婆和小舅子一起，我岳母确实不喜欢。她走路腿疼，也没觉得旅游有啥意思。所以，我多次提出，说也安排岳父母出来旅游，都没有成行过。我老婆也没得办法，说不动他们。

我从张家口开奥迪 A6 到北京机场，接上爸爸和老婆孩子，在北京玩了三四天。我记得当时，北京的酒店住宿价格，还比较正常。汉庭酒店两三百元，国贸附近的嘉里五星级酒店五六百元，天安门附近的贵宾楼景观房间，是一千两百多元。现在，北京酒店的价格，太贵了。也不知道为啥，汉庭都要四五百元，五星级酒店，一千五百元以下的都很少。北京的故宫、天安门、天坛地坛、长城等，一家人都玩了一遍。然后，在国庆节开始的时候，我们到了崇礼，我陪他们在崇礼玩了两天，然后，北上，到内蒙古大草原，然后，西去，到呼和浩特、包头、巴彦淖尔，目的地，额济纳。本次出行，最主要的目的，就是去额济纳看胡杨。很远，但是，不虚此行，很漂亮，刚好赶上胡杨满树的金黄色，漂亮极了。当然，因为是国庆节假期，也因为额济纳县城一年就靠胡杨树叶变黄之后到落叶之前这半个月是旅游季节，所以，房价奇贵。一个西北大漠深处的小县城，三星级宾馆，1200 元一晚，太贵了。没办法。人家一年就靠这几天，能理解。而且，有时候，可能还没有房间。

额济纳向南，路过酒泉卫星发射中心，到了酒泉，然后东去，到了张掖，看丹霞地质公园。然后，走张掖到西宁的 227 国道，一路景色，漂亮极了。而且，有一段路，是在比较高海拔地区，也让家人感受到了高原的魅力。到西宁，然后，途径兰州，到西安。老婆孩子坐飞机回苏州，我爸回老家。我开车继续回崇礼，催工程款。

这是我们一家四口，第一次自驾游，行程大半个中国，一路景色很好，而且，因为我的规划和安排，基本上都错过了国庆节的出行高峰，所到之处，人车都比较少。

家人高兴，我也开心。

很多时候，我们的辛苦和付出，不就是为了让家人快乐吗？

当时，宝贝刚开始上幼儿园。我很久没有和孩子在一起了，那个年龄段的孩子，成长很快，几个月不见，就有很大的变化。在国庆节一路旅游的路上，我发现这个年龄段的孩子，语言学习能力特别强，一首歌，她听一遍，就能记住。我就在想，关于语言的事情，外语。

我这辈子，是吃了太多英语的亏。

我也不知道是自己天生比较笨，语言学习能力比较差，还是因为小时候老家农村英语教学水平有限，或者说，我骨子里头就是排斥这个东西，总觉得，学这破玩意干啥？我们都是中国人，我又不和外国人打交道，学英语干啥玩意？总之，我的英语，一直很差。因为英语差，我放弃了考研。因为英语差，我只能在破民营企业里面找工作。而民营企业的薪资，都不好。外企的薪资，都特别好，尤其是欧美企业。而我因为英语太差，一直没有机会进入外企工作。总之，当我进入社会，当我面临一些选择的机会时，我才发现，英语好，很有用。我吃过亏，受过难。所以，不想让孩子再这样。我知道，语言的学习，最重要的是一个好的语言环境，还有，就是要提早。而三四岁的孩子，正是语音学习能力最强的时候。

所以，我决定，让孩子去上国际幼儿园。

我老婆嘟囔，早都给你说，要上国际幼儿园，你不听，现在想起来了？我让老婆回苏州后，马上找附近的国际幼儿园，尽快安排转学。之前，我们9月，刚入学到附近的一个普通民办幼儿园，一个月一千元钱。因为幼儿园不属于义务教育，所以，政府投资设立的公办幼儿园，很少。所以，大部分家庭，都只能上民办幼儿园。

很快，老婆告诉我，白塘植物园北边的小区里，有一个伊顿国际幼儿园，国际班还有名额，6000 元一个月。班里只有十五六个孩子，一般都是外籍家庭的小孩。老师也都是外籍的。我一听，太好了。老师和同学都是外籍的，这不就是很好的外语环境吗。贵是贵了点，不过，不就三年时间嘛，上。

就这样，经过报名和面试，我们 11 月初进入这个幼儿园。第二年，这个幼儿园的老师，总是不稳定，我们觉得不是很好。就想看看有没有更好一点的国际幼儿园。我让老婆打听一下。

老婆在她那些老娘儿们朋友里面打听了一阵，告诉我，现在咱们这附近最好的，是湖东邻里中心开的新钮顿幼儿园，里面有国内班和国际班。国内班，3000 元一个月，有外教。国际班，学生和老师，都是外籍的，6000 元一个月。

好嘛，就是这个幼儿园了，上国际班。

老婆说，打电话咨询了，人家说招满了。进不去。但是，听说还有一两个名额，需要找关系。

我花钱上学，还要找关系？！

哎，没办法，不爽归不爽，为了小家伙，也只能硬着头皮找关系了。

还好，因为工作原因，我和园区政府部门的一些领导，也算是比较熟悉。因为孩子的事情，求人家帮忙，人家也都乐意帮忙。所以，领导当着我的面，就给园区教育局领导打了电话，教育局领导问了一下大概情况，说让我回去等信。

过了两天，领导给了我一个名字和电话，让我去找这个人。

我就去幼儿园见了这个人，一个女士，是幼儿园的投资方代表。她问了我的大概情况，鉴于我们孩子已经在国际班上学，所以，她觉得问题不大，应该是可以进入她们幼儿园的国际班上学。只是，她说，你还需要和我们幼儿园的园长，当面再聊一下。因为，你们毕竟不是外籍人士，要加入外籍孩子所在的国际班，需要我们园长亲自面试一下的。她建议，你们可以先写一份英文的信给我，我会转给我们幼儿园的园长，然后，他会安排见面时间。

好吧，既然要来，只能按照你们的要求来办了。

我回家，认真构思了一下，用半天时间，写了一页的中文，发给我小舅子，让他帮我翻译成英文。他已经大学毕业，考上了研究生，在南京师范大学读研。我怕他太学生气，所以，我把他翻译后的英文信件，再发给在秦皇岛外企上班的剑锋，让他给润色一下。最后，我才发给了那位女士。

过了两天，那边回信给我。说园长看了我的信，挺满意的，让我们夫妻准备一下，后天下午两点，到园长办公室见面再聊一下。我心想，装什么大尾巴狼，搞得像真的似的。

我赶紧上网，搜了一下，苏州哪里可以提供翻译服务的。找到一家翻译社，我选了一个水平高的价格贵的。1200 元，2 个小时。一个女孩，陪我们夫妻去见园长。到了幼儿园，园长的助理，把我们带到了园长办公室。

我一看，我的妈呀，真高，真胖，一个超人，超级高超级胖的丹麦人。助理向园长介绍了一下，这是 father，这是 mother，园长有点疑惑地看着翻译，他助理介绍说，这位是 translator。

园长马上急眼了，翻译？要翻译干吗？我就是要和孩子的父母直接沟通，看看他们的英语水平怎样？

请翻译出去。

助理告诉我后，我马上蒙圈了。

我赶紧让助理告诉他们园长，我英语水平很差，所以，为了确保沟通顺利，才专门请了翻译。

但是，园长不听，坚持说，要么你们父母直接和我用英文沟通，要么，请回。我绝对不接受翻译。

我靠！

不带这样玩人的。

老子大学毕业 16 年了，从来没有再说过一句英文，现在，估计单词也就只认识一个“KFC”了，而且，一点心理准备都没有，突然让我开口说英文，而且，是对着一个外国人。一个完全不懂中文的外国人。

所以，我们只能选择走了，回家。

太突然了，这什么情况。

我没办法，只能和那个投资方的女士，当面沟通一下。我这才了解到，他们都以为，那封英文邮件，是我自己写的，所以，他们都认为，我英文很好。不仅对孩子的教育理念很好，符合他们幼儿园的理想要求，英语水平也很好，可以满足他们对国际班父母英语的要求。

我去，不是这样的呀！

那个对孩子教育的理念，确实是我自己的。只是，我是写了中文的，让朋友翻译成英文后发给你们的。而且，你们只说幼儿园园长是个外国人，可你们也说他已经来中国十年了，他怎么就一句中文也听不懂呢。

死胖子来中国十年了，可以不用学中文。却可以要求我一个中国人，必须会说外语。这是什么逻辑。

有什么办法，咱现在不是求人家办事吗，只能好好相求了。

我对投资方那位女士说，你看这样吧，我确实是硕士毕业，只是，一直在国内，和中国人打交道，英语都淡忘了。最重要的是，我那天和你们园长见面，一点心理准备都没有。我一直是想着我说什么样的中文，由翻译帮我翻译就可以了。麻烦你和园长好好沟通一下，给我一点时间，让我回去温习一下英语，我再来和他见面聊。一定不带翻译，我亲自聊。

就这样，没办法，为了小家伙，我只能捧起 16 年都没有再看过的英语单词书，背单词。过了半个月，我和老婆再去见园长，简单应付了几句英语，总算是蒙混过关了。我只记得园长说，我们很 nice，我不知道，这是他的真心评价，还是无奈，或者是说反话了。

不管他，反正是给了我们家闺女上国际班的机会。

就这样，我们的中班和大班，都是在新钮顿国际班度过的。她们班有 18 个孩子，只有包括我们家在内的三个孩子，是中国国籍，而且，另外两个中国籍孩子的父母，都是美国留学背景的，实际上，只有我们一个“土老帽”啊。老师，也都是外籍。所以，英文环境，确实很好。

至于说，这样折腾，值不值得。

我觉得都无所谓吧。

我并没有对孩子的未来，抱什么特别的期望，我没有想要她成龙成凤，也没有想过她有多大成就或者考上名校。我和老婆，都是智商不高，情商也不高的普通人。我们的经济情况，也都是普通老百姓家庭。我们凭什么要求，孩子就不是普通人。

所以，我真心没有对孩子有过高的期望，我只是，对她有普通的期望。比如，要是能读个像苏大这样的大学，就挺好的。学一个有门槛的专业，将来，走专业技术人员的职业，对社会有踏踏实实的贡献就好。可别像你爸我这样，学的都是什么狗屁专业，营销啊管理啊什么的，是个人就能干，没有任何专业门槛可言。大学四年都是瞎混。

当然，如果她考不上苏大，读个苏州科技大学这样很普通的大学，也行。如果，她连高中都考不上，初中毕业就不想上学了，那就去读个职业技术学院，学个一技之长的手艺，也行。总之，靠自己，靠工作，能够在社会上自立。我觉得就可以了。

只是说，在幼儿园这个阶段，现在有条件和机会，让她对英语，可以学得稍微轻松一些，好一些，也就是这样的一个初衷了。

2016 年春节，鉴于我们一家四口之前国庆节半个月自驾游的快乐，我决定这个春节，我们继续自驾游，用一个月的时间，在南中国画个圈。我爸坐火车来到苏州，然后，我们一家四口，开车从苏州出发。第一天，到温州，是除夕，第二天，到福州，是大年初一。第三天，到汕头，第四天，到深圳，大年初三。深圳的春节，人很少。我们住在华强北的华强酒店，也不贵。华强北的春节，也是冷清。但是，深圳的春节，并不冷，很暖和。老杨一家也在深圳过年，我们聚了聚。在深圳玩了两天。下一站，电白。然后，海口。在海口，到建华家坐了坐，一起吃了晚饭。下一站，东方。然后，到达三亚。在三亚，住在海边的公寓式酒店，玩了两天。然后，走东线，到海口。这样，我们一路，都避开了高峰。春节几天，我们在深圳，人少车少。到三亚的时候，春节假期结束了，酒店也便宜了。春节假期和工作日，三亚的酒店价格至少相差一倍。咱们穷人，过日子，不就得精打细算嘛。也完成了开自己的车，去海南岛，并完成海南岛环线自驾游。然后，离开海南岛，到湛江，一路向西，住崇左，看了中越边境的德天大瀑布。继续向西，进入云南，到广南、普者黑、石林到昆明。在昆明玩了两天。我老婆和孩子，实在是觉得太累，我几乎每天都在换住宿的城市，老婆感觉我像是跑黑车的，整天就是开呀开呀。她和孩子坐车累死了。其实，所有路线和行程，我都是精心计划过的，基本上就每天只有半天是在路上，平均在车上的时间是四五个小时，留三四个小时逛景区或者散步逛街。基本上做到劳逸结合。当然，因为老婆每天都要收拾行李，到宾馆了收拾半天，走的时候再收拾半天。所以，感觉累死了。另外，她总觉得，一直都在赶路，赶呀赶呀，就不能停下来在一个地方休闲的待几天吗？

好吧，你累了，就回去吧。给她们娘俩买了机票，从昆明回苏州了。

其实，我的行程安排，在深圳、三亚、昆明，都是休闲了两天的。

当然，我是特别喜欢开车，喜欢一直开车在路上的感觉，所以，我不觉得累。我问我爸，你要是累的话，我给你买机票回西安，要是不累的话，咱们继续走。

我爸说，不累。

好，那咱们继续上路。

我们父子俩从昆明出发，路过攀枝花，进去吃了个午饭逛了一圈，看时间还早，我们继续走，到了西昌住下。继续，到成都住下。在成都，我们休整一下，玩了一天。晚上，我和原来成都办的三个兄弟（徐扬、李宇、果果），一起吃了个火锅。十年不见，大家还是那么亲切。我很开心。然后，向东走，到重庆住下。然后，继续东进，路过三峡大坝，去看了看。晚上住宜昌。第二天，到武汉。然后，我让我爸坐火车，回西安了。我一个人继续，到合肥住下，最后，回到苏州。

用了一个月时间，在南中国画了一个圈。

其实，就像我老婆说的，我就像个跑长途车的司机，每天都是赶路啊赶路，也不知道欣赏风景和休息。是的，每一个地方，都很大，都很美，不论是哪一个省，还是哪一个大城市，要好好玩，没有一周时间，都是不够的。而我这样，走马观花，甚至观花都没有，就是每天从这个城市开到下一个城市，图啥呢？

说实话，我也不知道自己图啥呢。

我就是喜欢开车，就是喜欢在不同的地方开车。或者说，我有一个愿望，开车，最好是开自己的车，跑遍中国。当然，跑遍中国的每一寸土地，是不现实的。甚至，跑遍中国每一个县城，都不现实。中国太大了。但是，至少第一步，我开车，跑遍中国每一个省，沿着中国边界的省份，开车走一遍，还是有希望的。所以，我很着急，我每天都在开呀开呀。我知道，我整天这样开车走在高速公路上，和坐高铁去这些地方，其实没什么区别，甚至，坐在高铁上看窗外的风景，比开高速眼睛一直盯着路面，还看得多。但是，我也不知道什么原因，我就是觉得，坐高铁去了某个地方，不算是我去过了。只有，我开着自己的车，去过这个地方了，我才觉得自己去过了。或者说，我有一种动物遗留下来的“占地盘”的古老思维，就像狗一样，到一个地方，撒点尿，表示这个地盘属于我了。我开着车，从这些地上走过，才觉得，这些地方“属于”我了，我来过了。可能，是这样一种有点原始有点变态的想法吧。

总之，我就是想开车走遍中国，走遍中国的每一个省，每一个城市，每一个著名的高山和河流，每一个著名的景区和遗迹。我就是想在中国大地上，我还没有去过的地方，走一走，看一看。我也不知道想看什么，或者为什么要去看看，我就是想去走走看看。我就是觉得，我是一个中国人，中国属于我，我要亲自去看看，它到底长什么模样。

这次自驾游后，我老婆再也不喜欢和我一起自驾游了，因为，她知道，和我自驾游，是遭罪，不是享受。而我爸，中国大部分地方，他也都去过了。所以，剩下我还没有去又特别想去又有些艰苦和危险的省份，西藏和新疆，就可以名正言顺地自己一个人去了。

我们两口子是这样约定的，每年春节，没有什么特别的事情，我们都陪我爸一起过年。每年暑假，我们都回山东，看望我老婆父母。

所以，每年暑假，我们都要去山东海阳，在岳父母家待一阵。有时候一周，有时是两三周。我很喜欢这里，这是一个很好的地方。四季分明，无严寒酷暑，冬天不是很冷，零下五六度吧，夏天不是很热，虽然白天最高温度也三十四五度，可是，晚上，一般都只有二十四五度，很凉快。可能是因为靠近海边的原因吧，这里距离海边，只有十公里左右。丘陵地带，很漂亮。天空湛蓝，空气质量好。晚上可以看漫天繁星。人民也是朴素有礼，朴实热情，各种好吃的也很多。农家小院，特别好。而且，我岳父母和小舅子，人也特别好。

勤劳朴实，简单热情，不多事。

所以，我很喜欢这里。

我经常给我老婆说，等我们老了，也来这里养老。自己种点瓜果蔬菜，想吃什么，直接去地里摘，多好呀。相比来说，我们老家是平原，就没有什么意思了。各方面，都不如我岳父母家。

2016年暑假，我们一家三口，在海阳老家过的。待了几天，我给老婆说，我要去西藏自驾游。就这样，我从青岛飞到成都，从一嗨租车上预订了一辆新款桑塔纳，也不贵，一百多元钱一天。我计划用一个月时间，川藏线进，青藏线出，再在中国大地上画一个圈。

到了成都机场店，办完手续，我提到车，发现已经快到保养周期了。我说，这可不行啊，我出去跑长途，这么久这么远，总不能让我在路上给你们保养吧。他们协调半天，说这款车，今天就只有这一辆了。要不，免费给你升级，换一个小型SUV开吧。我当然开心地说好啊。我当时考虑租这个新款桑塔纳，除了价格便宜以外，也是看中这种车皮实，底盘高，万一路上遇到故障，一般小店应该也都会修。没想到，遇上这么一个事。免费给我升级的，是名爵品牌一个小型SUV，我以前没有留意过，所以，也不知道叫什么名字。好像是1.5T的发动机。

就这样，我出发了。

第一天，到马尔康，因为是高原，天气一下子就凉快了。高海拔的地方，都凉快。海拔越高，气温越底，海拔每升高1000米，气温下降6度左右。这也是为什么，每年一到夏天，我就想去高海拔的地方，凉快呀。夏天有什么比凉快是让人更想要的。中午路过汶川的时候，吃了顿饭。其实，可能距离 5.12 汶川大地震遗址，已经不远了，我当时没有去看。有点遗憾，有机会，我一定要去看一次。

第二天，到色达县城。来这里，纯粹是为了看色达五明佛学院。确实很值得来看看。

第三天，到德格县城。

第四天，到昌都。

这条线，就是川藏北线，317 国道。川藏南线，是平行的另外一条国道 318。选择北线，一是因为车少，二是因为，我之前去稻城亚丁，走过南线一部分了。我为什么喜欢规划成画圈的方式，主要就是为了不走回头路。因为，时间有限，我想先去没有去过的地方走走看看。中国太大了，我想先粗线条地捋一遍，然后，对于特别喜欢的地方，再去慢慢品味。

第五天，住在波密县城。

第六天，住在林芝城里。

在林芝住了两个晚上。主要是为了去看一下雅鲁藏布江大峡谷和南迦巴瓦峰。这也是我本次西藏之行的两大目的地之一，另外一个，就是珠峰大本营。谁知道，运气不好，两个山峰的模样，我都没有看到。特别是这个南迦巴瓦峰，因为云雾遮挡，完全都不知道在哪里。这个山，也是地球上垂直落差最大的山。

到林芝之前的路上，我因为驾驶不慎，撞到一头在马路上散步的猪。去往西藏的道路，自然条件艰苦，所以，都很窄，一般只有双向两车道。这头猪，在马路正中间，那是下午，视线很好，我远远地就看见了。但是，我车速较快，时速应该有 80 公里左右，天天开车，很辛苦，我懒得减速，就想着判断一下，从猪身边快速通过。为了不打扰它的方向，我也没有按喇叭。这时，我看到它头向路右侧转，应该是要往右边去了。所以，我计划从左侧通过。谁知道，就在我快要到它身边的时候，它突然再次转向，又要往左边去，我一下慌了，不知所措，在踩刹车的同时，正面一下子撞到猪身上，并拖着猪向前继续滑行了几米或者十几米。因为我一直狠踩着刹车，所以，车速很快也降下来了，猪很快挣扎着跑了。车子没有完全停下来，我看到猪走了，我就赶紧踩油门，跑掉了。

路边是藏族同胞的村子，我不知道那头猪怎样了，伤得重不重，我担心，万一猪的主人拦住我，要我赔偿咋办？当然，我应该赔偿。但是，万一他狮子大张口，我咋办？所以，我胆小怕事，只能跑掉了。

当然，我之所以记得这么清楚，就是一直良心上感到不安。总觉得对不住那头猪，对不起那头猪的主人。我有错，我忏悔，之后几天都没有吃猪肉。

因为这次碰撞，这个不经撞的破车，出故障了。我只是感觉不好开了，不知道什么问题，到了拉萨 4S 店一检查，才知道，涡轮坏了，拉萨店里没有配件，要等半个月。我靠，我只能花了 3000 多元钱，把这个坏了的车，让物流公司拖回成都一嗨租车店了。

第八天，到达拉萨。

因为我在一嗨有这个未还的租车记录，我不能再在一嗨租车。没办法，我只能找到神州租车，神州租车生意太好，只剩下一辆别克 GL8 的 7 座商务车了，而且，要 800 多元钱一天。没办法，我都到拉萨了，我必须完成到珠峰大本营的计划。所以，只能硬着头皮，花这么贵的价钱，租了一辆 7 座商务车。我一个人，开着去珠峰大本营。到了珠峰大本营，是傍晚，看到一点模糊的珠峰。我不甘心，而且，晚上了，开车不放心，所以，决定在大本营住一晚。

争取明天上午看到珠峰的样子。结果第二天早上，也是云雾缭绕，啥也看不见。听说，为了环保，珠峰大本营现在已经无限期地关闭了。所以，虽然，我人品不好，没有看清珠峰的模样，但是，至少，我到过珠峰大本营，而且，在那里睡过一晚。现在，想去都去不了了。

返回拉萨的时候，路过去看了羊湖，羊卓雍措，真是美极了。所以，我第二年夏天，再次去西藏的时候，又去看了一眼。

以我走遍中国的眼光，中国最美的湖，就是两个，一个是拉萨附近的羊湖，另外一个，就是阿里地区日土县城北边的班公湖。只要有阳光的日子，去看这两个湖，都是美极了。班公湖，一定要上到南边的山坡上去看南部的浅滩的景色，真的是超级美。

2016 年国庆节，为了找人比较少又好玩的地方，我带老婆孩子，去东北玩了半个月。我们直接飞到哈尔滨，从哈尔滨租了一辆丰田凯美瑞，然后，去阿尔山。阿尔山，很有欧洲的感觉，气候和木兰围场还有崇礼差不多。当然，我没有去过欧洲。我一直都没出过国。我也不知为什么。要说就是为了省钱吧，也不完全是，去一周欧洲或者美国，估计两三万元是够了。可是，我就是没有出去过。也不是不想去，尤其是欧洲美国和日本，我是很想去看看的。我不知道，为什么一直没有去。可能是因为没有钱，另外，我总觉得，作为一个中国人，我连自己的国家还没有看完呢。不着急，等把中国都看完了，等我能从苏州开自己的车去欧美了，等有一个很好的翻译陪着我了，我非常愿意去欧美走走看看。除了看他们的自然景观和城市建设，我更想看他们的文明渊源和形成背景，他们文化和文明的特点。我想，再有十年，我闺女应该可以给我扮演这个翻译者的角色了吧。希望如此吧。

在阿尔山玩了两天，然后，经新巴尔虎左旗、新巴尔虎右旗到满洲里。你听听这些名字，多么富有特色。我在地图上，看到这样的地名，看到这样的位置，我就特别想去走走看看。虽然，我去看了，也就是一个内地普通县城的模样，但是，我还是觉得我看了它的模样，我才踏实。从满洲里向东，到呼伦贝尔，然后，向北，经额尔古纳市到根河市住下。根河，是中国最冷的地方，中国最低温度所在地，最低温度记录好像是零下 58 度。我们那会儿是国庆节，当地已经是零下几度了。继续向北，贯穿整个大兴安岭地区，到达中国地理最北端，住在漠河市区，也去北极村吃了顿午饭。然后，顺着中俄两国边界的黑龙江河南岸，向东南，住在呼玛县城。我还记得，在这样一个偏僻的小县城的小饭馆里，遇到的老板娘，居然是刚从苏州打工回老家来的。有时候，世界就是这么小。顺着黑龙江河继续南下，到达黑河市。继续南下，途径北安市，回到哈尔滨。我还记得这个北安市，有一个公园很干净，我们一家三口还在里面散步游玩，并且，对这个小城市的印象很不错。一个干净的城市，就会让人觉得喜欢。

自此，我又在中国最北端，画了一个圈。

这是 2016 年的国庆节，也是我人生最后一次坐飞机。

我也不知道为什么，从那次开始，我就再也不敢坐飞机了。我还记得，我在从上海去哈尔滨的飞机上，就觉得很害怕，就不想再坐飞机了。但是，回来的机票都买好了，而且，是和老婆孩子一起。没办法，我就硬着头皮，再坐了一次。我现在还清晰地记得，我当时从哈尔滨回上海的飞机上，有多么的煎熬和难受。我当时一再告诫自己，以后不论什么原因，坚决不再坐飞机。所以，从此之后，我再没有坐过飞机。这两年，就算是坐十二个小时的动车，或者二十几个小时的普通火车，我也不愿意坐飞机了。就是一种莫名的害怕和恐惧。

当然，也没有什么事情，着急到我必须坐飞机去处理。这可能也是我一直没有出国的原因吧。什么时候，可以开车一路自驾游到欧美了，我会去的。

2016 年春天，小凯在盯着我们新区正和大厦的灯光施工项目，我没有什么事干。一天，建强联系我，让我和他一起去上海考察一个项目。建强 2015 年从招商地产杭州公司高管离职后，一直没有上班，想找合作的项目自己干。曾经干了一段时间的“三恒”项目，就是为住宅地产开发商提供一种科技产品，恒温恒湿恒氧。说实话，这是一个很好的技术和产品。大家都知道，冬天地暖比空调制暖效果好且体感更舒适，同样的，夏天采用水冷技术比空调的制冷效果也更好，体感更舒适。只是，这个技术，有一个障碍，冷凝水。因为，夏天冷的物品，遇到潮湿的空气，会在表面形成冷凝水。所以，这个技术目前一直没有全面铺开。所以，建强在折腾这个项目的同时，也在寻找和考察其他项目。

通常，建强有什么好事，或者说，有什么他觉得好的项目，都会叫上我。要么，让我和他探讨探讨，出出主意，给个意见。要么，就是想让我和他一起干。

我直接到了上海嘉定，与建强会合后，和这个公司的老板进行了座谈。一起去的，还有杭州格家公司的一个高管杨总，和建强一起从杭州过来的。

上海这个公司的名字和这个老板的名字，我都不记得了。我只记得这个老板，和我们年龄相仿，长得有点像徐峥，很帅，很喜庆。来了之后，我才知道是怎么回事。原来，这个老板，和建强通过朋友介绍认识的，想让建强做他们杭州地区的合作伙伴，帮忙拉业务。这个公司的业务模式，叫定制精装。

简单地说，就是提供套餐式的批量装修服务。他们的操作方式是这样的：与开发商合作，在售楼处设立一个形象展台，购房者在买房的时候，也给他们交一笔装修定金，一般是三五千元到一两万元不等，因为购房者给他们交这个装修定金，可以享受额外的购房价格优惠，所以，大部分购房者都会交纳。他们为购房者，提供每平方米一千到两千元不等价位的装修服务。每一个价位，对应不同的套餐。比如，1500 元每平方米价位的套餐，对应的卫浴品牌是科勒，木地板品牌是大自然等等。这样一来，对于他们公司来说，有两个好处，第一，有订单了。一个小区一般在一千套房子左右，一般会有 50% 到 70% 的人选择他们的服务，这样一来，他们一下子就有了 500 套到 700 套房子的装修订单。第二，有钱了。这几百万元的装修定金，平均可以在你手里用一年时间。一般一个小区从开盘到交房，周期都在两年左右。所以，这是一个很好的生意。而且，因为，他们提供的是套餐式产品，所以，设计、施工、供应链，都可以快速形成规模效应。我们一听，就大概明白了。这种生意太轻松了，搞定一个楼盘，就啥都有了。可是，对于开发商，为啥要让你在他的楼盘做这个事情呢？

这就是这个业务模式的核心所在，或者叫门槛，你得有开发商资源。

这行得通吗？

我们担心。

当然行得通！我们已经成功运作了一个项目，目前已经在装修施工了。而且，我们直接收的是 2 万元的定金，一千套房子，都交了，2000 万元到手了。现在，苏州的项目，也正在收钱呀。

靠！还真行得通，还有这么好的事情。这赚钱，也太容易了。

我们再一打听，原来，这个老板，就是上海那个项目开发商的营销总监，他自己管的项目，他左手倒右手，为自己创业铺垫好了第一步。2000 万元定金到手，1000 套房子订单到位，每套房子装修金额 20 万元，2 亿元的营业额有了。

我们一看，太振奋了。

这种赚钱方式，这种生意模式，真聪明啊！

建强从杭州带来一起考察的，格家公司，是专门提供套餐式服务的互联网家装公司。提供从 1500 元到 2500 元每平方米不等价位的装修套餐，而且，是全装，包括硬装和软装，达到拎包入住标准的装修服务。

建强在房地产行业很多年，在行业里面的人脉资源，还是有一些的。我们就在想，这个业务模式的核心，是得有房地产圈子里的人脉资源，既然如此，我们也就没必要帮他拉业务了，我们自己搞得了。

建强找到客户资源，用上海这家伙现成的业务模式，由格家提供装修服务，我们直接安排人在售楼处收钱，不就完了嘛。

我们一聊，这个想法好。

真是太好了，简直就是完美！

白手起家，空手套白狼，而且，搞定一个楼盘，就可以赚几百万元。

格家的老杨，是河北人，和建强是老乡。我说，你们两个一起合作搞吧，建强有客户资源，杨总有装修资源，多好。我就不参与了，我两方面的资源都没有，帮不上什么忙。

知道有这么个好事，我还是很兴奋的。

一天，我和小来通电话，也把这个好事分享给她了。

小来，在深圳谈了个男朋友，好像是她上电大的同学，广东普宁人。后来，他们两个结婚，我也见过一面。我觉得这个男的挺好的，长得高高帅帅，白白净净，做会计，踏踏实实的，也没有什么想法。挺适合过日子的。只是，不知道为啥，他们两个就是合不来。结婚之前，就闹得厉害，不知道后来，为啥还是结婚了。结婚后，小来就跟着她老公，回了普宁。在普宁，居然找到一个房地产公司做策划的工作。我刚开始知道这个消息的时候，都笑死了。我说，你？在房地产公司做策划？

在我的印象里，小来就是一个山东农村大妞，没学历、没文化、没脑子，居然可以去那么高大上的房地产公司上班，而且干的是策划这样需要脑子的工作。所以，我太吃惊了。我估计是她领导眼瞎了，过几天就发现选错人了。没想到，她还干得挺好，一直干到离婚离开普宁，都在这个当地最大的项目的开发商企业上班。

离婚后，她带着女儿，回老家，定居临沂。

路过的时候，还来苏州看了我。

我和小来，就是纯粹的友谊，一直从来都没有男女之间的事情。所以，我就告诉老婆，有这么一个关系特别的好朋友，路过来苏州，大家一起聚聚，也算是两个家庭的友谊，像是亲戚那样的感觉。

第一天还好，第二天，我老婆当面发飙了。反正就是很不爽那种，我知道，她还是不相信，我们两个之间是纯友谊。

我能说什么呢，我只能说，你不信，就算了。

我骂道："你个猪脑子，你稍微有点脑子，就能想明白这个道理。如果我和小来有什么不正当的关系，我会让她来苏州吗？就算她来苏州，我也可以不告诉你呀！”

但是，没用！

我老婆就是认定了小来和我有什么。

后来，我说急眼了，我老婆说：“就算你们两个没有什么，就算你对小来没有什么，她对你，肯定是有的。我是女人，我能感受得到，她看你的眼神就不对！”

好吧，随你怎么说吧。反正，我和小来，过去什么都没有，现在也没有，将来也不会有。我们就是人与人之间的纯友谊，无话不说的纯朋友，她不把我当男的，我不把她当女的。

老杨有一次看到小来照片，说长得和他最爱的那个青岛女人挺像的，我说，你喜欢呀？好吧，我就把小来微信和手机号码给老杨了，他们两个也是微信好友了。

我和小来，不仅是男女之间的性关系从来没有，连男女之间的暧昧，都没有，就是纯粹的同性友情。她回临沂后，在一个电缆厂上班，后来，辞职，赋闲在家。

我说，刚好，你不是没事干吗，你不是在临沂也有一些亲戚和朋友，可以找到一点房地产圈子里的人脉资源吗，有这么一个好事，几乎不用投资，空手套白狼。我就把这个天大的好消息，分享给她了。

她一听，也觉得非常好。但是，她一个人，不敢干，也干不了。所以，要我和她一起干。

我说，我什么都帮不到你啊。

她说，这么大个事，我自己肯定干不了，需要你这样的人来领导着，才敢干，要不然，我肯定不干。而且，这个事情，你最清楚，我只是听你这么一说，不清楚细节啊。

总之，她有一堆理由，要我一起干。

我呢，不是被她的理由说服了，是自己内心深处痒痒，看到这么好个事，想干，又没有资源，没法启动。建强那边，不需要我。既然小来这边，这么诚心诚意的想让我参与，我就答应了。咱们一起干。

第二天，我和小凯说了这个想法。我说，这个事情，咱们都是外行，行不行得通，咱们边调研边研究吧，反正，也不需要投入什么资金。

小凯也答应了。

我们就目前知道的信息，进行了梳理，形成这样的思路：

基于杭州格家公司，目前可以提供全屋装修的方案，并能够在VR眼镜上呈现。我们就把这个东西，作为对开发商进行洽谈合作的手段。也就是说，开发商卖住宅，都是卖期房。房子还没有建起来，就开盘进行销售。这个时候，在售楼处，除了小区楼盘的沙盘和户型，还需要样板房。但是，样板房，是一个投资很大的设施，不是每个售楼处都有的。所以，如果，我们可以提供这样一个通过使用VR眼镜就能有样板房一样体验的东西，开发商当然喜欢了。

因此，我们的计划是这样的：

杭州格家公司，是一个有雄厚实力的创新创业公司，在全屋装修套餐化领域已经做得非常成功，并想在线上，形成该领域的龙头互联网企业。正处于蓬勃发展的扩张阶段。目前，正在寻找各地的合作伙伴，通过在各地建立线下体验店和旗舰店的方式，来扩张线上的业务。所以，我们可以争取到格家在山东的代理权，或者，至少是临沂的代理商。这样，我们就可以利用他们免费提供的 VR 方案，去和开发商谈合作。

有了格家这样的供应商资源，我们就可以通过小来在本地的人脉资源，去和开发商谈合作，我们免费提供你们楼盘所有主力户型的装修方案的 VR 呈现技术，你们要提供对等的合作条件，以便我们为你们的业主提供全屋装修方案，咱们双方达成战略合作关系。我们的想法，就是先想办法深入到楼盘售楼处，设立展台，然后，再继续深度做商务关系，绑定个人利益，实现购房者也必须在我们这里交装修定金的最终目的。

这就是我们的思路，空手套白狼，用格家的方案，去套售楼处收定金的机会。

这是 2016 年的 5 月，当时，VR，就像是每一年都有一个流行的技术一样，人人都知道，人人都不明白，所以，是一个很好的噱头，一个与人谈合作的香饽饽。

我们想，有这样的香饽饽在手，有合理的说辞和合作契机，如果，再有一点人脉资源和关系，不敢说一定会搞定，但是，洽谈的机会，总是会有的。

反正，又不需要什么太大资金的投入，多大个事，那就干呗。

第一步，我们需要先对格家的情况熟悉一下。让小来到苏州，我们三个开车，一起去杭州，市民中心大厦，到格家公司总部，进行考察学习。因为有杨总的帮忙和寇总的关照，我们的考察学习，一切顺利。也拿到了格家提供的名片，我们自己再花钱，印刷了名片，这样，我们三个，就以格家市场推广人员的身份，高低搭配，形成团队，杀向山东。

当我向老婆说明了我们正在从事的伟大事业后，我老婆生气极了。小来那次来苏州，她就不爽极了，和我闹矛盾。现在我居然要和小来一起合伙做事情，而且，要长期跑山东，要住到临沂去。她太不爽了，她不同意。

我只能再做思想工作，再次明确，我和小来，仅仅是非常好的朋友关系。我去山东的日子，愿意接受她随时的查岗和监督。可以随时打电话给我，随时微信视频查岗，不论白天还是晚上，我绝对没有意见并虚心接受监督抽查。

我老婆没办法，看到我这么激动地想做这个事情，就只能答应了。

我有一个伟大的老婆！

真的，我老婆特别好。我经常给身边关系好的朋友说，我老婆真好，什么都能支持我，包容我。这个世界上，也就我老婆这个女人，可以这样无底线地包容我，支持我，跟着我，让我全身心地去闯荡，让我无后顾之忧地去漂泊。我创业的时候，我做事的时候，我努力工作的时候，我得意成功的时候，她是最开心的那个人；我失败的时候，我失落的时候，我痛苦的时候，我受挫的时候，我迷茫彷徨的时候，她是那个最关心和心疼我的人。不论我要做什么事情，她都是支持我，哪怕是她不认可的事情，她也依然支持我。就算我心情不好，或者不知道该做什么，整天懒散着闲待着什么也不做，她还是支持我，不管我，让我随性而为。所以，我很幸运，我很幸福，我有这样伟大的一个女人做妻子。

所以，每每一想到我老婆，一想到我做了那么多坏事，上天还安排这样一个好女人给我当妻子，我就会满怀感恩，总觉得老天对我太厚爱。

我也不知道，我何德何能，会遇到这样的好老婆。

亲爱的，都是我不好，这辈子给不了你幸福，只能下辈子有机会再报答你吧。

我还清楚地记得，那会儿，我们住在玲珑湾临时租住的地方。我们的房子在重新铺地板。

这个事情，也是奇葩了。

应该是春节前，那一年苏州的冬天，特别冷，应该有零下五六度。我们晚上睡觉，怕冷，所以，都是把家里所有门窗关着的，包括客厅阳台上的门，卧室的门，都关着，卧室空调开着睡觉的。

我还记得，那是一个周末。

我们一家人，都有周末睡懒觉的习惯，所以，醒来的时候，已经是上午十点多了。我从床上下来，要穿鞋的时候，发现卧室地板上怎么都是水啊？不是一点水，而是，几厘米深的明晃晃的水，我的拖鞋，都飘起来了。

我蒙圈了。

无法想象，这是怎么回事。人生从来没有这样的经历，一觉起来，卧室里面都是水，感觉自己在湖面上一样。

真吓人。

我赶紧打开卧室的门，去客厅，妈呀，整个客厅也都是一层水，五六厘米深，走路哗哗的水声。这怎么回事？水是从哪里来的？我好像听到了哗哗的流水声音，不在卫生间，也不在厨房，我仔细一听，在阳台上？

我打开客厅阳台之间的推拉门，我的妈呀，阳台上洗衣机上面的手龙头，哗哗的在流水。我赶紧把水龙头关了。

我一看，整个阳台，水最深，有十几厘米，然后，整个客厅、厨房、餐厅、卫生间、两个卧室，都是一层水。我的妈呀，这可咋整啊？家里都是木地板啊。

顾不了那么多，先排水吧。赶紧把水排完，拖了地，再查看，到底是怎么回事，为什么会这样？

原来，因为天气太冷，阳台上的温度和室外温度几乎一样，零下四五度，所以，水结成冰了。水结冰后体积变大，而洗衣机上面专用的这个水龙头的结构复杂，在与洗衣机进水管连接部位的金属管壁厚太薄，所以，被体积变大的冰块撑裂了。而我们大部分人，一般都是把洗衣机上面进水管的自来水龙头打开的，为常开状态。所以，水龙头就哗哗地流了不知道多久。看样子，至少半天了。

这种事情，能怪谁呢?

当然，首先，是天气恶劣的原因。其次，自己没有考虑周全，极端天气，应该把室外的水龙头关闭。还有，开发商提供的这个水龙头，质量太差。加之，阳台上唯一的下水口，被我们用洗衣机的排水管塞得严严实实，整个阳台，没有排水口了。

所以，谁也怪不了，只能自己增加点生活经验和教训，以后极端天气，仔细检查家里一切安全隐患就是了。

但是，有一个事情，很麻烦，我不想面对，又好像躲不过。那就是，泡了半天的木地板，怎么办?等等再看。

过了几天，好像木地板都干了，也没什么事。

但是，我们担心，地面积水这么深，水肯定已经渗透到地板下面了。地板下面的水，有没有，有多少，如果多的话，这样严实，应该是不好干的。

就这样纠结着，担心着，反正，不愿意面对。

因为，如果地板下面也有积水，那么，就得更换木地板，那将是一个很浩大的工程，我真不愿意折腾。我老婆也懒得折腾，装修搬家，是一件太累人的事情。

所以，我们一直拖着，装傻。

生活中，有些事情，你拖着，躲着，回避着，不去面对它，当它不存在或者没有发生，也就过去了。可是，有些事情，你是躲不开的。

春节后，我们从南中国自驾游一圈回到家里，发现地板缝隙还是湿的，而且，随着春天的到来，天气转暖，家里开始有一股淡淡的发霉的味道。

实在是没办法，只能面对吧。

一个太阳大好的周末，我们让物业安排人来，撬开一块地板，我的妈呀，地板下面，不是湿的，而是一摊明晃晃的积水，看来，只能换地板了。没办法，只能搬家了。家里除了厨房、卫生间和阳台，都是木地板。所以，必须把木地板上面的所有物品搬走。我们只能临时去别的小区，住一个月了。

真是折腾人。

很快，小来那边有了消息。一个中型房地产开发商济南公司的总经理，小来联系后，对方愿意见面洽谈一下。我们很开心，这是一个很大的小区，2000 多套房子。而且，这个楼盘，也没有样板间，刚好需要这样东西。我们三个到济南，下午和这个楼盘负责营销方面的人员进行了沟通，晚上，对方领导，要留我们一起吃饭聊。我们只能应允了。按理说，我们应该主动想着请对方喝酒吃饭，应酬一下，然后促进商务洽谈的进展。可惜的是，我和小凯，都不喜欢喝酒，酒量不行，所以，也就不敢主动提应酬的事，而且，这是在山东。

既然对方作为客户，又是开发商一把手领导，邀请我们吃饭，我们当然要尽力了。结果就是，虽然一再婉拒，我们两个还是喝多了。

这是我人生第二次喝醉酒，也是我人生第二次喝白酒，我想，这应该也是我人生最后一次喝醉酒了。

我第一次喝酒，是上大学后。大一国庆节后，我们宿舍老大过生日，大家都把食堂打的饭菜端到宿舍，买了白酒。我记得是那种 2 两的玻璃杯装的，开了盖子，直接一人一杯。我之前从来没有喝过酒，在我的认识里，喝酒是大人才做的事。我对酒的认识，还停留在影视剧里面的场景，就是要豪爽，端起酒杯直接干的那样才叫喝酒。所以，很快，我就失去知觉了。我不记得喝了多少，好像是 2 两或者再多一点，反正，我是第二天下午才醒过来的。我们宿舍 8 个人，倒了 5 个，没倒的那 3 个，都是喝过酒的，有经验。我醒来，还笑话说别人都吐了，我都没有吐。他们告诉我，我更吓人，别人还有知觉，要吐的话，都知道侧一下身，我吐都不动，直接喷。哦，这样啊。我不知道，没感觉，不记得了。反正，我只记得，我身上起了红疙瘩，整个人，难受了一个星期都不想吃饭。

真是无知者无畏啊。

真是认知决定了人生。

可不能相信影视剧里面的画面，那不能当真，否则，真是要人命啊。

从此，我再也不喝白酒了。啤酒，也就是一瓶的样子。红酒，是工作之后，才接触的，也就是一杯的量。总之，之后，基本上没有喝醉过，或者，喝啤酒多一点，也就还好，吐一下，也就算了。白酒，从此再没有喝过。

这次，在济南，我不知道为什么，我又喝了白酒。当然，不能怪客户。这个世界上，你真不愿意喝酒，没有人能把你怎样。如果真遇上没素质的人，非要你喝，你扔下筷子直接离开饭桌就是了。绝对没有人会拿着酒追出去还让你喝。所以，很多人，喝多了怪别人劝酒，那都是扯淡的！

我还记得去年在贵州，在一个县长的饭局上，那个县长应该和我身体属于一类，不大能接受白酒，在之前的饭局上，已经喝了一点，在我们这个饭局上，再喝了一点，有点不舒服。饭后，他70多岁的老母亲，看着他，心疼地一直说，喝不了，就不要喝嘛。

旁边的亲友，都说，哎，谁都不愿意喝酒，没办法嘛。

我就看不惯这些人的虚伪！

什么叫没办法？没有人用枪逼着你喝酒，没有一顿酒不喝就会要你命的！我就调侃说，你儿子，这不还是想进步嘛，想当更大的官，想让别人都认可他，怕不喝酒得罪人嘛。我接着说，你不想喝酒，还不容易。下次你的上级领导来了，市里的领导，省里的领导，你都不喝，省长敬你酒，你也不喝。看以后谁还会“逼”你喝酒。

所以，我觉得，那些所谓不愿意喝酒还总喝酒甚至经常喝多了的人，其实，骨子里头，还是他自己想喝。所谓的没的办法，只是借口而已。

我这次喝酒，就不是因为客户热情好客劝酒，而是，我想着这2000套房子，每套收5000元的装修定金，就是1000万元。我们的计划刚开始，就遇上这么好个机会，我兴奋。而且，快二十年都没有喝醉酒了，也想喝醉一次。所以，借着客户的白酒，就着我的梦想，我醉了。当然，实际上，我也没有喝多少，估计也就二三两吧。

但是，还是太难受了，在回宾馆的出租车上，我和小凯还在吐。我对小凯说，下次就是市长请我喝酒，我都不喝了，就是和老子谈十亿元的生意，老子也不喝了。嗯，是的。白酒喝多了，太难受了。我身体受不了。

所以，自此再也没有喝白酒。人生，也就喝了那两次，还都是破坏性试验。

然后，我们三个去临沂，继续和小来找的人，沟通洽谈合作机会。

当时，我们三个商议的合作关系，是这样的：股份比例，4：3：3，小来占 40%，我和小凯都占 30%，因为，这个事情，成不成，主要看前期能不能找到房地产开发商的资源。这个就要靠小来在当地的人脉了，所以，她的占比最多。我来当老大，因为，我喜欢当老大，我当老大，他们两个也都没有意见。反正，重要的事情，还是三个人一起商量着办。

在临沂待了一阵，进展不大。

小凯提出，他不想参与了。他的理由是，这个事情，他感觉自己的作用不是很大，而且，要长期离开昆山，待在临沂，他生活上也有点不愿意。其实，我知道，这只是表面原因，还有更重要的原因，就是，他不认可这个事情。他觉得不靠谱，我们啥也没有，又不是这个行业的人，肯定搞不成。虽然我很舍不得他的离开，但是，这种事情，也勉强不得，只能尊重他的意见。

小凯，是一个很踏实的人。凡是和他接触过的人，都喜欢他，信任他。他自己回到昆山，通过深圳阿福的帮助，把阿福在深圳的业务，复制到昆山，一种给塑胶模具脱模的技术和服务，很细分领域的一种专业服务。后来，通过他半年的陌生拜访和市场开拓，就走上了正轨，目前，他这个业务，一年也可以赚大几十万到百八十万元。一个人，舒舒服服，自由自在，过得挺好。他就是这样一个踏实能干的人，做什么事情，都能做成。

小凯走后，我和小来继续在临沂努力着。我们和当地几个楼盘，也进行了接触洽谈，但是，还没有形成一个可以完全落地的项目。

到了 9 月，经过几个月的折腾，我看不到一点希望。决定放弃了。当时，我们在临沂市政府旁边的高档写字楼里租了办公室，我还在当地租了房子。本来是想大干一番事业的，只是，我们两个的能力和资源不够，无法实施。所以，只能心有不甘垂头丧气地准备回苏州了。

这时，建强联系我，在得知我的情况后，极力邀请我和他一起，继续干。并且说，他这边已经洽谈成功了一个项目，已经完全可以落地了。

我一听，好啊，刚好我正不甘心就这样放弃这个事情呢。他说，你别回苏州了，直接来南京吧，咱们得碰面好好梳理一下，而且，马上就要去 XT 和开发商洽谈了。

我到了南京，和他好好聊了一下。

他比我们进展得好很多。他已经摆脱了格家这个供应商的局限，自己注册了公司，直接使用自己这个公司来对外洽谈和承接业务。而且，他认识的一个朋友，是这个地产公司 XT 项目的总经理，刚好有这方面的需求，他已经和这个项目对接过几次了，已经沟通得差不多了。这次就是开发商准备安排所有相关人员一起参与，召开一次比较正式的会议，双方协商一下，具体怎么来落实这个事情。

他自己已经通过多方资源，找了南京和苏州的合作方，来提供不同的解决方案，确保可以执行后面的装修业务。这次会议，他也邀请了苏州和南京的合作方，一起参加。他说，这次会议非常重要，我们两个人的角色分工，我扮演运营方面的负责人，他扮演总负责人。就这样，我刚从临沂到南京，就被他拉去参加重要会议了。

我不担心应对不了，毕竟我和小来在临沂折腾了几个月，也是从各个方面在考虑和筹划这个事情，所以，对这个业务模式所要涉及的方方面面，心中还是有数的。

第二天，我陪他从南京到了 XT，第一次看到这个项目的情况。

这是一个非常好的项目，很大，总规划是分五期开发，每期大概一千套规模。整个楼盘，在 XT 当地是一个有影响力的重要项目，这个地产公司，也是一个处于上升期的中型开发商，当时的年销售额四五百亿规模，现在，好像也是千亿规模了。主要是在二三线城市开发住宅。当时，这个项目一期已经售完，二期接近尾声，三期即将启动。XT，虽然是一个县级市，但是，房价和临沂差不多，七八千到一万元左右，各方面的消费水平，还是比临沂要高一些。

苏州的合作方，来了四五个人，加上我们从南京过去的三个人，合成一个七八个人的商务洽谈团队，看起来，也是很像样子的。

在售楼部二楼会议室，开发商在这个项目上各个相关部门的负责人，总经理和各个副总，全部都参加了。

没想到，这是一个充满火药味的合作洽谈会议。

开发商的人员，从自己的角度，提出了很多担心和顾虑。从我的感觉就是，开发商的很多人，觉得这个事情，风险一大堆，问题一大堆，担心一大堆，所以，他们觉得没必要搞这个事情。而我们去参加会议的所有人，建强传递的信息是，这个事情，已经和开发商达成了合作意向，这次会议，就是去沟通一下，具体怎样落地执行。

开发商的人员，想通过这个会议，来确定这个事情，要不要搞，我们的人，以为去参加这个会议，是探讨怎么搞。

所以，因为，两边人员对这个会议主题和方向的理解不同，造成了大家争论很激烈。

会后，苏州来的合作方，也是一肚子火。

我的感受是，这个事情，看来没戏了。

建强说，没事，这个项目不成，就算了。我在杭州，还有几个项目，有机会。咱们两个再去杭州看看。

建强之前在杭州房地产公司做高管，所以，在杭州确实是有一些资源的。当时，和杭州佳业项目的领导，也洽谈好了。就等着进场收钱了。还有其他几个项目，也都和开发商领导认识，可以去沟通一下。我很兴奋，觉得这边的资源和工作进度，确实比我们在临沂情况好多了。

在供应商和合作伙伴的选择上，建强也已经积累了很多的意向资源，除了南京的，苏州的，还有杭州的。

建强就是这样一个神奇的人，他总能认识很多人。我感觉他并不是一个擅长应酬和交际的人，但是，他的交际圈子和人脉，实在是太广大了。他每天都很忙，不管是否有工作，是否在上班，他都很忙。他忙着见这个见那个，而且，很多都是第一次见面。他总是有不同的事情，需要找不同的人，而且，还都是与房地产圈子相关联的事情和人。不论什么时候见他，都是这样的，他每天的日程排得都很满，都是上午见这个，下午见那个，晚上还有另外一个。我不知道他这是有意计划要这样做的，还是自然形成的习惯并不知不觉就这样了。总之，我觉得他好像每天都在认识陌生人，每天都有第一次见面的人。而且，他和这些人见面，都是有正经事要谈，都不是闲聊天的。

我和他就正好相反，我大部分时候，都不喜欢见陌生人。我不喜欢应酬和交际，我不喜欢和不熟悉的人见面。我很懒，除了工作需要，我偶尔会每天从早到晚和不同的人不认识的人见面谈事情，我大部分时候，都喜欢一个人待着。不和别人见面，就算见面，我一般也只喜欢和很熟悉的朋友见面。

我也不知道我怕什么或者恐惧什么。可能是我喜欢和老朋友在一起的随意，我想说什么就说什么，我不想说什么，就什么都不说。我也不用顾忌礼貌和礼节，可以很随意地相处。包括，我不需要穿得很正式或者很得体。我是一个没有品位的人，所以，我喜欢穿的衣服，都是旧衣服，都是很舒服没有好形象的衣服。但是，见陌生人或者不熟悉的人，显然这样不好。我还没有自信到可以按照自己一个人待着的形象去见不熟悉的人或者陌生人。也许，这就是我喜欢的自由吧。我以前，一直都没有意识到，我是一个喜欢自由的人。或者说，我很在意，自己是否自由。

对，是自由。

和熟悉的人，和老朋友在一起，就是一种自由，一种自由自在的感觉。

而和不熟悉的人，和陌生人见面，就需要注意礼节和礼貌，需要装，需要装得有修养和文明，需要注意外表和言行，说话需要过脑子。所以，我觉得，这样不自由，有点累。

当然，一个人一个爱好。也许，建强觉得，和陌生人见面，和不熟悉的人见面，可以吸收到新的东西，新的信息和知识，结交新朋友，这是他喜欢的事情。他没有觉得一个人讲礼貌有修养，是累赘或者负担，他可能觉得这样是一种好的习惯和素质。

不知道。

子非鱼，焉知鱼之乐。

所以，我也不要去妄自揣测他的想法和感受了。他既然一直这样做，肯定是因为，他觉得这样是最舒服的。

当我们在杭州忙着开拓项目的时候，XT 项目上的人，主动联系建强，说可以签订合作协议了。哈哈，峰回路转，不知道什么原因，他们同意了我们的合作方案。

就这样，我们正式启动 XT 项目。

首先，我们要在售楼处内搞一个展厅。当时，开发商已经给我们安排了一个区域，就在售楼处一进门左侧，一个相对独立的区域，大概十几平方米的地方。我和建强商量，这个展厅，必须高大上，把品位搞起来，要有调性。我提了一个思路，我们就是要参考苹果手机专卖店的风格来搞。建强本来是打算简单搞一下，弄个展柜，摆几个建材和装饰材料，就可以了。我说，不行，那样格调太低了。不能摆任何装修材料，只要一摆这些东西，逼格马上就降下来了。所以，他给我看了苏州合作伙伴做的那个展厅效果图，我马上否定了。我说，这个展厅对我们非常重要，它代表了我们公司的实力和形象。必须要重视，要不惜代价地搞。

设计最关键，我们得找大师来设计。我们想到了一个人，我们在杭州认识的一个人，张大师，他定居杭州，在厦门开了一个设计公司，专门做高端项目的设计方案。网上可以搜得到他接受媒体采访的信息，我们也和他接触过几次，都觉得确实是有水平有实力的设计师，而且，为人低调内敛。我们就把这个需求提给他了，张大师也没有让我们失望，还就真搞出了我们想要的效果。

展厅施工完成后，惊艳亮相。

我们正确地迈出了坚实的第一步。

建强脑子活，想法多，概念新，口号响。他提出了一个概念，住宅房产交付 3.0 模式。1.0 模式，是指毛坯交付。2.0 模式，是指开发商统装交付。

3.0 模式，是指定制精装交付。

什么是定制精装，就是指我们现在所提供的服务，批量统一装修，但是，每套房子可以选择不同套餐的服务。我们提供每平方米 1000 元、1500 元、2000 元、2500 元等不同价位的装修套餐，由客户进行选择，在房子交付后，我们根据大家选择的套餐，批量施工。

所以，我们当时提出了一个口号，成为中国地产交付 3.0 模式的领导者。

当时，根据我们和开发商合作协议的约定，只要在我们这里交了 3000 元装修定金的购房者，开发商会给这个购房者 6000 元的额外购房优惠，没有在我们这里交 3000 元装修定金的，就没有那 6000 元的优惠。同时，对于交纳这 3000 元装修定金的购房者，我们也额外送他 3000 元的装修现金抵用券。对于购房者来说，这是一个明显具有极大诱惑力的促销方案，不论他将来是否选择我们的装修服务，现在交这 3000 元，都是划算的。所以，在开发商的支持下，大部分购房者，都给我们交了 3000 元的装修定金。大概比例在 80% 以上。

开发商之所以这样做，并不是为了扶持我们，而是为了通过这样的方式，既不用提供统装的服务，又有了统装高品质小区的效果。

当然，开发商选择和我们合作，是基于对我们充分的信任和期望。

我们也不能辜负开发商的信任。第一步，在售楼处收定金，我们已经实现了。下一步，为客户提供怎样的装修服务，怎样提供这些装修服务，我和建强的思路，发生了分歧。

建强的想法是，我们自己只负责收钱，拿到这些定金和订单就可以了。剩下具体装修的事情，我们可以外包给别人，我们只负责关注客户满意度，通过客户满意度来考核这个合作伙伴就可以了。这样一来，我们既可以轻资产运作，降低成本，又可以实现客户满意度。

他这是一个挺好的想法，很多大企业和大品牌，也都是这么做的。比如，苹果和华为，都不生产手机，都是外包给供应商（富士康、伟康力等）来生产的，自己只负责品牌和研发。

而我，有不同的想法。

我觉得，家装服务，和工业产品是不同的行业。并不是一个非常标准化的产品和服务，就算你提供的是套餐，也会在实际执行中遇到各种各样的个性化需求和服务。所以，是一个非常难以完全标准化的行业。这样一来，就很难和合作伙伴或者供应商，约定清楚。当然，如果你只看满意度是否达标，对他进行考核，看起来是完美的。只要客户满意了，就可以。问题是，如果，我们找来的供应商，他最后搞的客户很不满意，我们按照合同约定，给他罚款，让他退场，可以来惩治他。但是，我们失去了客户的认可，已成了既定事实，客户不认可，开发商就不会认可我们，我们就面临着生死存亡的结局。

所以，我认为，只看客户满意度这样的结果式管理和考核，对于已经磨合好的合作双方，是可以的。而对于我们这样还处于初创阶段，一切还都在摸索阶段的公司，是不合适的，风险太大。

因此，我认为，我们必须把研发掌握在自己手里，同时，我们必须进行过程管理。在过程中来规避风险，而不是真的到了一个不可收拾的结果的时候，才来解决问题。

总之，我认为，就算我们要把装修业务外包出去，我们也得有一个懂装修的团队，来把控和管理外包单位。只有这样，才可控。

而当时，除了我们两个，我们只有一个在售楼处展厅收款的女孩。

所以，我力主必须建立自己的团队，一个懂装修、懂设计、懂施工、懂材料、懂客服的团队。有了这个团队之后，不论是我们自己做还是外包，都才能做到心中有数。

虽然建强不认可，但是，他也只能同意了。因为，我们两个在 XT 项目确定了可以进场后，签订了一个合作协议。

我和他太熟悉了，关系太好了。我们从大学开始，就是好朋友，而且，几乎都是彼此最好的朋友，一直到此时，从 1997 年开始，到 2016 年，都快 20 年了。正因为彼此太熟悉关系太密切，所以，彼此都没有把对方当外人。而且，我们两个的关系，一直是比较平等的，没有明显的老大老二，没有明显的强势和弱势。这样的关系，既适合一起创业，也不适合。适合的地方，就是熟悉和信任。不适合的地方，就是正因为太熟悉了，所以，有意见分歧时，很难说服对方，达成共识。

在我们两个正式合伙之前，我们也意识到了这个问题，所以，才要签订一个书面的合作协议，以便约定清楚彼此的权利和义务，防止出现意见分歧的时候，怎么决策。当时，由我来起草了这样一个合作协议。

以我对建强的认知，我觉得他做事不够专注和专一，他容易听信别人，他做事不靠谱，总是说的很高调做的很低调，他不擅长管理，等等，总之，我觉得，在我们两个的角色分工里，他更适合代表我们公司，对外去吹牛，去公关，去搞定开发商，去寻找新的项目。我比较适合守着这个项目，踏踏实实地搞出点成绩来，为我们树立一个样板，一个可复制可推广可扩张的样板。

我们两个在管理和做事的很多细节方面，理念都是不一样的。为了避免两个人的工作重叠带来的日常工作无法开展，我在协议中，这样分工我们两个。

既然我们两个是平等的，但是，我们都知道，采用5:5的方式，是最糟糕的，因为那样的话，我们有不同意见的时候，就无法达成共识。所以，建强占公司的股份为60%，我占公司的股份为40%，也就是说，建强的股份大，利益大。权和利分开，每个人只能占一样。所以，我的权力大。我担任法人代表、董事长、总经理。日常事情，都由我说了算。重大事项，两个人商议达成共识后再执行。如果不能达成共识，就一直不执行，如果必须要形成决议的事情，在两个人充分沟通还是无法达成共识的时候，可以采取抓阄的方式来进行决策。XT项目，由我来总负责，项目上的一切事项，不论大小，都由我说了算。杭州佳业项目，由建强总负责，佳业项目的一切事项，不论大小，都由建强说了算。

这就是我提出的合作方案。

当然，建强不同意，他认为，一切都好，就是这个董事长，应该他来担任。

我不同意。

我坚持自己的想法。

拖了几天，我说，建强，要不这样，合作协议内容完全不变，只是咱们两个的甲乙方位置调换一下，我要利，占60%的股份，你要权?

他不说话了，只能说，那好吧，那就这样吧。

在勉强和无奈中，建强和我签了这个合作协议，这时候，我记得已经到了2016年12月左右。

现在回想起来，其实，这个协议的签订，就埋下了隐患，建强没有当上董事长，不高兴。也就是我了，他最好的朋友，他忍了。

我为什么要坚持自己的想法，是因为，我知道，如果把权力也给了建强，我一定会因为忍受不了他的一些做法而离开。我能想到，他除了对我很大方以外，他对谁都不大方。我担心，他舍不得花钱，而把一件伟大的事业做成了一个小生意。而如果是小生意，我就没有兴趣参与了。

这其实就是我们两个最大的分歧。对于钱的态度和对于做事方式方法的理念不同。正是因为如此，我才把 60% 的利益给他，想着，通过我的努力，我们的事业搞成了，你是得利最大的人，我也对得起你拉我来帮你做事业的初衷了。

我也知道，我和他合作不会太久，这个事情，我给小凯和小来都说过。

我说，等公司上正轨了，等销售额做到三五个亿，最晚到上市之后，我就退出来。让建强去当这个董事长，让他权和利双收。包括，我说，如果公司做大了，上市了，对外媒体采访和出名的事，都由建强出面，对外，还是说他是创始人董事长。我的名片，只体现总经理。让他名利权三收，而我想要的只是一个成功的机会，一个大企业是经我的努力做成的经历。

看来，我想得太远了，实际上，半年多，我们就无法再继续合作下去了。

不知道为啥，我那段时间咳嗽得厉害，我记得咳了快一个月。我以为是肺炎或者肺癌，很担心。

我整个呼吸系统都不好，从初中得鼻窦炎开始，咽炎、支气管炎、肺炎、哮喘，从外到内，整个呼吸系统的疾病，得了一遍。尤其是，鼻炎和哮喘，是不可逆的。得了就无法根治。平时没有什么感觉，但是，夏天，我吹了空调，就很容易感冒，也总爱打喷嚏。冬天，我在北方的话，就会很多鼻涕，而且，鼻子总是不通，鼻塞。冬天，我在深圳和苏州，就会好很多，因为，相对温暖湿润。而北方的冬天，都是干燥和寒冷的。

哮喘是没有什么表现和症状的。我还记得，有一年冬天，好像是刚到雷立上班那会，春节前后，我咳嗽了一个多月，后来去深圳北大医院检查，说是肺炎。我很郁闷。我告诉医生，为什么我总是那么容易感冒，每过两三个月就感冒一次，有点空气污染的刺激，就感冒。比如，到那种新装修的房子里，我就特别难受，让我在里面待几个小时，我第二天就感冒了。本来，在医学上，就没有感冒这个疾病，感冒，只是大家的俗称。医院也没有感冒科，叫呼吸科。所以，要么是上呼吸道感染，要么是下呼吸道感染。医生说，估计你有哮喘，我说，怎么可能？我这么年轻？医生说，你不信的话，可以去测试一下就知道了。我很不相信地去做了一个呼气的测试，结果居然真的有哮喘。

我怎么也不能相信和接受这个现实。在我的印象里，哮喘就是那种抽烟的老头，咳啊咳啊，半天咳不出来，上气不接下气，呼吸不出来，要死要活的样子。我这样一个年轻人，平常一点都不喘啊，怎么会有哮喘。

可是，测试结果，证明我就是有哮喘。我只能相信医学科学了。医生说，哮喘不分性别和年龄的，有些小孩都有哮喘的。

啊？

这样啊。

我才知道，我原来真的有哮喘。我上网查了一下，哮喘治不了，只能控制，无法治愈。而且，遗传。我们家李想，一到冬天，就总是黄鼻涕容易感冒，我估计，就是遗传了我这哮喘。

医生给了点呼吸的喷剂，我用了一段时间，也戒烟了半年，又忘记自己是一个哮喘患者了。

这次咳了一个月，我很怕。我一直抽烟，会不会是肺癌啊。我总担心自己得肺癌，不知道为啥。可能就是因为自己呼吸系统不好，还抽烟。我也不知道为啥，每次抽烟，生理上一点都不舒服，可就是忍不住要抽。我好像是从大二开始抽烟的，但是，一直烟瘾也不大，每天平均也就抽半包左右。但是，一直都在抽。

我到苏州最好的医院，苏大附属第一医院，挂了专家号，让医生好好检查一下，我有没有肺癌或者肺炎。医生听了一下，说没有。我不信，我说你给我好好检查一下，医生无奈地给我开了检查单，我做了 CT 和 X 片，结果都显示没有肺癌。我说了哮喘的事。医生让我再去检查一下哮喘的程度。我去测试了一下，结果非常糟糕。哮喘的测试结果，分重度、中度和轻度，我的数据，比重度还高。医生看了我的检查结果，说哮喘很严重了，要控制。

我弱弱地问医生，我还可以继续抽烟吗?

医生说：你说呢？！

我说，我一直在抽烟。

医生说，你要是再抽，你的肺最多可以再用十年。

我被吓到了，说，啥意思?

医生说，你的肺部，已经有絮状物了，这是不可逆的，这样下去，十年后，你的肺就没有弹性了。就没法用了。

我的妈呀，你说得这么委婉，我也听懂了，不就是说，我再抽烟，只能活十年了吗。

吓死我了！

感谢老天爷，让我咳嗽了一个月。挽救了我的生命。让我知道了自己如果那样的话，只能活十年了。

从此，我就戒烟了。

现在，已经过去两年半了。我从来没有抽过，也不想抽。我闻到烟味，就觉得特别讨厌。我一直都特别讨厌烟味，不知道，为啥以前还抽。

我一直觉得，自己活不长寿。我想过这个问题，让我活到 60 岁死，我能接受。70 岁死，我就很开心了，要是 80 岁死，哇，太久了。

所以，我是绝对接受不了 50 岁就死的。

因此，我很爱惜身体，从此，不抽烟，多走路。我现在，每天，尽量都多走路，基本上，平均可以每天走一万步左右。我现在，就一个不好的生活习惯，暴饮暴食。每次吃完饭，都吃撑死了。我要改，尽快把自己的饮食，控制在 8 分饱。这样，应该活到 60 岁，是可以实现的。

我们签订了合作协议后，我就按照自己的想法，在 XT 项目上进行努力。刚好，开发商也在催我们，尽快把装修搞起来，别整天就是吹牛收钱。要让开发商和小区的购房者，可以实实在在地看到我们的装修效果，就是比当地的装修水平高，服务好。这个时候，小区一期也开始交房了。开发商的意见是，我们现在就应该去搞装修呀。是啊，我们是装修公司，如果总是只收钱，不搞点实实在在的东西出来，开发商心里不踏实。

所以，我开始筹建自己的装修团队。很快，我从只有一个收银的人员，扩张到将近二十人的团队，组建了包括：人事行政、财务、采购、设计、施工、客服完整架构的团队。虽然，大部分都是本地行业内的人员，但是，在我们伟大事业的感召下，在高薪酬的刺激下，大家都是干劲十足，充满了朝气和活力。

有了团队，我们自然可以做实实在在的事情了。一期正在交房，我们征集样板间，本来是打算做3套表示一下，没想到，一下子，搞了8套。二期，我们计划搞100套。我们通过3月12日在当地酒店搞了一场专门优惠订购活动，现场获得了近一百套的意向装修订单。通过这两个手笔，开发商看到了我们务实的态度和专业的水平，看到了我们是真的要在他们项目上大干一场。他们也才真正放心了。

所以，后来，开发商对我们的支持和配合，也是非常到位。两个企业和团队，真正是有点战略合作，融为一体的感觉。

这是我们最好的时候，团队搭建完成，客户已有，开发商认可，一切都觉得美好极了。

我的整体思路是这样的：我们这个项目和开发商的合作，是一种机缘巧合，实际上，目前的合作方式，并不算是一种商业模式，不具备复制性和推广性。我的想法是，我们要调整一下我们的思路。当时，包括杭州在内的很多政府，都提出了要求，开发商对于住宅项目的交付，不能再是毛坯房了，而必须是带精装修的房子。我觉得这是一个很好的宏观市场背景。开发商以后的房子，都必须带装修交付。现在，常规的做法，就是开发商自己组织和实施，通过招标，来选择一些装修公司。在这种模式下，我们是没有机会的。也没有任何优势。那么，我在想，有没有这样一种可能。就是，整个装修的事情，都由我们公司来帮他解决。

开发商为什么选择我，而不是他现有的方式呢。

我可以提供，一种完全个性化的装修服务，而不是每家每户完全一样的统装。我可以提供每家的装修标准不同，装修方案不同，完全个性化定制。当然，我的这种完全个性化定制，既可以是在我提供的多个方案里面，购房者做选择题，也可以是完全由购房者个人喜好决定的做问答题。总之，我可以提供完全个性化的定制精装。也就是说，一个小区，一千套房子，我可以用三个月的时间，同时开工，同时完工，而且，每家每户的装修方案完全不一样。而这个装修总价，是和房价在一起的，也就是购房者买房的时候，已经选择了 10 万元或者 20 万元的装修总款包含在 200 万元或者 300 万元的房价里面了。这就是带装修交付，满足政府要求。这就是个性定制精装，满足购房者的需求。而这样的差异化服务，必然会给开发商带来差异化的竞争优势。其他开发商，提供的只是每家每户完全一样的装修，而你这个开发商的楼盘，提供的是完全不同的个性化装修，对于消费者的吸引力，自然不同。对于开发商的营销，自然是有帮助的。

而中国，没有一个开发商可以提供这样的服务给购房者。

而中国，没有一个装修公司，可以提供这样的服务给开发商。

而我，就是想做这样一个装修公司，一个通过开发商来做装修业务的公司，一个通过为开发商增加营销优势为购房者提供个性化装修服务的公司，一个开发商、购房者、我们，三方都得利的商业模式，一个通过拿下 B 端从而服务 C 端的商业模式，也就是，我们的商业模式是：2B2C。

这样一来，我只要拿下一个楼盘，1000 套左右的房子，15 万元左右的装修，就是 1.5 亿元。我每年拿下 20 个楼盘，就是 30 亿元。30 亿元，我就是中国家装领域的老大。

做到一个细分领域的中国老大，一直是我的梦想。

而这个商业模式，是最有可能，而且，是最快可以实现这个梦想的。

前提条件必须是，我能够提供这样的服务，我已经做过这样的案例，并且，有高的客户满意度，让开发商来考察，实际看得到，给他信任。只要可以做到这些，这个商业模式就完全行得通。

所以，我要做的，就是在 XT 项目上，跑通这个商业模式。

对此，我的思路是这样的：

我先通过做一期这 8 套房子，练练手，让我们整个团队，进行一个磨合。然后，我们再通过做二期这 100 套房子，尝试我们的装修模式，是否行得通。这是关键，这是整个逻辑里最关键的一环，只要这 100 套房子同时开工，同时完工，而且，每家每户的装修方案还不一样，最重要的是，我们服务的客户满意度还很高。这样，我们就成功了。因为，这 100 套同时搞，就是一种批量式的设计和施工服务，100 套没有问题，1000 套的话，问题就不大。

所以，最后，我们在三期，把这种服务在 1000 套房子上进行试验。如果，这 1000 套房子的装修，都是同时开工，同时完工，每家每户的装修方案不同，而且，客户的满意度还很高，那么，我们中国老大的位置，就胜券在握了。

所以，我当时配置 20 个人，是想在这 8 套房子上，进行练手和磨合。

我知道，家装是一个很复杂的事情，涉及的方面众多。最重要的是，由于效果图的漂亮，很多购房者，对装修效果，都期望值很高，而装修过程，又有很多小问题的出现，所以，大部分人的装修体验都不好。第一次装修房子的人，不论是自己折腾，还是完全交给装修公司，最后满意的很少。

这里面，有两个问题，一个是自己的期望值太高。凡是有期望值的事情，都是会以失望结束的。没有例外。

另外一个，就是在装修过程中，装修公司的不良行为，或者购房者自己的想法变化，都经常会带来各种细节改来改去。

所以，中国人，凡是第一次装修房子的，不论过程还是结果，完全满意的几乎没有。所以，这个商业模式，这个商业逻辑，成功与否，就在于，是否能够做到高的客户满意度。而高满意度是最难的，也是这个商业逻辑的命门所在。

如果有了高满意度，开发商当然喜欢你了，你是来给他增光添彩的，他求之不得。如果你满意度不高，开发商当然不敢用你了。他宁愿还是按照老套路搞统装，虽然没有惊喜，至少没有惊吓。

所以，虽然我的设想，我想的这个商业模式和逻辑，很完美，一个只需要几年时间，就可以诞生几十亿企业的创业方案，但是，是否成功，在于我们是否能够有能力打造出高满意度。

对此，我除了自己有一些思路和想法，更重要的是，我需要专业的设计和施工团队，来帮我一起摸索和实践。而我们作为一个创业企业，又在这样一个小地方，不论薪资多高，都是不容易招到有能力有经验的团队的。

所以，在这个过程中，我为了找到优秀的人，对于个别员工，给的薪酬就很高。对于一个装修工程，和我们搞亮化工程是一个道理，最重要的是设计。对于所有工程，其实道理都一样，设计是源头，有一个专业的设计，几乎所有问题，在做之前，都可以避免和预防。所以，我最需要的，就是一个优秀的设计团队。为此，我给一个泰州有经验有能力的小伙子，开出了 2 万的底薪加提成的待遇，让他来担任我们的设计部经理。

我经常开会，和大家一起分享我的思路和想法，虽然，我们不能媲美当年马云和 18 罗汉在杭州居民楼里的场景，但是，我们经常开会的感受，也是差不多的。我们都是奔着成为中国这个领域第一的目标去奋斗的，大家都热血沸腾，充满斗志。

而且，通过“312”活动筹备和执行过程中一些小目标的计划和实现，大家对于我，对于我们所从事的事业，对于我们团队的执行力，都充满了信心和希望。

那是我们最好的时候。

人生如戏，有起有落，最好的时候，一般也就意味着是最坏时候的开始。

因为我们是草台班子，团队还处于磨合期，而一期这8个客户，很多都是冲着我们征集样板间的优惠来的,爱占便宜的人,一般都是很难打交道的人。加之,我们当时整个团队的重心,都在筹备“312”活动上。所以,有一户人家,因为我们的装修服务，存在一点问题，在售楼处大吵大闹，影响非常不好。

本来，这只是一个重大客户投诉和不满的日常事情，但是，由于我太过在意，处理不当，造成工程部团队核心人员的流失，加剧了事态的恶化。从外部的不满，到内部的不稳，然后，互相促进，导致问题越处理越多，最后，建强也表示不满。

当然，他的不满，可能是之前很多事情累计起来后爆发的。

我知道，他和我一样难受。都是为了公司好，但是，都对彼此的观点不认可，又无法改变对方，很痛苦。

后来，他提出分手。

这是清明节前后的事情,中间断断续续反反复复,我在4月底,正式退出。

建强提出分手，让我拿出一个分手的方案。我说，这样吧，这个项目的价值，肯定不止100万元，但是，估值多了，咱们谁也拿不出那么多钱来支付给多方。而且，现在账上还有点钱，估值100万元的话，公司账上的钱也就够了。咱们两个是平等的，估值100万元，走的人，拿50万元走，从此与这个项目无关。

我说，方案是我出的，你选吧。

建强没有直接说，但是，他表达了自己想继续接着搞，觉得肯定比我搞得要好。他觉得我这样搞下去，会失控，会葬送掉我们来之不易的成果。

我说，那好吧。我拿50元万走人。从此与这个项目无关。

就这样，我走了。

说实话，这个事情，对我的打击特别大。

怎么说呢？

就是，我30岁之前，一直是有一个理想，一个梦想，一个要做伟大企业家的梦想，我一直没有机会实现。在30岁的时候，我放弃了梦想，堕入世俗，为了生活，开始挣钱过日子，买房买车结婚生子。我都快忘记了自己还有过梦想，我以为，我此生已经与梦想无关了，我就只能这样堕落的过一辈子了。

谁知道，在我已经快40岁的时候，建强又给了我接近梦想或者说，我再次看到梦想并燃起希望的机会。本来这个事情，我们一开始，都是抱着"空手套白狼"，一个投机倒把赚快钱的机会。刚开始，我也没有想过，这个事情会与梦想有关。一开始，我们想的也就是，找个开发商，在售楼处收钱就是了。到时候，觉得自己搞装修利润高，就自己搞，多赚点。如果觉得利润不高，不值得搞，就外包给别人，或者转卖给其他装修公司就是了。光我们前期收到的这几百万，都够了。反正，又没有什么投入。本来是这样想的，抱着这样的目的开始这个事情的。

谁知道，在我执行的过程中，我却看到了它可以转变为人生梦想的机会，它可以很快就能成就行业第一的机会，所以，我就燃烧了，我就沸腾了，我就忘乎所以了，我就太在意太投入了。

是的，我太在意了。

虽然，我有过爱情经历，知道太在意一个人，会伤害到她。

我却没有过创业的经历，我没有过做事业的经历，我不知道，太在意一个事情，也会害了它。

结果就是这样，因为我的太在意，我处理不当，没有把问题化解掉，反倒把问题扩大了。因为我的太在意，我忽略了建强的感受，甚至，我不顾及他的感受，一意孤行。虽然，我理智上清楚地知道，在我们这个团队中，最重要的，是我和他的关系。只有我们两个股东之间，我们两个合伙人之间，同仇敌忾，齐心协力，一切事情才有可能会继续往前走。而我明明知道，却没有做好。结果，前方战乱，后院起火，把自己烧的片甲不留。

所以，这个事情的失败，是我自己的失败。

与他人无关。

这就是我最伤心的地方，这也是对我打击最大的地方。

这就像我和前妻的经历一样。

在我没有遇到爱情的时候，我总是抱怨上天不给我一次爱情的机会。在我遇到爱情的时候，我却不懂得珍惜和拥有，反倒一次次的伤害她，也伤害了自己。

在这个事情之前，我总是感觉自己怀才不遇，空有一番才华和热情，就是没有机会去施展和实现，现在，我遇到了，而我却没有把握住，我自己把它搞砸了。

这个事情，多么好的机会。合伙人，是自己最好的朋友，有足够的信任和熟悉。而我，却伤害了他，没有把自己最好的朋友维护好。我连合伙人的关系都处理不好，我还谈什么创业和团队建设。建强给了我足够的信任和权力，一切事情都是我说了算，可是，我没有能力去驾驭这么大的权力，恣意妄为，滥用权力，结果把一个日常工作的问题，搞成了整个公司的生死存亡。

现在回过头来再次审视这个事情，我所设想的美好商业模式和逻辑，不一定是行得通的。如果行得通，应该早都有人做成了。不要认为自己是天下最聪明的人，不要以为一个商机只有自己看到了。中国家装和工装行业那么多人，中国开发商那么多人，都没有看到这么一个商机和商业模式？

既然到现在，这个完美的商业模式还没有呈现出来，说明，这个商业模式是假的，一定是在某些方面行不通的。

这个问题，就是我之前所说的，我们人类认知自然界，可以用理性和逻辑去认知，去大胆设想和假设，去构建模型，设计数学公式，去做实验，去形成理论，然后，就可以大行其道，做成技术和产品，服务人类。但是，我们人类对社会运行领域的事情，还不能完全依靠理性和逻辑来认知。仅仅在理性和逻辑上成立的设想，在现实执行中，不一定行得通。

而我当时对自己的商业模式和商业逻辑充满了迷恋和虔诚，觉得这么完美的商业模式，一定行得通，我认为只需要通过三步的摸索，从 10 套到 100 套，到 1000 套，就可以完全跑通这个商业模式了。我觉得成功指日可待，我翘首以盼。

我太乐观，也太盲目自信了。

而这三步走，却是一个不一定可以走完的路。

既然，开发商和所有的装修公司，都没有那样去做，说明，那样行不通。而他们都在用现有的模式服务客户，说明，现有的模式应该就是最好的，或者说，是被商业实践检验了是最合适的，是最适应这个市场的客户需求的。

由于我的无知，我的认知偏差，导致我完全陷入自己空想出来的一个所谓完美的商业模式里面不能自拔，所以，我接受不了在实现这个梦想过程中的一切阻力和障碍，对于我来说，就是人挡杀人，鬼挡杀鬼。

我当时的想法就是要不惜一切代价，来实现我所设想的商业模式的呈现。

而这不惜一切代价，对于一个企业来说，不一定是正确的理念。因为，企业经营，必须考虑现实的条件和资源，必须考虑收入和支出的平衡，必须考虑和规避风险。

而这，恰恰是我最缺少的。

而这些，仅仅是常识，我应该是明白的。

但是，因为我太在意，我太渴望成功，我压抑了一生的希望和梦想，理想和激情，我都要释放出来，我以为我抓住了人生最后一根救命的稻草，我拼命努力，我拼命挣扎，我要成功，我必须成功，我一定会成功。

我已经失去理智了。

嗯，是的，我失去理智了，我疯了。

我因为太在意，太渴望，太想得到，所以，我失去理智和常识，做出了那些遭到的连锁反应，最终导致自己事业的失败和对朋友的伤害。

我为什么会这样?

我这是怎么了?

这简直就是那次婚姻的翻版。

所以，太在意，太渴望，太想得到，就是一种执念，这种执念，就是一种病。也许，这就是我所谓的理想主义和完美主义病灶在这个事情上的集中体现。

我还记得，当时，我太在意这件事到什么程度，就是，我脑袋左侧的一小片头发掉光了，我都不知道它是什么时候掉的，当我发现的时候，已经是一块乒乓球大小的地方。

我当时，就意识到，自己太在意这个事情了。我之前，不论遇到什么样的事情，都没有焦虑到掉头发的程度。

后期，我从刚开始的太在意太渴望和太想得到，到出问题后越处理问题越多，我开始感觉到有一点力不从心，有点无力感，有一点无奈和绝望。这也是我觉得很可怕的地方，我从来没有对什么事情感到我做不好或者做不到。但是，我当时就是觉得，这么简单的事情，为什么我就是做不好，为什么客户怎么搞都不满意呀。我很难受，那种力不从心的无力感和对自己不能把事情做好的焦虑着急纠缠在一起。

所以，建强提出分手，对我来说，虽然我觉得很难受，我这么热爱的事业，我创建的一番事业，我要失去它了，同时，我也感到一种轻松和舒缓，我终于可以放下了，不是我放弃的，是我被赶出来的。其实，就是我自己放弃和失败的，我还要给自己找个借口来稍微安慰一下自己。

因为我的执念所以失去理智，因为我的能力不够所以问题无法得到解决，所以，建强及时叫停，断然喝止，是非常正确的。

否则，让我搞下去，这个事情，还不知道要被我搞到怎样难以收场的结局。

我当时，整天活在自我幻想中，好像自己已经是一个创业成功上市企业的领导者了。所以，我离开后，心里很难受。一时无法接受自己的失败。我记得去昆山，找小凯，和他聊了很久，就是想告诉他，我有多么难受和绝望。

因为，通过这个事情，我终于认识到自己是多么无能，自己多么的一无是处。我之前不服气，不甘心，总觉得自己有天大的本事，只是没有机会施展才华。现在，通过这个事情，这个自己一手经历的创业，自己不得不意识到，自己什么本事也没有。还想当伟大的企业家，痴心妄想。

过去，虽然什么也得不到，虽然什么也没有做，但是，心中至少有幻想，哪怕是在30岁之后，也偶尔在内心深处会幻想一下，我其实是很有本事的，只是缺少机会，只是怎样怎样，一堆理由和借口，仍然不死心。总觉得，应该还有机会的。

现在，机会来了，自己干了。实践证明，自己什么本事也没有。典型的成事不足，败事有余。

这是一件很可怕的事情。

这是一件很让人痛心的事情。

这是人生的绝望。

以前，我可以偶尔拿幻想来安慰自己，觉得，人生有各种可能，还有希望。现在，没有了，什么都没有了，不仅成功没有，最关键的是，我连幻想的资格都没有了。我注定这辈子就是个狗屁！

太难受了，太绝望了！

既然如此，你让我怎么活呀?

一个一直对人生抱有理想和幻想的人，一个一直认为自己是能成就一番事业的人，一个一直安慰自己只是怀才不遇的人，一个一直以为只是在蛰伏等待时机的人，现在，惨烈的现实，告诉自己，到此为止吧。你还有问题吗?

你还有话说吗？你还不服吗？

这种打击，是致命的。

对于一个理想主义者，没有了理想，你让他怎么活？

所以，我很痛苦。

我不愿意面对这样的结果和现实，但是，我自己也知道，我无法欺骗自己了，我也做不到再像过去那样心怀梦想和不甘地活着了，我只能面对现实。

我痛苦极了，我万念俱灰，我心已死。

这种创业失败的小痛，和对人生绝望的大痛，一直伴随着我。

我一看到朋友圈，看到同事们的消息，我就很难受。我需要一个新的事情，分散自己的注意力，减轻这种痛苦。向阳说，石谷好像在招人，要不，你去看看。我说好吧，就当是有点事做，打岔一下，我也不想整天这样难受地活着。

就这样，2017 年 6 月，我在石谷干了一个月。入职的时候，说是江苏和浙江两省的大区销售负责人，但是，入职之后，那个女领导还是不相信我，不给我名分和权力。我也就懒得在这里浪费时间了。本来我的心思，也没有在工作状态。所以，瞎逛了一个月，离职了。

去年自驾游去西藏的感受，激励着我，我要去新疆，去那样的地方，散散心。2017 年 7 月 3 日，我开着自己的奥迪 A6，从苏州出发了。

我从苏州出发的时候，对我老婆说，去崇礼办事。但是，她知道，我一直想去新疆。中国大部分地方，我都去过了。除了新疆还没有去，而且，新疆是那么大的一个地方，一块异域风情的重要省份，我却没有去过。所以，我一直想去。

她看我收拾行李的时候，带了秋天的衣服，而且，我拿走了那张地图。

她知道，我这是要远行。我之前，在网上买了一张立体中国地图，上面有不同海拔的地形地貌，能够更直观的俯瞰中国。我经常站在那份地图面前，看着中国，看看还有哪些地方我没有去过可以去走走。后来那次回来后，那份地图，被我老婆悄悄扔了。败家娘儿们，多好的地图啊。

我先开车去秦皇岛，回母校看看，见见剑锋。这是我心情失落的时候，最爱去的地方。然后，去崇礼。办了点事。老婆时刻关注着我的动向，她警告，如果我从崇礼完事后不马上回家，就要和我离婚。我知道，她是担心我的安全，我之前和她提起过，一直想去新疆，就是怕不安全。没去过，心里没底。我就在微信上，发了个朋友圈，说自己多么喜欢自驾游，多么想去新疆，可是，老婆不让去，还威胁我要离婚。

第二天，我小舅子打电话给我，说，哥，你去吧。我姐神经病，我已经骂了她了。你自己注意安全就是了。

多好的小舅子啊！

我老婆一家人，都特别好。

于是，我就开车出发了。

从张家口出来，途径鄂尔多斯和银川，到了兰州。老杨心里痒痒，也想去，就坐高铁到兰州。我们会合后，走青藏线，直奔拉萨。一路上，都主要是他开。我体验过青藏高原的自驾游了，让他也体验一下。谁知道，他太兴奋，高原反应了。

他没经验，也不注意，太兴奋，一路上休息不好，还一直开车，太累。而且，高原天气变化快，温差大，一会儿就要穿衣服脱衣服的。他也不注意。所以，从唐古拉山之后，就开始明显高原反应。

我就不同了，我上过高原，知道高原的厉害，所以，我特别小心。高原最怕感冒，我知道自己呼吸道不好，所以，更加小心。如果高原反应加感冒，真的是痛苦极了，要是搞成肺水肿，就有生命危险了。所以，刚到高海拔地区，一定要谨慎小心。等身体适应几天之后，就会好一些。

所以，我特别注意。我平常都是喝凉水的，我几乎不喝热水，基本上，冬天都是喝常温的水。我最常喝的是农夫山泉纯净水。但是，进入青藏高原后，海拔一超过 3000 米，我就不喝常温水了，我带了保温杯，必须喝热水。而且，我带了外套，天气凉了就随时穿上。

在高海拔地区，时刻注意保暖是最重要的。

刚到高海拔地区，我也有意控制自己的情绪，不要太激动，不运动，只是散步走路就好。当然，这些都是常规的注意事项。但是，不是这样做，就一定不会高原反应的。医生的说法是，哪类人高反哪类人不高反，好像没有什么规律。

我们从兰州出发后，路过去了青海湖和茶卡盐湖，然后，一路青藏线，到拉萨。青藏线，双向 2 车道。总体路况都不错，柏油路面，而且，像川藏线那样的十八拐之类的上山下山的陡坡路也很少。基本上，都比较平坦。所以，青藏线是适合大货车跑运输的，川藏线，真不能走大货车。总是一会儿上大坡翻山，一会儿又下大坡。对于小汽车，还好，纯属享受驾驶的乐趣。但是，对于大货车来说，就太辛苦，太危险了。但是，因为青藏线大部分都在海拔很高的地区，所以，会存在常年冻土带来的路面破损。因此，青藏线，常年都有路段在翻修养护。因为，双向 2 车道，就是单向一个车道。一修路，单向通行，单向封路。所以，经常会遇到修路，堵在路上长长的车队。我们刚开始，不知道。就在后面老老实实地排队等着。不知道要等多久，把人急的。后来，看到小车都逆向行驶过去，我们也试着走了几次，才知道，修路单向放行，大货车不许通过，小车可以走。

一路上，我只顾着和老杨聊天了，也没看什么风景。其实，也没啥风景。高海拔地区，没有风景就是它的风景。一片荒凉。

快到那曲的时候，老杨高反严重，难受死了。车都开不动了，让我开。看他要死要活的样子，怪吓人的。到了那曲，赶紧去医院，结果，医生一看，没事，就是高原反应严重了点。去床上，吸两个小时的氧气，就活过来了。还真是，一吸氧，马上就精神了。

到了拉萨，他回深圳，找他的龙姑娘去了。我也不想让他跟着我一起了，我还是喜欢自己一个人孤独的旅行带来的快乐更多。虽然，我们两个在一起，很热闹，很快乐。

老杨是我最好的朋友，说话最多的朋友。我都不记得是从什么时候开始的，我们成了这样关系的朋友。大学刚毕业的时候，剑锋几乎天天给我打电话，经常一聊就是半个小时一个小时，当然，都是他和他老婆那点破事，整天要离婚也没离婚那种。或者，他单位那点破事，五六个人都能分成三派搞政治斗争那种。我成了他的倾诉对象，他说，我听。

后来，他自从生了孩子之后，工作也忙，家里事也多，我们就很少联系了。现在，我和剑锋，基本上平均，也就一个月联系一次。或者，他要到苏州附近出差，我们联系一下，都有空的话，就见个面，或者我去秦皇岛，肯定就是去见他了。说实话，我和剑锋，真是成了那种像是一家人，分开住在不同城市的感觉。不论多久没联系或者见面，只要一联系和见面，一点生分都没有。

有时候，就是好久没见，特别想见对方了，两个人见个面，在一起待几个小时，说什么都不重要了。

我和老杨呢，在深圳的时候，因为合租关系，不得不见面和打交道。自从我到了江苏，分开了，再联系，就成了互相聊天互相倾诉了。不知不觉，成了彼此说话最多的人，成了彼此联系最多的人。到现在也是这样，我们几乎每天都联系，几天没联系，就觉得很久没有联系了。会在微信上，留个语音或者文字，“干啥呢？这几天忙个屁呀？”或者，有时候，也不问对方在干啥，只是自己今天有开心的事或者不开心的事，或者无聊，或者在地铁公交上看到个美女，就告诉对方一下。对方回复不回复，回复什么内容，都不重要了。就是把对方当成了另外一个自己，心里有点屁话，不想憋着，就给对方说了。

这两年呢，老杨突然对哲学感兴趣。说起来真是神奇，老杨以前是那种俗不可耐的一个人，整天就想着怎样泡妞啊赚钱啊上班啊，从来不会看书或者考虑正经事，连国家大事感觉他都从来不屑关心的那种，好像只关心球赛娱乐八卦时尚流行之类的事情。前几年，可能因为生意一下子突然不好，他说有两年，他都抑郁了。你能想象吗，一个俗得不能再俗，一个感觉只知道贪玩的一个人，居然抑郁了。然后，他一百八十度转向，开始对哲学感兴趣了，而且，是西方哲学。你说有意思吧。

他原来是一个多么一个只知道追求肉体感受的一个人，突然，去追求精神方面的东西了。而且，是发自内心的喜欢和感兴趣。他整天闲着没事干，一边剥着核桃，一边听着音频节目，都是些哲学方面的知识。他听得很起劲，而且，理解并记住了。搞得现在，知识非常渊博。动不动还一堆感慨和思考心得，经常就是一篇长文发来。搞得我要是只回复个“嗯”，都不好意思。

其实，我知道，他和我一样，没有什么人可以这样随意的对待。这也许就是那种纯粹的朋友关系吧。

老杨走后，我继续出发。

我本次主要的目的地是新疆，只是，我去年去西藏的感觉很好，所以，我还想也再次去一次西藏。所以，我规划了这样一个线路，青藏线进去，新藏线出来，然后，到新疆，绕一个大圈，回到兰州。这样就是又在中国西部画了一个大圈。

规划这个线路，主要的一个原因，就是新藏线。

知道这条线路的人不多，走过的就更少了，而一个人单独自驾游走的，就更是很少。我就想这样走一下。219 国道，中国最少人走的一条国道。我一定要去看看。

新藏线，是指从新疆进入西藏的路线，核心路段，是叶拉线，即国道219线。北起新疆叶城县城，南到西藏拉孜县城，与国道 318 线汇合后，到拉萨。全长 2100 多公里，都在高海拔地区，其中，有一段，阿里到叶城，不仅海拔特别高，平均海拔在 4000 米左右，而且，中间人烟稀少，大部分地区，没有手机信号，完全没有信号的那种。特别是多玛乡到三十里营房，中间 500 公里，必须一天赶到，中间是真正的无人区，没有任何人烟，没有一点信号。整条道路的路况还挺好的，都是柏油路面，应该是刚翻新没几年。双向 2 车道，因为也是一条国防道路，所以，由武警交通支队养护。路上偶尔有自驾游的车或者大货车，阿里地区行政所在地的狮泉河镇，主要就是靠这条道路，从新疆叶城运输物资过来的。大概平均五分钟到十分钟，会遇到一个车辆吧。

要是，半个小时或者一个小时，都碰不到一辆车，人心里就发毛，一种莫名的恐惧。

在这条路上，因为高海拔，所以，我们在平原地区日常看到的所有景象，在这里都看不到。这里没有树木和草地，没有高楼和汽车，没有人流和红绿灯，没有植物和动物，没有信号和电器，什么都没有。只有土黄色、灰色、灰褐色的戈壁滩、山丘、怪石和远处的雪山。天湛蓝，阳光刺眼，紫外线强烈，没有云，很安静，没有任何声音。你开车行走在这样的路上，就感觉到地球上只剩下自己了。如果你把车停下来，熄火，你走下车，你站在荒芜一人的大地上，你却不敢大喊，你怕打扰到什么。你不说话，真个世界安静极了，什么声音也没有，你开始害怕，一种无声的恐惧，一种太阳底下也会感到害怕的恐惧。因为，你感觉到好像你来错地方了，这是一个没有人类的星球，这是一个没有生物的星球，这里只有你自己，你怎么活？

所以，撒完尿，赶紧上车。既有一种想继续欣赏和留恋的不愿意走，又有一种恐惧和担心，害怕发生什么，所以，只能开车赶紧离开这里。

新藏线，一定要一个人独自去，去体会那种地球上只剩下自己的孤独感。

我很高兴，我走了这条线路。

而且，我经常还会回味这条线路，还想再去走一次。

这就是大家常说的，西藏有毒，你不能去，去了就会上瘾，去一次，一生忘不了，会还想再去。西藏，真的是一片神奇的土地。我们国家，有西藏这样一块圣地，真是好运气。全球，也只有我们中国有这样的地方。一种和其他地方，完全不同的自然和人文景观。

我在拉萨 4S 店，保养完我的爱车后，就继续北行，途经日喀则，阿里，到了叶城。

阿里北边日土县城北侧的班公湖，在刚看见它的地方，那个大转弯的地方，把车停下来，爬到南边的荒山上，鸟瞰整个班公湖，漂亮极了。这一眼，我一生都忘不了。我当时，真的不想走，那景色，我看不够。只是，我很害怕，没有一个人，就我自己，耳边是呼呼的风声，我怕，万一窜出一匹狼怎么办，我可不想死在这里。

我 2017 年夏天去的时候，整个阿里地区，所有加油站，只有 92 号汽油，没有 95 号汽油。不知道现在有了没，沿途其他地区，都有 95 号汽油。奥迪 A6 不能加 92 号油，加上搞海拔缺氧，对汽车性能有很大影响，所以，在过界山达板的时候，三元催化的警报灯亮了。

界山达板，就是指新疆和西藏两省的分界处的一个高地，海拔 5348 米。旁边的红山达板，是沿途海拔最高的地方，5368 米。这是中国公路海拔最高处，也是我人生到过的海拔最高的地方。这个地方，在一个小山坡上，这么高的海拔，啥也没有，光秃秃的，风很大，很冷。下去照个相，赶紧上车走。

从三十里营房，到叶城那一段路，全是在大山里穿行。那里的山，都是裸露着的大石头，很陡峭，很狰狞吓人的样子。也是特别恐怖。这一段，海拔从 4000 米一下子降低到一千多米，所以，中间也都是很多拐弯的爬坡路，不好走。

到了叶城，就离开高海拔地区。进入南疆腹地，叶城和喀什，戒备森严，到处是警察，所有场所，都要进行检查和安检。很安全。而且，物价很便宜。酒店和吃的都很便宜。人们生活正常，并没有什么特别的。在喀什，我还见到了高中毕业后就没有联系过的同学，王军，他刚好在南疆军区工作，我们在班级同学群里加了微信，一直没有聊。他看到我发的朋友圈，知道我来这边，就告诉我他在这里工作，一起见面吃了饭，聊了聊，真好，他乡遇故知。

离开喀什后，途经阿克苏，到库车，然后，一路向北，途径巴音布鲁克大草原到那拉提，然后，一路向西，到了伊犁。离开伊犁，途径果子沟赛里木湖一路向东，到了奎屯。从奎屯向北，途径克拉玛依到布尔津县城。然后，去了喀纳斯景区，到阿勒泰。最后，来到乌鲁木齐。在乌市玩了两天，经吐鲁番到哈密。继续向东，离开新疆，住嘉峪关和武威后，到达兰州。其中，新疆很多城市，我都在大街上散步走了走，给我的感觉都很好。干净、安全、舒服。

兰州的感觉也特别好，特别繁华热闹。大鹏在兰州，他陪我爬上兰州南边的土山，鸟瞰兰州市区。去年秋天，我在西安待了两个月，又和他玩了一段时间。他是我的初中和高中同学，也是中学时代结交的最亲密的朋友。

自此，新疆和西藏的大部分城市和地区，我都走过了。

我有一种去占过地盘后的满足感。

老婆和孩子，暑假在我岳父家玩，老婆催我过去，陪她们一起回苏州，也去看望岳父母一面。所以，我从兰州，路过老家看了我爸一眼，就往山东方向走了。

路过河南，想宿舍老大了。就联系了他，他在新乡，我就去见了他。书峰，我们宿舍老大。高高帅帅，一表人才，爱看书，文采也好。好像是我在华耀工作的那个春天，他还来深圳尝试工作过一阵，我们相聚了一次。现在也好多年没有见了。晚上一起吃饭，和书峰好好聊了聊。饭后，他还请我去唱歌，花了不少钱。他现在做旅游行业，生意不错。

第二天，到青岛，想见旺霖了。我们宿舍的，青岛人，毕业后就回青岛了。一直没有联系，这次联系上。我那会，突然间就特别想见老同学。我不知道为啥，以前都没有这样的想法。旺霖请我吃了大餐，我记得是海鲜和羊肉一起炖的，可惜了，我喝了点啤酒，只顾着和他聊天，都没怎么吃。我都不记得和旺霖聊了些什么，只记得他给我的感觉就是，他过得很舒服。在一个大学当老师，每周只需要上两节课就可以了。他负责带孩子做饭，他老婆，就是我们班那个学霸，还是每天学习到晚上十二点，已经是教授博导和泰山学者了，依然很拼。

这是我大学毕业后，第一次见旺霖。

对我触动很大。

旺霖，在大学时候，我们都觉得他是那种喜欢当官的人，喜欢搞政治的人，肯定是要走官场的路子的。谁知道，他居然去大学当老师了。而且，还当得挺好的感觉。太刺激人了。你说，我们班那几个学霸书呆子，去读研读博，然后在大学当老师也就算了，很正常。他这样一个我们感觉是混社会混江湖的人，居然去大学当老师了，而且，是纯教学的那种老师，不是搞行政工作的。

我受刺激了。

我想，旺霖都能在大学里当老师，我也可以呀。

我至少比他有文化点吧，不就差个博士文凭吗，我搞一个就是了。

所以，我决定，回苏州后，考博士，然后，去大学当老师。

回到苏州，我就上网了解，考博士需要的条件。当然，我是想考一个名校的，至少，得是全国前五前十名的大学。我一看才知道，这些好大学的博士招生，都不是靠分数和成绩了。主要是看资历和学术成绩，符合这些要求了，面试通过就可以了。这叫“申请—审核”模式，不是原来那种统考模式。现在，很多普通一点大学的博士招生，还是统考方式，看笔试成绩和面试成绩之类的。

我看了一下要求，要在核心学术期刊公开发表过论文，或者，有学术专著。我想，专业论文，要搞模型弄数据，太难搞了，我直接弄本书不就得了呗。

就这样，我鬼使神差般的，居然就写起书来了。

当我真正动笔要写的时候，我就忘记是为了报考博士的需要了，就顺着自己的爱好和性子，写了自己感兴趣的话题。

我当时，在去西藏的路上，和老杨聊的时候，就聊过，为什么单单中国改革开放 40 年，取得了如此巨大的成就，为什么其他很多国家，就不行。顺着这个话题，也自然要聊到，中国未来，能不能赶超美国，成为世界第一大强国。

这是中国男人都感兴趣的话题，这是每个人都能聊上一阵的主题。

对，就写这个。

所以，我当时，就想，主题就是，中国将来能不成为世界第一，或者说，中国能不能超越美国，什么时候可以超过美国成为世界老大。

以此为动机和主题，我开始写书了。

我不喜欢待在家里写，我觉得家就是生活的地方。我想到了一个咖啡厅，金鸡湖北岸，月光码头，有一个咖啡厅，UNICO，我就每天像上班一样，上午九十点到咖啡厅，晚上九十点回家。我基本上一直坐在二楼靠东边的第二个单人位置上。两顿饭，也都基本上只能在这里吃了。我天天吃，实在是吃够了。我大部分时候，都是吃他们的金枪鱼卷和蔬菜沙拉。我试过别的地方，包括，我去了秦皇岛，在母校教室里和宾馆里，我都写不出来，就在这个咖啡厅，我写得酣畅淋漓，舒服极了。

说实话，我以前，只是零零散散地思考过这方面的问题，比如，国家怎样才能富强，中国和美国的差距到底在哪里，我们应该怎样努力才能赶上或者超越西方发达国家。毕竟这是一个很宏大课题，我从来也没有系统的梳理过自己的思路。

刚好，趁着这个机会，我就当是为了完成自己的一个爱好，一个自己关注的话题，进行一次系统的梳理。而在这个过程中，自然就从关注现在和近代，到了开始关注过去和更久远的历史，一直到人类的起源和人类的进化等等。所以，在这个过程中，也就要看看人类这方面已有的著名学者的观点和思考是什么。

特别是，中信出版社出版的英国学者马丁·雅克的《大国雄心》，给了我无穷的力量和思想火花，使得我有了很多的想法和观点，并逐渐形成了一些系统的梳理和自己的认识。

所以，我很开心。

不论这本书，别人怎么评价它，至少，我自己在这个过程中，思想和认识上收获了很多。

我用了大概一个月的时间，从2017年9月5日开始，到国庆节结束。30天，15万字。名字叫《大国不惑》，后来我改为《历史照耀未来》。

有时候，因为在写作过程中的一些思考，思想认识上多了一个自己之前从来没有考虑过的问题，而且，经过思考后，还有了一些认识和心得，这种感觉，可能只有经历过的人，才知道有多么欣喜。我想，老杨应该是有体会的。他经常就会因为听某个音频或者看某本书，而激发了自己的某一个新的认识和心得，他就会特别兴奋，抑制不住兴奋的心情，把它写出来，发给我。我如果能够和他讨论几句，他就开心死了，哪怕我们各说各的。如果我没有反应，估计他的兴奋，就像对牛弹琴，没有回应了。

在那一个月里，我经常有这样的欣喜和兴奋。

当然，我所谓新的认识和心得，可能只是对我自己而言的。因为，我自己以前没有留意过或者思考过这方面的事情。而对于人类来说，早都有学者或者思想家，有系统的阐述和发现，只是我自己不知道而已。

即便如此，我依然很兴奋，因为，我发现我作为一个外行人，我作为一个非专业人员，我就某个问题的思考，居然得到了和这个领域最著名学者同样的结论。

总之，这种因为某个新的认识或者心得，某个新的认知和理解，给我带来莫名的兴奋和开心，是之前没有过的经历。而且，最重要的是，从此，我经常开始有了这样的感受和经历。我开始持续的关注思想上认知和收获带来的欣喜。

之前，我只有过一次这样的经历，就是大概在2007年前后，我在梅林阁楼下，经常和老杨一起坐在露天大排档吹牛聊天的时候，我有一个思想心得收获，那就是：影响人类社会发展的，是思想。中美两国的竞争，归根到底，是两个国家文化的竞争，也就是两个国家价值观的竞争。

我为自己有这样的认识和观点，感到骄傲。虽然，这不能当饭吃，我依然开心。

而在这本书的写作过程中，我继续了这样的思想认知的开发和收获，对于中西方的历史和文化，我有了比较深刻的思考和认识。

而且，因为这个写作过程，和老杨经常探讨和讨论，所以，他向我极力推荐了王东岳先生，我听了东岳先生的演讲后，确实是一种惊喜的感受。惊讶于还可以这样认知这个世界，喜悦于我在这个最好的年龄遇到了东岳先生这样的思考者。所以，从此，听东岳先生的演讲，成了我的催眠曲，也是我开车一个人的时候，经常放的声音，而不是歌曲。

更重要的是，通过老杨和东岳先生，让我接触到了西方哲学，让感受到了，什么叫没脑子。就是知道了西方哲学这些大师们，他们两百多年前思考的问题，两千多年前思考的问题，是我们今天在拥有了这么多信息之后，还无法思考到甚至是无法领悟和明白的问题。

这是一群怎样的人？他们拥有怎样的智慧和脑子？

从此，让我开始纵向地思考和认知我们中国的历史，到横向的中西方对比，从空间上的地理地形的好奇观察，到理性和逻辑上的哲学认知，太奇妙了，这种感觉，好极了。

所以，去年国庆节开始，我才有了看那么多博物馆的兴致。而且，看得很开心，很陶醉，收获很大。这种喜悦，不是你想有就有的。我之前看博物馆，就没有什么感受。或者，都不会去看博物馆。

而这一切，都是从我写那本书开始的。

所以，人生的下一步，自己将走向何处，真的是不可预知啊，这正是人生有意思的地方。

我现在回头看看自己写的那本书，会觉得有些内容多么肤浅，但是，依然不影响这个过程的收获和它带给我后来一系列的人生转向。所以，我觉得很好。

就像我经常发微信朋友圈，就是那一瞬间，我特别想发那样一个内容的朋友圈，是我当时的一个心得和感悟，哪怕我后来回头再去看会觉得它不好，也不影响我以后继续发。因为，人生在于经历，生命就是时间的累计，就是一个过程，我在那个阶段那个时间节点上，是那样一个美好的或者痛苦的感受，我把当时的心情和感悟，记录下来，发出来，是为了对自己那个时间和那一瞬间人生的记录。

否则，我们怎么证明我们曾经活过？

我们曾经活过的证据是什么？

难道就是我自己看着日历，发现自己的岁数变大吗？人生难道就是一个年龄的数字吗？

我们活着，难道就是为了来数自己的年龄数字的吗？

人生，不应该是这样的。

人生，在于经历。

经历在于体验和记录，在于总结和回味，在于认知和思考，最终归结为自己思想上的收获。

当然，本来在写的过程中，也没有打算非要出版或者出名。

只是，完成后，又有点自鸣得意，沾沾自喜，觉得特别好，特别想分享给所有人。所以，就开始捣鼓着想要出版。

经过建强、晋华、王伟、丁聪等一堆大学同学和高中同学的帮忙，我和众多出版社进行了联系和沟通，最终都因为内容不好，被拒绝。没办法，本来我就是个打酱油的嘛。

我还记得，在人大出版社一个编辑那里，他说到，我们习主席就很关注这个问题，还专门问过，为什么工业革命没有发生在中国。

我特别兴奋，我就告诉他，我也关注了这个问题，而且，我找到了答案，工业革命一定不会发生在中国。

总之，在北京的那一周时间，我的心情，也是几起几落，一会儿开心得要死，一会儿难受得要死。不论怎样，我感谢这几个同学的帮忙，让我有机会可以几笑几哭，刺激得很，也爽得很。

不知道为啥，我就是挺喜欢北京的。也许，我就是一个对文化和政治感兴趣的人，而北京，几乎集合了中国一半这方面的力量。

最终，这本书也未能出版。

但是，它依然不妨碍我对这段经历的难忘和怀念。

2018 年春节前，我和小凯忙着把崇礼项目和苏州新区正和大厦进行收尾，把最后的工程款，都要了回来。

2018 年春节，基于我老婆每次跟着我回陕西老家农村过年，都觉得我们老家这不好那不好的，一堆事。所以，我说，这样吧，今年春节，我也不勉强你跟我回陕西农村过年了，你自从和我结婚后，都没有回自己家过过春节，今年，你带孩子回你老家过年，我一个人回去陪我爸就好。

我老婆特别开心。

好吧，你开心就好，那我也就跟着开心了。大家都开心就好，没必要非搞个表面上在一起，实际上又不开心。

谁知道，她兴冲冲地告诉了她父母，我岳父母不同意，让她必须跟着我回陕西老家过年。

我老婆郁闷死了。

我说这样吧，要不，你们娘俩，自己在苏州玩吧，过一个清闲的春节。

我老婆觉得也挺好。

就这样，我们愉快地决定了这个春节的过年方式。

春节跟前，我自己开车，回陕西老家，陪我爸过年。

大年三十，我联系老婆，她告诉我，摔骨折了，你赶紧回来吧。原来，她们娘俩去苏州中心的真冰场滑冰玩，我老婆不小心，一屁股坐到冰面上，尾椎骨摔骨折了，需要躺着静卧养病。

我的妈呀，你这不是折腾人吗，这大年除夕的，我走还是不走啊？我仔细问了情况，人都没问题，就是得躺着，不能动。我说，你坚持一下，我初二就从家里出发，回苏州。

大年初一，我想了想，算了，还是回去陪她吧，反正除夕和初一最重要，我已经陪我爸了。我爸也是担心，催我赶紧回苏州照顾老婆孩子去。就这样，我大年初一上午十点吃完饺子，就开车从家里出发，回苏州了。

其实，我完全不用这样着急回来。有朋友介绍了一个阿姨，专门在家里照顾我老婆孩子生活。哎，算了，她也不想这样，既然受伤了，我就回来吧。

2018 年，是她本命年，我说这也好，反正还担心你本命年有啥不顺的事情呢，这刚开年，就骨折了，这下放心了。今年没事了。谁知道，还没完，年底的时候，我老婆又检查出来胆囊上长了一个小息肉，需要做手术切除。我们都觉得是个小手术，也没有在意，不着急，就想着，等过完春节了，回来再去。

2019 年春节后，马上去苏大附属第一医院平江总院，预约了医生，住院后，医生来做术前交底，才说，不是切除这个息肉，而是整个胆囊都要切除掉。而且，要在肚子上开 3 个四五厘米的十字切口。听着就够吓人的了。

第二天，老婆被送入手术室，虽然手术顺利，但是，因为切除了一个内脏器官，身体上又开了三个那么大的伤口，所以，老婆那两天在病房疼得直骂人。把我气的，你骂我干啥，又不是我让你得病的，我也没有切你的胆囊呀。我知道，她是疼的，没地方发火了，整整折磨了我两天才好点。

哎，可怜的老婆，这不能怪我呀，就是流年不利。

你还是要锻炼身体，保重身体才是啊。前几天，我们一家三口去黄山玩，我还对她说，我说，你变丑了变老了，都没有关系，我都不嫌弃你，但是，你必须得活着呀，你不注意锻炼身体，一年割一个器官，你看你还能活多久。别整天净整那些没用的，给脸上抹这抹那（化妆品），有啥用？都是一些石油化工产品。你都死了，净抹这些东西有啥用？

我总是拿这个事调侃她，我是真心希望她健康一些，她这几年的身体，真是大不如以前了。

2018 年春节后，有一次，晁峰联系我，说有一个央企在他们老家扶贫的事情，有一些政策，我们琢磨一下，看怎样能赚些钱。后来，我一了解具体情况，我给他建议，搞生态旅游，不靠谱。现在搞的人太多了，我们在旅游方面也没有资源和优势。

我说，其实，可以搞高端生态养殖。

他一听，有道理。我们好好研究一下。现在大家都很注重健康，尤其是食品健康，而农产品就是一个很重要的方面。我们这一代人，大部分都是从农村出来进城的，对农村的情况，还是比较熟悉的。大家现在都知道，我们吃的所有农产品，包括瓜果蔬菜，鸡鸭鱼鹅猪牛羊，都是经过专业种植和养殖的，所以，农药和添加剂残留非常严重。

我说，咱们就搞高端生态养殖，从养鸡和养猪起步，然后，养牛和羊。

沽源，位于张家口与内蒙古交界的坝上，在北京人心目中，坝上的农产品，本来品质就高。我们充分利用坝上地广人稀的有利条件，圈上万亩荒山荒坡，采用放养的方式，让猪和鸡有充分的自然运动和日照，回归最自然的生长方式，从育种到养殖，从食物到圈舍，都生态化，确保提供的是生态猪肉和鸡蛋鸡肉。

贵是贵点，但是，物有所值，对于生活在大城市的中产阶层，一定是有吸引力的。大家买房买车后，其实没有什么大的开销，都特别注重生活质量，食品安全。尤其是有小孩的家庭，更是如此。况且，每个家庭，每天吃猪肉和鸡蛋鸡肉的量都不大，就算是贵，也多花不了多少钱的。只要他们确实认识到我们是以这样养殖的方式，提供的确实是小时候那样的味道和品质，一定是可行的。

说实话，对于养鸡养猪，我可是惦记了几十年了。

从 1997 年 5 月，我不想参加高考了，就想去养鸡。

2015 年春天，我和小凯还有千秋，还开车跑到安徽与江浙交界处，想去包一片荒山养猪呢，搞认筹，高端生态猪，一头猪卖五六千块那种。

现在，2018 年春天，又想折腾这个事。

为此，我专门和他一起去秦皇岛找剑锋商量，剑锋还给我们安排了当地一个搞生态黑猪的养殖户和散养鸡的专业养殖户进行了参观和考察。后来，我也去北京做了市场调研。我们还去沽源勘察了场地，寻找合适的可以承包的山地。

后来，经苏州一个朋友介绍，我们和网易农业事业部总经理进行了两个多小时的座谈，朋友帮忙，我们也去网易味央猪的养殖基地，进行了参观和学习。

通过一系列的调研，发现是这么个情况。

搞是可以的，但是，投资很大，不是几百万元就可以起步的，至少是几千万上亿元的启动资金。另外，搞高端生态养殖，是可以的，肯定是符合市场发展趋势的，现在，消费领域，都在往高端走，消费者越来越注重高品质，也都能承受高价格。但是，你养出来之后，怎么进行品牌推广，怎么进行销售？

网易，是一个网站，也是一个媒体，一个超级品牌。网易花一个亿能做成的事情，不见得你们花 2 亿元可以做成。

好吧，经过这一番比较认真的调研，我们就放弃了养猪的想法。

但是，我对这个事情，我对于搞高端生态养殖的想法，一直是耿耿于怀，不愿放弃。如果有一天，可以有机会搞的话，我还是愿意去尝试。

2018 年夏天的时候，小凯告诉我，我们一起做生意的时候认识的一个客户，需要搞灯光亮化项目，咱们又有机会可以去搞了。我说，客户找你，你去弄就好了。他却非要拉上我一起，我们合作都散伙两年了，他还要把这个赚钱机会分享给我，结果就是，我啥也不用干，每年分我几十万元。我真是受之有愧，可是，他坚持要给，我也就只能接受了。千秋还在一旁调侃说，老李你不要，给我，我要。

小凯，就是这么一个人，一个小我 9 岁，却处处关照我的人。你这样子，叫我何以自处，让我何以为报啊。

2018 年 4 月，去 4S 店保养的时候，再次让我换刹车盘。我去了两个不同的 4S 店检查，都让我换刹车盘，看来，不是忽悠我，确实该换了。更换刹车盘，就必须要同时更换刹车片，而且，是全车四套同时都得换。大概一万五，加之，之前，跑西藏，损害了三元催化器，更换一套大概两万五千元。这个车，已经跑了 5 年 23 万公里。我估计，很多易耗零部件，可能陆陆续续都该更换了。我觉得这样下去，太花钱了。该换一个新车了。

看来看去，太好的车，我买不起。而且，奔驰 S350 和奥迪 A8，我也都试驾了，没有感觉到更好的驾驭乐趣，也许那样的车，都更适合乘坐吧。

选来选去，没有什么合适的车换。都想换个帕萨特或者迈腾开算了，还省心。

一天，无意间留意到一款车，奥迪 A6 的 3.0T 的低配版，裸车价才 41 万元，全部搞定 49 万元。3.0T 的发动机，全时四驱，太爽了。就是它了。

刚好，4S 店以旧换新，有更多优惠。把我的旧车收走，居然给了 21 万元，真是很划算啊。这个车，跟着我风风雨雨，跑遍了中国，5 年 23 万公里，36.5 万元的裸车买的，现在居然还能卖 21 万元。我按揭，新车提走，旧车给 4S 店，还找回给我 2 万元。

真爽。

就这样，我再花了 30 万元，用一辆奥迪 A6，换了另一辆奥迪 A6。

这个车，现在已经开了一年了。

怎么形容呢，就是一个字，太爽了。

不要看那些数字，什么功率啊扭矩呀，你开一次，就知道了。这个车长 5.1 米，空车净重 2 吨，我老婆前段时间开了几天，我问她这车开起来怎样，我老婆就一个字“感觉好轻啊”，你看，外行人的评价，最准确。这么长的车，这么重的车，我老婆一个“轻”字，就恰当地形容了它的一切性能。

总之，我对选择这辆车，很满意。开起来，爽极了。

现状和未来

这就是我，从1978年到2018年，40年的经历。

我们这一代人，总体上来说，是幸运的。我们一出生，就赶上了改革开放的好时代，我们有幸去读高中，上大学，并自由地选择工作单位和城市。我们虽然赶上了房子上涨的时代，但是，大部分人，都通过自己的努力，在比较合适的时机，买到了自己的房子和车子。

我们有幸成为中国第一代真正地从农村走到城市的人，而不像我们的父辈和之前的先人们，一辈子都生活在农村。我们也见证着中国的城市化并成为其中的参与者建设者和享受者。

我们几乎拥有现代社会应该拥有的一切自由，想读什么大学，什么专业，想从事什么职业，去哪个城市，在哪里定居，和谁结婚，和谁恋爱，都是自由的。我们甚至感受不到，什么是不自由的。

我们赶上中国改革开放经济社会大发展的好时代，每个城市每个行业都充满了机会，我们只要稍稍努力一下，就可以取得一定的成就。

我们是幸运的一代，我们是快乐的一代。

我们小时候，都生活在农村，对农业和农村充满了回忆和感情，这又是我们的幸运。人类自进入文明以来，只有两种生活方式，农村和城市，而我们这一代人，都经历了这两种截然不同的生活。这真的是一种很好的生活经历，你先经历过苦难和贫穷，然后，再经历幸福和富有，一切都是刚刚好。我们对人类文明的理解，自然和只是经历过农业或者只是经历过城市的人，肯定是不一样的。

很多事情，只有你经历过，才会有深刻的体会。

所以，作为这个时代中的一个普通人，我们都要感谢这个伟大的时代。

至于我个人，怎么说呢，一个普通人而已，却总认为自己不普通，一个平凡人而已，却总想做一番不平凡的事。

我是一个追求生活意义的人，如果不能有意义地活着，我宁愿轰轰烈烈的死去。

这是我十年前，在婚恋网站上征婚的时候，自我介绍的第一句话，我还记得。

因为，好像现在把这句话用于我的自我介绍，也是适合的。

我总是在追求生活的意义，人生的意义。

我也不知道，我为什么总要追求这个破玩意，反正，我就是要追求。

我经常会为自己的这种追求，感到骄傲和自豪。

我也不知道，我骄傲个毛，自豪个屁。

我好像是在说，你看，你们这些俗人，整天就知道考虑上班啊挣钱啊这些俗不可耐的事情，你们就不能像我这样吗？就不能也想想你们人生的意义是什么？

是啊，人家不需要这个人生的意义，不活得也挺好吗？

我整天追求人生的意义，也没有看见我活的比别人更好啊?

是的，我没有任何资格，没有任何优越感去嘲笑别人看高自己。

每个人，自己过得好，自己过得舒服，就好了。

我人生的意义，到底是什么呢?

说实话，我很多时候，都没有搞清楚，什么是人生的意义，所以，也就无法定义自己人生的意义。而我三十岁之前，只是把人生的理想当成了人生的意义，其实，现在想想，人生的理想和人生的意义，还是不一样的。

我三十岁之前，人生的理想，是做一个伟大的企业家。大学毕业后，我瞎折腾 7 年，毛都没有得到。所以，放弃了自己人生的理想。三十岁的时候，开始追求世俗的生活，结果，用了 7 年，房子车子妻子孩子，都有了。

在我以为人生终于遇到机会可以实现自己年轻时候理想的时候，我却把它搞砸了。更糟糕的是，我不仅搞砸了自己的创业项目，还搞砸了自己的理想，更搞砸了自己的幻想，把自己直接推入到没有了希望的绝望中。

绝处逢生，人生，真是这样的。

就在我以为人生绝望，毫无希望的时候，我把思考和写作结合了起来，重新在思考和认识中，找到了快乐和希望。

并且，我找到了自己人生的意义。

那就是，认知自我和世界。

从这两年的实践来看，这个人生的意义，我很认可，我觉得很合适。它让我觉得自己做一切事情，一切自己想做的事情，都变成有意义的了。

我知道，不是所有人都能理解到这一点。

当然，我的人生，与你无关。

我也不需要别人的理解。

自己觉得好就是了。

我有一个相对健康的身体，我有一个伟大的妻子，我有一个亲生的女儿，我有一个健康的父亲，我老婆家人和朋友也都特别好，我在苏州这样好的城市最好的区域有一套属于自己的小房子，我有一辆自己最喜欢的车子，我不需要工作依然可以养活自己和家人，我有能托付生死事的朋友，我已看遍中国大地，我已思遍中国历史，我是富有的，我是幸福的。

同时，我也是不幸的。

我人到中年，一事无成。

我既没有宏伟的志向和坚定的目标，也没有强大的意志力。我一心想为这个国家做点什么，我一心想为中国留点什么，可是，我手无缚鸡之力，家无万贯钱财，我连自己的家人和亲戚朋友都帮不上。

我到底在追求什么？我到底想要怎样的人生？

人生的意义，我是找到了。

可是，我没有了人生的理想。

我想做一个有抱负的人，我也一直认为自己是一个有抱负的人。可是，我的抱负是什么，我以何相报？

我，智商不高，情商很低，不努力，不勤奋，自由散漫，没钱还不节俭。

我，简直一无是处，我就是一无是处。

我活着干啥？

我活着和死了有什么区别？

历史照耀未来！

虽然，我不知道自己将来会怎样，但是，过去40年的历史，过去20年的人生经历，已经可以看到，我的未来，和我的过去，不会有本质区别。

我这一生，终将是一个空有追求，而瞎折腾一事无成的人生。

不信，我们20年后再见。

后 记

我们每一个人都会死的，这是我们自懂事以来就明白的道理。可是，我们大部分人在绝大多数时候，都会忽视这个残酷的事实。我们再有几十年就死了，那么，剩余的人生，我们应该做些什么呢？或者说，我们到底应该怎样度过这一生？

有一个观点说——找到自己的兴趣爱好和天赋特长，并全力以赴地去实现和发挥它。这个道理，看起来很好，事实上也正确，可问题是，我们绝大多数人，到了 40 岁的时候，依然没有找到自己的兴趣和特长。

这才是现实中最大的困惑。

我在写这个回忆录的时候，回忆到阿坤来深圳那段时间的经历，我说，今年夏天，如果出去自驾游的话，我要专门去廊坊看看他。

昨晚，我终于在廊坊见到了他。饭后我们单独散步聊了三个小时，聊得很深入和痛快。他把自己最昏暗的那段经历告诉了我。因为挫折和失落，又不愿意将就和放弃，他在北京流浪了一年，没有钱租房子，就睡北京火车站候车室。2006 年 10 月的一天，他在北京街头的书摊上，无意间看到了罗素的《西方哲学史》。他买回去，看了好几遍。2007 年 3 月，他动笔写就自己的哲学思想认识《存在论》。他这本书的核心思想，是说所有生命的所有行为，最终都是为了追求存续。

这是一个无比伟大的思想认识，这个思想认识，王东岳先生，也是在差不多 30 岁的时候形成的，读完他的《物演通论》，我最大的收获，就是万物都是为了求存，而不是求真。休谟在两百多年前已经说得很清楚了，这个世界的本真，人类是认知不到的。

阿坤和王东岳一样，都是天生适合搞学术研究，适合思考，从而为人类带来新知的天才。可是，他却摆脱不了世俗的束缚，去结婚生女，不得不为赚钱消耗一生。结果就是，发现自己一直都不“成功”。

在一个错误的人生方向上，怎么努力也不会取得成功。

正所谓选择大于努力。可问题是，我们做每一个选择的时候，都认为自己当时做的就是最正确的选择。有些人事后还能发现自己选错了，知错就改，人生也还有希望。而可惜的是，大部分人，一生都没有意识到，自己一直在一个错误的方向上努力着、挫折着、忍受着、坚持着、苦熬着、失落着，郁郁不得志一辈子。

那么，怎样才能确保自己的选择和决定，逐步趋于正确呢？

我的心得是，永远地、持续不断地、用心地、尽量客观地去认知自我和世界。只有你真正认知自己，通过实践和经验总结，摸清楚自己的天赋秉性，结合自己对这个世界的认知，才能找到自己与这个世界和谐相处从而成功度过一生的可能。毕竟，我们谁都不想，到老了回望的时候，才发现自己的一生碌碌无为。

我是 2019 年 5 月 27 日开始写这个回忆录的，6 月 16 日完稿。每天像上班一样，早上去，晚上回家，用了不到 20 天的时间，完成了 20 万字的内容，也算是效率很高。整个写作过程，都是在苏州工业园区独墅湖图书馆三楼的自修室完成的。

完成书稿后，我在苏州闲待了一个月。7 月 21 日，我开着老婆的上海大众朗逸，再次自驾游青藏高原，10 月 26 日回到苏州，历时 3 个月，行程 2 万公里。

我没什么爱好，就是特别喜欢一个人独自开车出去自驾游。

这次出行，本来也没有很明确的路线，一路边走边玩。到了昆明，我才有了比较明确的行程计划。那就是，今年夏天，我要完成进藏自驾 6 条路线中剩余没有走过的路线。于是，我先走丙察察线，再走滇藏线，最后走 317 国道进去，走青藏线出来。

这样以来，我就成为苏州一千万人中，唯一一个独自开轿车走遍全部 6 条进藏自驾路线的人。我觉得有点小得意，这个牛，够我吹一阵子的。

平安从青藏线出来，在格尔木发完这个吹牛的朋友圈后，我就在想，中国大部分好玩的地方，我都去过了，未来，去哪里玩呢？有没有可能，我把中国所有的地方都走遍？肯定没有这个可能。

那么，有没有可能，把全中国所有的县都走到？我觉得，这个还是有可能的。于是，很快我就有了一个这样的计划：

从 2020 年开始，用 20 到 30 年的时间，把中国大约 2500 座城市，都开车走一遍，并且，每一个城市，都写一篇游记，大概完成 25 本游记。

25 年，2500 座城，25 本游记。

这就是我后半生的计划。

当我想到这个计划的时候，我特别开心。因为，如果，我完成了这件事，我大概会成为中国唯一一个走遍 2500 个城市并出版游记的人。

我就有机会从“苏州唯一”成长为“中国唯一”。

在某一个细分的领域，成为中国的“老大”或者“唯一”，一直是我的人生梦想。

在商界，我尝试过了，我没有能力实现这样的梦想。现在，我有机会，在旅行界，实现这样的梦想，也是很好的。

对于这个计划，我觉得特别好。

其一，我喜欢自驾游。以前，我只是制定一个自驾游的路线计划，出去玩几天或者一两个月。现在，我一下子搞了一个跨度 20 多年的自驾游计划，真是过瘾啊。

其二，我喜欢思考、读书和写作。每到一个城市，就要写一篇游记，可以把我思考和写作的爱好发挥一下。

其三，我一直想为中国做点什么，留点什么。如果，我完成了这件事，我想，我可以告慰自己的灵魂，我为中国留了一套游记。

至于，别人怎样评价我的游记，别人怎样评价这件事，我并不是很在意。我做这件事，并不是为了出名，也不是想通过这件事获得别人对我的认可。我做这件事，就是想告慰自己的灵魂。

我，李建军，这辈子，也干过一件事。

我说的是，干过，我没说是干成。所以，我不追求此事的成功，我追求的是对自己的人生有所交代。

这样以来，等我老了，再回忆这一生的时候，就不至于像三个多月前完成前半生的回忆录那样，写了那么多，感觉也经历了很多事，但是，结果却是，没有一件事值得一说。所以，我最近特别开心，我终于找到了一件将来值得一说的事。

近几年，我经常思考的主题，大都是这类的：

作为个体的人，我们的人性本质都有哪些特征？决定我们一生命运的到底是哪些因素？

作为整体的人类，我们是怎样由过去演化到现在这样的？人类社会到底有没有规律？有怎样的规律？

我有一个非常具有野心的梦想，就是成为一个伟大的思想家。

当然，我知道，伟大的思想家，一般一千年才出一个，我这样的凡夫俗子，肯定不是。但是，我又控制不住地总是怀有这样一个梦想。

对于以上主题的经常思考，让我偶有心得。但是，我是一个特别懒的人，又懒得为这些心得专门动笔记录。虽然，我知道，在动笔过程中，会带出更多的更深入的思考心得。通过前两次写书的经历，我已有这样的体会。所以，我想，通过未来二三十年，我常年因为要写游记，不得不动笔写东西，自然会把我的这些心得记录下来，而在记录的过程中，自然又会带出更多的思考。

如果真能这样，到此事完成的时候，我再把这 25 本游记中散落的思想心得，汇集成一本专门的书。这本书，才是我真正的野心和梦想所在。我想，它是有可能达到叔本华那本《人生的智慧》高度的。一本过几百年后，仍然值得一读的书。这样的书，才是真正有价值的。

如果真能这样的话，我就可以骄傲地说，我做到了，我可以被称为思想家了。

我在 41 岁的时候，终于找到了自己的人生使命、人生目标和终极梦想。

我们有人生目标和使命，与没有，感受还是完全不一样的。比如，过去，我挣钱，仅仅是为了自己能活下来，为了生存不得不去做这样的事情。所以，我经常会觉得，很委屈。因为，我觉得自己明明满腔热血一身本事心怀梦想和抱负，怎么就沦落到仅仅为挣钱过日子而活的处境。我心有不甘，我很委屈。

现在，不同了。虽然，表面上，我和过去一样，还是要想办法赚钱，但是，我不觉得委屈。因为，我知道，我赚钱是为了能够生存下来，我生存下来才有机会去完成我的人生目标和使命。所以，我觉得怎样努力怎样付出去赚钱都是愿意的，都是值得的。

这就应了那句话，当你知道你到底为什么而活的时候，你就能忍受生活中的一切。

当然，要完成这件事情，也并不容易。

有三个难题需要克服：

第一，经济条件是否允许。

我必须做到未来二三十年，每年都有五六十万的收入，才能保证自己的家庭正常生活和完成此事所需要的经济条件。

对此，我并没有十足的把握。尤其是，50岁之后，我赚钱的能力，一定是很弱的。

第二，时间条件是否具备。

在解决了第一条的经济问题之后，我还要保证每年有五六个月的空闲时间，专门用于完成此事。每年自驾游100个县城，每个县城，用一天的时间，就需要三个多月。而实际上，一天时间，肯定是不够的。一个县城，平均两天是比较合理的。而地级市，至少需要四五天。省会城市，则需要更多的时间。所以，每年安排五六个月的时间来完成此事，才有保证。并且，时间还不能连续，要间隔开。

我这次出去自驾游的时间，就太长了。连续三个月，人的感受都麻木了。

每次出去自驾游的时间，我觉得不超过一个月是比较好的。最好控制在两周左右，然后回家，过两周再出来。这样间隔着来，是最好的。

对此，我也觉得很难实现。因为，要赚钱，时间就不大可能按照这样的节奏来控制。

第三，是否能写出自己觉得满意的游记内容。

去一个完全陌生的地方，人容易有感触，写东西就比较容易。而一个县城和附近的另一个县城，平原地区的话一般相隔也就几十公里，自然物候和风俗习惯，很多都是类似的。这样的话，就不一定还能写出什么感触。

写作，是要有感触的，如果没有感觉的话，就完蛋了。

当然，还有其他各种可能，会终止这个事情的执行。比如，我的健康和体力，是否能支撑到六十多岁还可以继续做这样的事情。

这两年，我的心态已平和很多。所以，即便我找到了后半生的人生目标和使命，我也没有急吼吼地马上就去怎样执行和准备。我很高兴的同时，也是抱着一颗平常心。如果按照计划，能够顺利执行完，我当然很满意。如果，不论什么原因，我就是想放弃了，我也不会很在意。我能接受一切可能的结果。

因为，我有了那个万能药——人生的意义：在于认知自我和世界。

所以，不论我的后半生活成什么样，我既充满期待，也会坦然接受。同时，我知道，自己不论怎样，都不会甘于平庸和碌碌无为。

因此，我相信，我能给自己一个自我认可的后半生。

李　游

2019 年 10 月 13 日